WOLF SCHEIBER

Tödlicher Kontrollverlust

Karlsruhe-Krimi

SILBERBURG

Die handelnden Personen in diesem Krimi sind frei erfunden.

Sollte dieses Werk Links auf Webseiten Dritter enthalten, so machen wir uns die Inhalte nicht zu eigen und übernehmen für die Inhalte keine Haftung.

1. Auflage 2019

Lektorat: Matthias Kunstmann, Karlsruhe.
Umschlaggestaltung und Satz:
César Grafik GmbH, Köln.
Coverfoto: © Matjaz Slanic – iStockphoto.
Druck: CPI Books, Leck.
Printed in Germany.

ISBN 978-3-8425-2219-0

Besuchen Sie uns im Internet und entdecken Sie die Vielfalt unseres Verlagsprogramms:
www.silberburg.de

Ihre Meinung ist uns wichtig für unsere Verlagsarbeit. Wir freuen uns auf Kritik und Anregungen unter: **meinung@silberburg.de**

Für meine Enkelin Marie Luise

Prolog

Er kam immer näher. Noch hatte er sie nicht gesehen. Der Baum, hinter den sie sich gekauert hatte, gab etwas Deckung. Leider hatte sie mit dem Pfefferspray nicht seine Augen getroffen. Im letzten Moment hatte er den Kopf zur Seite gedreht und ihr gleichzeitig den Ellbogen ins Gesicht gerammt. Sie hatte das Gefühl gehabt, ihr Kopf würde explodieren. Das Pfefferspray war in den Fußraum des Autos gefallen. Immerhin hatte sie den Türgriff schnell gefunden und in den Wald fliehen können. Schon nach wenigen Metern hatte sie sich ihrer Schuhe entledigt. Ihre Füße hatten inzwischen zahlreiche Risswunden. Aber Gott sei Dank sorgte das Adrenalin dafür, dass sie den Schmerz nur vage wahrnahm. Wenn sie jetzt doch nur ihr Handy noch hätte. Dann könnte sie die Polizei anrufen. Leider war ihr die Handtasche an einem Ast hängen geblieben. Sie hatte noch versucht die Tasche wegzureißen. Aber dann hatte sie ihn schon kommen hören und war panisch weiter in den Wald hineingerannt.

Jetzt war er stehen geblieben. Vermutlich versuchte er Geräusche zu orten. Waren seine Augen vielleicht doch in Mitleidenschaft gezogen?

»Komm raus, wir können das regeln!«

Logischerweise gab sie keine Antwort. Er ging weiter. Entfernten sich die Schritte? Sie konnte schlecht abschätzen, wie weit er noch von ihr entfernt war. Sollte sie riskieren, hinter dem Baum zu bleiben, und darauf hoffen, dass er sie nicht sah? Nein, dazu war die Stelle nicht geeignet. Hier standen die Bäume relativ weit auseinander, so dass es zu hell war. Ausgerechnet heute musste der Himmel sternenklar sein. Nein, sie hatte nur eine Chance, wenn sie tiefer in den Wald hineingelangte. Dort war der Bewuchs dichter. Oder sollte sie versuchen, Richtung Landstraße zu laufen, in der Hoffnung, dort ein Auto anzuhalten? Leider hatte sie die Orientierung komplett verloren.

Ich will noch nicht sterben! Ich hab doch noch nichts von meinem beschissenen Leben gehabt!

Nur mit Mühe konnte sie ein Schluchzen unterdrücken. Das Knacken der Äste kam jetzt deutlich näher. Sie wusste, würde er sie zu fassen bekommen, dann würde er sie töten. Da war sie sich sicher. Sie nahm allen Mut zusammen und rannte plötzlich los. Sie musste ihren Vorsprung ausbauen. Die Todesangst trieb sie voran und verlieh ihr ungeahnte Kräfte. Noch nie in ihrem Leben war sie so schnell gelaufen. Ihr Atem ging keuchend. Die Äste schlugen ihr ins Gesicht. Dort vorne war es deutlich dunkler. Dort schienen die Bäume dichter zu stehen. Dort hatte sie eine Chance. Ja, sie würde weiterleben.

Abrupt wurde ihr Lauf gestoppt. Etwas hatte sie zu Fall gebracht.

~

Er schaute in drei schwarze Augenpaare. Gemeinsam mit ihnen schraubte er sich in der Thermik nach oben. In circa acht Metern Abstand flog er nunmehr seit über einer Stunde mit drei Rotmilanen in Richtung Pforzheim. Die Aussicht über das Murgtal bis in die Rheinebene und zu den Vogesen war fantastisch. Kurz nach seinem Gleitschirmstart an der Teufelsmühle, die zwischen Gernsbach und Bad Herrenalb liegt und zu den touristischen Attraktionen des Nordschwarzwaldes zählt, hatte Brenner die Greifvögel gesichtet. Da seine Pilotenausbildung noch nicht lange zurücklag, verfügte er bislang noch über wenig Thermikerfahrung. Deshalb waren es bislang nur relativ kurze Gleitflüge gewesen; meist vom Start direkt runter ins Tal. Heute war es jedoch anders! Vögel können die Thermik riechen. Zielsicher finden sie jeden Thermikschlauch. Sich den drei Rotmilanen anzuschließen war eine spontane Entscheidung gewesen. Und offensichtlich hatten die Greifvögel kein Problem mit ihm. Im Gegenteil. Mit jedem Kilometer, den er mit ihnen von Thermik zu Thermik flog, fühlte er sich ihnen mehr verbunden. Ein berauschendes Glücksgefühl hatte ihn erfasst. »Ich bin einer von euch!«, wollte er ihnen am liebsten zurufen.

Was passiert da im Moment bloß mit mir? Menschen können doch nicht fliegen.

Pit Brenner schob diese irritierenden Gedanken zur Seite und genoss den realisierten Menschheitstraum vom Fliegen.

Plötzlich ein tiefer Signalton. Brenner war beunruhigt. Das Variometer. Brenner schaute auf das Display seines Höhenmessers. Verflixt. Über fünf Meter Sinken pro Sekunde. Wo war die Thermik geblieben? Brenner schaute nach seinen neuen Freunden. Auch die Rotmilane hatten momentan keine

Thermik mehr. Im Gegensatz zu Brenner konnten sie jedoch mit kräftigem Flügelschlagen auf neue Thermiksuche gehen. Brenner schaute wieder nach unten. Er suchte in dem abfallenden und durchweg bewaldeten Gelände verzweifelt nach einem geeigneten Platz für eine Notlandung. Er sank immer schneller. Der Warnton wurde lauter. Jetzt kam ein anderes Geräusch hinzu. Wo kam das her?

Brenner wachte auf. Sein Handy läutete. »Brenner.«

»Reichle. Polizeipräsidium. Entschuldigen Sie die nächtliche Störung, Herr Hauptkommissar. Aber wir haben einen Fall für Sie.«

Der Leiter der Kriminalinspektion 1 der Karlsruher Kripo, landläufig auch Mordkommission genannt, versuchte, ganz wach zu werden.

Doch der Anrufer ergänzte bereits: »Im Oberwald in der Nähe des Tierparks hat es einen Waldbrand gegeben. Die Feuerwehr hat bei den Löscharbeiten eine Leiche gefunden. Ich schicke Ihnen die Koordinaten des Waldparkplatzes auf Ihr Handy.«

Brenner ließ sich aus dem Bett fallen und machte seine obligatorischen fünfzig Liegestütze, bevor er, noch etwas schlaftrunken, ins Bad ging. Während er unter der Dusche stand und versuchte, vollends wach zu werden, fiel ihm sein Traum wieder ein.

Dieser bedeutsame Flug lag schon mehrere Jahre zurück. Dennoch war er eines der beeindruckendsten Erlebnisse seines Lebens gewesen. Monate später hatte ihm ein Fliegerarzt erklärt, dass er damals wohl eine sogenannte Depersonalisation erlebt habe. Dieses Entfremdungserleben, bei dem man das Gefühl hat, nicht mehr man selbst zu sein, kommt häufig nach der Einnahme bewusstseinserweiternder Drogen vor. Allerdings kann dieses Phänomen auch auftreten, wenn der

Körper extrem viele Glückshormone produziert. Gott sei Dank war ihm damals eine perfekte Notlandung gelungen.

Brenner drehte den Wasserhahn komplett nach rechts. Das eiskalte Wasser machte ihn endlich wach.

»Mit großer Wahrscheinlichkeit wurde Brandbeschleuniger benutzt.« Der Einsatzleiter der Feuerwehr informierte Brenner, der in Hockstellung die verkohlte Leiche inspizierte. Diese hatte die für Brandleichen typische Fechterhaltung eingenommen. »Der Brandherd ist eindeutig hier, wo die Leiche liegt.«

»Dann können wir von einem Tötungsdelikt ausgehen«, konstatierte Brenner. Er ließ seinen Blick über die etwa fünfzig Quadratmeter große Fläche schweifen, die dem Feuer zum Opfer gefallen war.

»Das hat unser Schwob jetzt aber treffsicher erkannt«, frotzelte Manfred Franzen. Der etwas korpulente Leiter der Kriminaltechnischen Untersuchung war zwar mit Brenner befreundet, dennoch ließ er als patriotischer Badener wenig Gelegenheiten aus, dem vor vier Jahren von Stuttgart nach Karlsruhe gewechselten Hauptkommissar dessen württembergische Wurzeln vorzuhalten. Auch heute gab es noch viele Badener, denen der bereits 1952 stattgefundene Zusammenschluss der Länder Baden und Württemberg ein Dorn im Auge war.

Meistens konterte Brenner augenblicklich. Nach der kurzen Schlafphase fiel es ihm jedoch schwer genug, sich auf den neuen Fall zu konzentrieren. Deshalb fragte er nur: »Habt ihr spurentechnisch schon was gefunden?«

Bevor Franzen antworten konnte, hörten sie die Stimme von Marie Franke: »Das haben mir deine Leute gerade mitgegeben.« Die Oberkommissarin hielt dabei einen Spurensicherungsbeutel hoch, in dem sich eine knallrote Frauenhandtasche befand, und setzte dann noch ein »Hallo zusammen«

hinzu. »Die Tasche hing an einem Gebüsch etwa achtzig Meter von hier. Gehört wahrscheinlich dem Opfer.«

Brenner schaute Richtung Waldparkplatz, an dem er sein Fahrzeug abgestellt hatte. »Bis zum Parkplatz sind es mindestens dreihundert Meter. Somit vermute ich mal, dass unsere Tote mit ihrem Mörder zunächst auf den Parkplatz gefahren ist. Dort ist sie aus dem Auto geflohen und in den Wald gerannt. Der Täter hat sie verfolgt und bei ihrer Flucht hat sie ihre Handtasche verloren.«

»Dann dürfte der Fundort der Leiche auch gleichzeitig der Tatort sein«, ergänzte Marie.

»Unser Täter war vermutlich ein Freier.« Franzen hatte inzwischen die Handtasche geöffnet. »Hier sind zahlreiche Präservative drin und …« Franzen unterbrach sich und zog ein Bündel Euroscheine aus der Tasche. »Fast vierhundert Euro trägt Otto Normalverbraucher auch nicht unbedingt bei sich.«

Brenner erhob sich. »Sind auch Ausweispapiere darin?«

Franzen zog eine Geldbörse aus der Tasche. »Hier ist ein Personalausweis. Der ist auf eine Cleo Keppler ausgestellt.« Mit Blick auf die Rückseite ergänzte er: »Wohnhaft in Karlsruhe, Nebeniusstraße.«

»Das ist nicht weit von der Fautenbruchstraße entfernt. Dort ist einer der Hotspots des Karlsruher Straßenstrichs«, sagte Marie mit Blick zu Brenner. Marie hatte, bevor sie zur Mordkommission kam, bei der Sitte gearbeitet.

»Das unterstützt meine Vermutung.« Franzen durchsuchte weiter die Tasche. »Da sind übrigens noch ein Schlüsselbund und ein Handy. Ansonsten nur die üblichen Schminkutensilien. Aber vielleicht finden wir nachher noch Spuren, die uns Aufschluss über den Tathergang geben.«

»Okay, treffen wir uns um acht im Büro«, entschied Brenner und ließ seinen Blick nochmals über die Umgebung schweifen, bevor er mit Marie Richtung Parkplatz zurückging.

»Mich wundert, dass bei der momentanen Trockenheit nicht mehr Waldfläche in Flammen aufgegangen ist«, merkte Marie an.

»Das habe ich den Einsatzleiter der Feuerwehr auch gefragt. Der hat mir dann allerdings erklärt, dass in unmittelbarer Stadtnähe der Wald sehr aufgeräumt sei, also nicht viel dürres Holz rumliege. Zudem würden hier vorwiegend Buchen und Eichen stehen, die im Gegensatz zu Fichten oder Tannen nicht so leicht brennen.«

»Damit die Kleider nach Rauch stinken, war der Brand auf jeden Fall groß genug. Vergiss nicht, deine Kleider zu wechseln, bevor du nachher wieder kommst. Ich hoffe, du hast noch ein frisches T-Shirt in deinem Schrank.«

»Bin mir da nicht sicher. Kann dir ja mein T-Shirt zum Waschen mitgeben.« Brenner grinste. Marie konnte es mal wieder nicht lassen, auf seinen anspruchslosen Kleidungsstil anzuspielen. Jeans und T-Shirt als Basis-Outfit; im Winter wurde die Lederjacke durch einen Parka ersetzt. Mehr brauchte »Mann« nicht. Marie hingegen legte deutlich mehr Wert auf ein modisches Outfit, wenngleich sie seit der Anschaffung ihres Hundes die Outdoor-Tauglichkeit etwas stärker berücksichtigte. Genauso gegensätzlich gingen sie auch ihre Fälle an. Er war mehr der Analytiker, der sich durchaus auch schon mal in Details verlor. Marie hingegen folgte vorwiegend ihrer Intuition. Sie waren ein perfektes Team und hatten inzwischen auch ein sehr inniges privates Verhältnis. Marie war für Brenner die Schwester, die er sich als Einzelkind früher immer gewünscht hatte.

Während Brenner die rund dreißig Kilometer nach Bad Herrenalb zurückfuhr, natürlich im offenen Roadster den kühlenden Fahrtwind genießend, überlegte er, welche Ermittlungsansätze im vorliegenden Fall als Erstes anzugehen wären. Auch wenn Mordfälle im Rotlicht-Milieu selten auf auskunftsfreudige Zeugen hoffen ließen, konnte er nicht annähernd erahnen, dass er sich gerade am Beginn des komplexesten Falls seiner bisherigen Laufbahn befand.

~

»Ich habe schon von eurem nächtlichen Einsatz gehört«, sagte Nadine, als Brenner und Marie kurz vor acht Uhr das Büro betraten. Kommissarin Nadine Steiner war die Jüngste in Brenners Team und von ihm vor drei Jahren speziell wegen ihrer Kenntnisse im Umgang mit den neuen Medien ins Team geholt worden. Allerdings hatte sie sich auch schon einige Male bei Außeneinsätzen bewähren dürfen. Nadine war von Brenners kollegialem Führungsstil sehr begeistert und da dieser trotz seiner neunundfünfzig Jahre top durchtrainiert war, machte es ihr beim gemeinsamen Training immer großen Spaß, ihn herauszufordern. Noch heute musste sie schmunzeln, wenn sie sich an sein verblüfftes Gesicht erinnerte, als es ihr beim letzten Nahkampftraining zum ersten Mal gelungen war, ihren Chef auf die Matte zu legen. Und im Schießtraining hatte sie sowieso schon lange mit ihm gleichgezogen. »Wir sollen der Staatsanwältin Bescheid geben, wenn wir anfangen.«

»Das kannst du gleich machen«, antwortete Brenner und begann auf der Whiteboard-Tafel Stichworte zu notieren.

Als er gerade damit fertig war, betraten Staatsanwältin Cora Ekberg und Manfred Franzen das Büro. Der Leiter der KTU hielt einen Beweissicherungsbeutel hoch. »Diese Highheels haben wir nur wenige Meter nach dem Parkplatz gefunden. Vermutlich hat sie unser Opfer abgestreift, um schneller fliehen zu können. Allerdings hat es ihr nicht viel genützt.« Bei seinen letzten Worten griff er sich einen Stuhl und setzte sich neben Marie, worauf diese unmittelbar aufstand und das Fenster öffnete.

»Sorry, Manfred, aber du stinkst!«

»Oh, hat da jemand ein besonders feines Näschen?«

»Ich würde gerne anfangen«, unterbrach Brenner das Frotzeln der beiden und zeigte auf seinen Aufschrieb. »Unser Opfer ist zweiundzwanzig Jahre alt. Sie hat bereits Einträge im POLAS.« Daraufhin nickte er Nadine zu, die zuvor im »Polizeilichen Auskunftssystem« nachgesehen hatte.

»Ja.« Nadine schaute auf ihren Bildschirm. »Cleo Keppler war als Jugendliche Mitglied in einer Mädchengang und hat mehrere kleine Vorstrafen. Unter anderem wegen Diebstahl und Verstoß gegen das Betäubungsmittelgesetz. Das war jedoch alles in Köln, wo sie bis vor zwei Jahren gelebt hat. Hier bei uns in Karlsruhe ist sie lediglich wegen Verstoß gegen die 2015 in Kraft getretene neue Sperrbezirksordnung verwarnt worden.«

»Manfred, habt ihr noch weitere Spuren gefunden? Eventuell auf dem Parkplatz?«

»Keine Chance. Der Parkplatz ist geschottert, und falls überhaupt Spuren vorhanden waren, wurden diese von den Einsatzfahrzeugen vernichtet. Am Fundort der Leiche war durch den Brand natürlich auch nicht viel zu holen. Die Tötungsart wird uns im Laufe des Tages die Gerichtsmedizin mitteilen. Genauso wie die Art des Brandbeschleunigers. Wahrscheinlich hat der Täter Benzin benutzt.«

»Können wir somit von einem Tötungsvorsatz ausgehen?«, fragte Marie. »Im Gegensatz zu früher hat heute ja keiner mehr einen Benzinkanister im Auto.«

»Bei Letzterem stimme ich dir zu. Auf einen geplanten Mord würde ich mich momentan noch nicht festlegen wollen.«

Brenner stand auf und begann, wie immer, wenn er während des Sprechens seine Gedanken erst noch sortieren musste, im Raum hin- und herzugehen. »Lasst uns mal überlegen, weshalb er die Leiche angezündet hat. Eventuell damit wir das Opfer nicht identifizieren können?« Brenner blieb stehen und schüttelte den Kopf. »Nein, denn dann hätte er vermutlich ihren Schädel zertrümmert, um einen Gebissabgleich zu vermeiden.«

»Ich weiß weshalb.« Nadine unterbrach Brenner. »Der Täter wollte seine DNA-Spuren vernichten.«

»Sehr gut. Zudem hat der Täter sicher mitbekommen, dass Cleo ihre Tasche unterwegs verloren hat. Er musste davon ausgehen, dass ein Personalausweis drin ist.«

»Um die Handtasche zu suchen, hätte er jedoch warten müssen, bis es hell wird«, warf Marie ein, »vielleicht war dazu keine Zeit?«

»Könnte sein. Apropos Handtasche. Manfred, kannst du diese auf DNA-Spuren überprüfen? Immerhin war die Handtasche ja auch im Auto.«

Franzen zögerte. »Kann ich machen. Erwarte dir davon aber nicht viel. Auf dem billigen Kunststoffmaterial dürfte nur dann DNA drauf sein, wenn der Täter sie in der Hand gehalten hat.«

»Wir haben noch das Handy«, erinnerte Nadine und zeigte auf die letzte Whiteboard-Notiz.

»Richtig.« Brenner schaute zur Staatsanwältin. »Frau Ekberg, könnten Sie bitte einen Gerichtsbeschluss beantragen, damit wir vom Provider die Funkmasten-Daten erhalten?«

»Natürlich. Wenn wir Glück haben, hat sie einen Handyvertrag bei Unitymedia und ich kann über meine dortigen Kontakte bereits vorab die Daten bekommen. Ansonsten dauert es, wie Sie ja wissen, mindestens ein bis zwei Tage.«

»Sehr gut.« Brenner war innerlich schon darauf gefasst gewesen, dass ihn die fast zwanzig Jahre jüngere Staatsanwältin bereits jetzt nach ersten Verdächtigen fragen würde, kannte er doch ihr Karrieredenken zur Genüge. Aber heute hatte sie offensichtlich ihren kooperativen Tag. »Marie und ich fahren zur Wohnung von unserem Opfer und schauen uns dort mal um. Nadine, du recherchierst bitte im Internet, ob die Keppler in den sozialen Medien aktiv war.«

Als Brenner und Marie zweieinhalb Stunden später wieder zurückkamen und den Gang entlang zum Büro gingen, sahen sie in der Teeküche die Staatsanwältin am geöffneten Fenster eine Zigarette rauchen.

»Geh schon mal voraus.« Marie zog spontan eine Zigarettenschachtel aus ihrer Tasche.

Brenner blieb kurz stehen und überlegte, ob er den beiden auf einen kleinen Smalltalk Gesellschaft leisten sollte.

»Wollen Sie auch eine?«, interpretierte die Staatsanwältin überrascht Brenners Zögern.

»Nein danke, dieses Laster habe ich mir schon lange abgewöhnt.«

»Sie wissen doch«, konterte Cora Ekberg mit einem leichten Grinsen: »In der Summe sind alle Laster gleich.«

»Mag sein. Aber die wenigen, die ich noch habe, versprechen deutlich mehr Genuss.« Mit einem »Wir sehen uns« ging Brenner weiter und konnte sich des Gedankens nicht erwehren, dass ihm die Staatsanwältin immer sympathischer wurde. Prinzipiell fand er sie schon von Anfang an attraktiv. Ihre gute, vermutlich durch regelmäßiges Training gestählte Figur, die blonde, schulterlange Mähne und ihre großen Augen, die je nach Lichteinwirkung mal mehr ins Bläuliche oder ins Grünliche gingen, hatten auf ihn eine entsprechende Wirkung. Allerdings ging ihm ihr emanzipatorisches Gehabe immer wieder auf die Nerven. Das Verhältnis war erst deutlich entspannter geworden, als sie ihn vor etwa einem Jahr zu einem Essen eingeladen hatte. Mit dieser Einladung sollte, wie die Ekberg es überzogen formuliert hatte, die beidseitige Kommunikation auf eine wertschätzende Ebene gestellt werden. Allerdings war aus der seinerzeitigen Einladung nichts geworden, weil er sich zunächst etwas Zeit mit der Terminfindung gelassen hatte. Wobei es weniger an vorhandenen Terminen lag, sondern mehr daran, dass er sich erst grundsätzlich darüber klar werden wollte, wie die Kommunikation mit ihr zukünftig ausschauen sollte. Denn zugegebenermaßen hatte er es manchmal schon sehr genossen, wenn er ihr Paroli geben konnte. Als er sich dann entschieden hatte und mit seinem Terminplaner zur Staatsanwältin gehen wollte, bekam er mit, dass diese kurzfristig zu einem Kongress in die Staaten reisen musste. Vielleicht war das ein Zeichen gewesen? Wobei eine derartige Denkweise wohl eher zu Marie und ihrem Faible für Esoterik gepasst hätte. Sei's drum, nach Ekbergs Rückkehr hatte sich einfach keine günstige Gelegenheit mehr ergeben.

»Das sind Fotos von Cleo Keppler und die Adresse von deren Zahnarzt für die Gerichtsmedizin. Keppler wohnt seit über einem Jahr mit einer Lara Funke zusammen, die ebenfalls als Prostituierte arbeitet. Beide sind donnerstags normalerweise in der Fautenbruchstraße aktiv. Gestern war die Funke jedoch von einem Freier für die ganze Nacht gebucht, weshalb sie auch nicht wusste, zu wem Cleo ins Auto gestiegen ist.« Marie fächelte sich mit einem Prospekt Luft zu. Trotz geöffneter Fenster war die Raumluft stickig. Bereits seit mehreren Tagen war Karlsruhe im Griff einer drückenden Hitze. »Allerdings erklärte uns die Mitbewohnerin, dass die Kolleginnen sich in der Regel gegenseitig absichern, indem Fotos von den Autokennzeichen gemacht werden.«

»Dann werden wir den Täter ja schnell ausfindig machen«, sagte Nadine hoffnungsvoll.

»Damit müssen wir bis heute Abend warten. Die Funke kennt zwar die Vornamen der Kolleginnen, nicht jedoch die Nachnamen, geschweige denn deren genaue Adressen. Wenn du möchtest, kannst du mich heute Abend begleiten. Marie muss nämlich zum Elternabend.« Brenner wusste natürlich schon im Voraus, dass Nadine sein Angebot annehmen würde, nutzte sie doch jede Chance, sich in die Außenermittlungen einzuschalten. Und Chancen wollte er ihr möglichst viele geben, da Nadine mit einem Wechsel ins Mobile Einsatzkommando liebäugelte. Nur ungern würde er sie gehen lassen.

»Natürlich bin ich dabei.« Nadine strahlte. »Ich habe vorhin von unserer Staatsanwältin die Handy-Einloggdaten erhalten und die Uhrzeiten schon mal in eine Zeitleiste eingezeichnet.« Nadine stand auf und zeigte auf die Whiteboard-Tafel. »Cleos Handy war bis 22:34 Uhr in dem Sendemast eingeloggt, der die Fautenbruchstraße abdeckt. Ab 22:46 Uhr befand sich das Handy im Tatortbereich. Das entspricht auch der Fahrzeit von der Fautenbruchstraße zum Parkplatz im Oberwald. Und jetzt wird's interessant.« Nadine zeigte auf die nächste Zahl der Zeitleiste. »Die Alarmierung bei der Berufsfeuerwehr ging erst um 0:17 Uhr ein. Das sind fast eineinhalb Stunden später.«

»Das ist aber eine große Zeitspanne.« Marie war überrascht. »Das Feuer müsste doch deutlich früher bemerkt worden sein. Die Südtangente ist ja stark befahren. Außer der Täter hat das Feuer erst relativ spät nach seiner Ankunft am Parkplatz entzündet. Aber wieso hat er sich so lange Zeit gelassen?«

»Dafür kommen verschiedene Möglichkeiten in Betracht.« Brenner stand auf und sprach im Gehen weiter. »Erstens könnte der Täter mit dem Opfer viel Zeit verbracht haben, bis dieses dann aus einem noch unbekannten Grund die Flucht ergriffen hat. Das erscheint mir jedoch eher unwahrscheinlich. Was soll der Täter so lange mit der Prostituierten gemacht haben?«

»Eventuell hat er sie gefesselt und gequält?« Nadine grauste es bei dem Gedanken, was das Opfer möglicherweise hatte durchmachen müssen.

»Das glaube ich nicht.« Brenner blieb stehen. »Denn dass sie sich selbst befreien und fliehen konnte, halte ich für unwahrscheinlich. Es wird so sein, wie ich schon heute Morgen vermutet habe. Der Täter wollte seine DNA-Spuren vernichten und dazu musste er sich erst Benzin besorgen.«

»In diesem Fall können wir also von Totschlag im Affekt ausgehen«, konstatierte Marie. »Wo hat sich der Täter das Benzin besorgt?«

»Vermutlich von zu Hause. Wahrscheinlich hat der Täter einen Benzinrasenmäher.«

Bevor Brenner weitersprechen konnte, ergänzte Nadine: »Demnach muss der Garten unseres Mörders eine relativ große Rasenfläche haben, denn ansonsten hätte er nur einen Elektrorasenmäher.« Sie war richtig stolz, dass sie inzwischen schon gelernt hatte, ähnlich analytisch zu denken wie ihr großes Vorbild. Brenners Kommentar gab ihr dann allerdings einen kleinen Dämpfer.

»Nicht zwangsläufig«, beschied dieser. »Unser Täter kann auch außerhalb ein größeres Baumgrundstück haben. Auf jeden Fall wohnt er hier in der Region. Denn ein Vertriebler, der auf Geschäftsreise ist, kann nicht auf die Schnelle nach Hause fahren.«

»Ein Vertriebler könnte sich jedoch auch an einer Tankstelle Benzin besorgt haben«, konterte Nadine.

»Prinzipiell ja. Aber würde er dieses Risiko eingehen? Heute weiß doch jeder, dass alle Tankstellen videoüberwacht sind.«

Marie sprang Nadine zur Seite. »Ganz ausschließen können wir das aber nicht.«

Brenner überlegte kurz und schaute auf die von Nadine angefertigte Zeitleiste. »Ihr habt recht. Nadine, ruf bitte alle Tankstellen an, die vom Tatort in einer halben Stunde mit dem Auto erreichbar sind, und frag, ob im Tatzeitfenster Benzin in einem Kanister verkauft wurde. Da du die Mitarbeiter, die heute Nacht Dienst hatten, jetzt sicher nicht erreichen wirst, soll deren Chef sie anrufen. Wenn du eine positive Rückmeldung bekommst, dann lass die Videoaufzeichnungen von Kollegen der Schupo gleich abholen.«

Nadine rollte mit den Augen. Wieso muss mein Chef immer Dinge ansprechen, die klar auf der Hand liegen? Aber vermutlich nahm Brenner gar nicht wahr, dass er zu Beginn eines Falles immer unter Strom stand und dabei seine Mitarbeiter durch unnötige Detailanweisungen extrem nervte.

Brenner schaute auf die Uhr. »Wir machen jetzt Schluss. Ich versuche noch etwas Schlaf nachzuholen. Nadine, wir beide treffen uns heute Abend um 21:45 Uhr und befragen zusammen mit Lara Funke deren Kolleginnen. Wenn eine davon das Kennzeichen fotografiert hat, suchen wir den Fahrzeughalter gleich anschließend auf. Vielleicht haben wir Glück und können den Abend mit einer Festnahme beenden.« Noch während er zur Tür ging, sagte er: »Marie, dir wünsche ich viel Spaß beim Elternabend.«

Dieser Fall wird keine große kriminalistische Herausforderung werden, dachte Brenner. Seinem geplanten Gleitschirm-Sicherheitstraining in Annecy würde nichts im Wege stehen. Er freute sich schon sehr darauf, in zwei Wochen die Fluggebiete rund um den malerischen See in den französischen Alpen zu erkunden.

Brenner konnte nicht ahnen, dass er bald mehrere Wochen lang nicht in der Lage sein würde, einen Gleitschirm zu steuern. Selbst beim Binden seiner Schuhe würde er größte Probleme haben.

Das ist ja gerade noch mal gut gegangen! Dabei hätte das alles gar nicht sein müssen! Was musste sich diese Tussi auch plötzlich so blöd anstellen? Sie war doch mit der harten Tour einverstanden gewesen, bevor sie eingestiegen war. Natürlich hatte sie auch gleich das Doppelte verlangt. Ohne zu diskutieren, hat er bezahlt. Und dann bricht die Tussi mittendrin ab und will das Ganze beenden. Nicht mit mir! Immerhin hat sie das Geld schon eingesteckt. Deal ist Deal! Solche Sperenzchen kann man mit mir nicht machen. Wo kämen wir denn da hin?

Gott sei Dank hatte er die Panik, die ihn überfallen hatte, nachdem der Körper unter ihm erschlafft war, sofort in den Griff bekommen. Ihm war augenblicklich klar gewesen, dass er seine DNA auf ihrem Körper beseitigen musste. Man sollte nicht glauben, wie weitreichend früher getroffene Entscheidungen manchmal sein können. Letztes Jahr war ihm sein Elektrorasenmäher kaputtgegangen und er hatte lange überlegt, ob er ihn ersetzen oder einen Benzinmäher kaufen solle. Was hätte er nur gemacht, wenn er sich für den Elektromäher entschieden hätte? Denn bei einer Tankstelle einen Kanister kaufen und Benzin einfüllen hätte ihn logischerweise sofort überführt. Nein, er hatte alles unter Kontrolle.

Jetzt kam es nur darauf an, ob ihn jemand gesehen hatte. Vermutlich jedoch nicht. Denn sonst wäre die Polizei ja schon längst vor der Tür gestanden. Sein Auto hatte getönte Scheiben und zudem waren die meisten Nutten ja eh immer zugedröhnt und bekamen so gut wie nichts mit. Nur gut, dass er das erste Mal in der Fautenbruchstraße gewesen war. In Karlsruhe war er sowieso noch nie auf dem Straßenstrich gewesen. Hier hatte er bislang nur Frauen aufgesucht, die ihre Dienste in eigenen

Etablissements angeboten hatten. Leider waren die ihm bekannten Kontakte inzwischen alle abgebrochen. Er brauchte zukünftig nicht mehr anzurufen. Lachhaft! Die sollen sich nicht so anstellen! Den meisten gefällt es doch, wenn es etwas härter zur Sache geht. Und wenn nicht, schließlich bezahlt er gutes Geld. Okay, das eine oder andere Mal ist er möglicherweise etwas zu weit gegangen. Aber was soll's …

~

Brenner war zum ersten Mal auf dem Straßenstrich. Natürlich hatte er im Rotlicht-Milieu schon des Öfteren ermitteln müssen; vor allem in seiner Stuttgarter Zeit. Aber das war immer in den einschlägigen Etablissements gewesen. Interessiert schaute er die Fautenbruchstraße entlang. Er hatte seinen Roadster in der Kurze Straße geparkt und war mit Nadine die wenigen Meter zu Fuß weitergegangen. Brenner versuchte gerade die ganze Szene mit den teilweise in Dreiergruppen zusammenstehenden Frauen aufzunehmen, als ihn Nadine mit dem Ellbogen anstupste. »Dort vorne, links. Die im roten Lackrock hat uns zugewunken.«

»Das ist sie«, antwortete Brenner. Ohne Handzeichen hätte er Lara Funke nicht wiedererkannt. Heute Morgen war sie ihm ungeschminkt und nur in Jeans und T-Shirt bekleidet gegenübergestanden. Ihre jetzige Aufmachung hingegen entsprach klar ihrer beruflichen Ausrichtung. »Hallo, Frau Funke. Das ist meine Kollegin, Kommissarin Nadine Steiner.«

»Hallo.« Lara Funke nickte beiden zu und Brenner entging nicht der taxierende Blick, den sie dabei auf Nadine warf. »Meine Kolleginnen wissen schon über Cleo Bescheid. Leider scheint nur Yvonne etwas mitbekommen zu haben.« Lara wandte sich dabei an die neben ihr stehende Frau.

»Sind Sie Yvonne?«, fragte Nadine, die absprachegemäß die Befragungen leiten sollte. »Was haben Sie gestern gesehen?«

»Nicht viel.« Yvonne unterzog die beiden Kommissare einem kritischen Blick. »Ich stand etwa zwanzig Meter von Cleo weg. Die ist in einen schwarzen Volvo-SUV eingestiegen.«

»Sind Sie da sicher?« Brenner versuchte die Zuverlässigkeit von Yvonne einzuschätzen. Eine falsche Fahrzeugangabe hätte verheerende Folgen.

»Klar, mein Alter zu Hause fährt denselben.«

»Haben Sie sich das Kfz-Kennzeichen gemerkt?« Nadine übernahm wieder die Gesprächsführung.

»Nein. Kim und Diana sind ja direkt neben Cleo gestanden. Ich bin davon ausgegangen, eine von denen macht ein Foto. Aber es war sicher ein Karlsruher Kennzeichen.«

»Weshalb?«

»Ein anderes wäre mir aufgefallen.« Yvonne hatte sich weggedreht und schaute interessiert zu den Autos, die langsam an ihnen vorbeifuhren.

Nadine ließ nicht locker. »Und den Insassen. Können Sie den beschreiben?«

»Wozu auch? Der hatte sich ja schon entschieden. Ich hab nicht mal hingeschaut.« Yvonne rollte entnervt die Augen. »Konnte ja nicht wissen, dass Kim und Diana kein Foto machen.«

»Und weshalb haben die beiden kein Foto gemacht?«

»Das fragen Sie Kim selber. Die steht dort drüben.« Mit einer Kopfbewegung wies sie auf eine recht hübsche dunkelhaarige Frau, die auf der gegenüberliegenden Straßenseite zu ihnen herschauend sich gerade eine Zigarette anzündete.

»Ich gehe mit«, bot sich Lara Funke an. »Ich habe schon mit Kim gesprochen.«

Brenner überquerte hinter Nadine und Lara Funke die Straße und dachte, dass seine Kollegin mit ihren schulterlangen dunkelblonden Haaren, die sie im Dienst immer zu einem Zopf zusammengebunden hatte, und ihrem top durchtrainierten Körper hundert Mal attraktiver wirkte. Zumindest auf ihn. Aber viele Männer favorisierten wohl einen anderen Frauentyp.

»Mein Name ist Nadine Steiner. Das ist mein Chef, Hauptkommissar Peter Brenner.« Nadine zeigte dabei ihren Ausweis und ergänzte: »Ihre Kollegin hat uns gesagt, dass Sie normalerweise Fotos von den Kfz-Kennzeichen der Freier machen. Bei Cleos Freier gestern Abend wurde das versäumt?«

»Tut mir ja selber leid. Aber das konnte ja keiner wissen.« Kim zuckte entschuldigend mit den Schultern. »Ich hab mich mit Diana gezofft. Die geht mir gerade auf den Wecker.«

Brenner beobachtete Kim, die offensichtlich sowohl europäische als auch asiatische Wurzeln hatte. Schon auffällig, dachte er, dass alle Eurasierinnen außergewöhnlich hübsch sind. Wobei, korrigierte er sich sofort, für eine derartige Verallgemeinerung kenne ich eigentlich zu wenige.

»Können Sie uns den Fahrer beschreiben? Sie waren doch nur ein paar Meter von ihm weg.« Nadine war leicht genervt, weil ihr nicht entgangen war, dass sich Kim mehr auf Brenner konzentrierte als auf ihre Fragen.

»Nein. Ich glaube, das Fahrzeug hatte getönte Scheiben. Aber bin mir da nicht sicher.« Kim holte Luft und fügte ungehalten hinzu: »Ich sagte ja schon, dass wir uns gestritten haben.«

»Worum ging denn Ihr Streit?« Nadine hatte nicht vor, sich so einfach abspeisen zu lassen.

»Ich habe Diana vor ein paar Wochen bei mir aufgenommen. Und da hat sie sich gefälligst auch an den Kosten zu beteiligen.«

»Wo ist denn diese Diana?«, hakte Brenner nach.

»Die hat Magen-Darm. Da geht man sinnvollerweise nicht zur Arbeit.«

Brenner wollte gerade weiterfragen, als er von der gegenüberliegenden Straßenseite eine keifende Stimme hörte: »Wollt ihr hier Wurzeln schlagen? Ihr vertreibt uns die Kundschaft!«

Brenner war natürlich nicht entgangen, dass seit ihrer Anwesenheit kein einziges Auto angehalten hatte. Alle Fahrer waren in langsamem Tempo weitergefahren. Vermutlich hatten die Freier ihn und Nadine sofort als Kriminalbeamte erkannt.

Er überlegte, ob weitere Befragungen noch Sinn machten. »Meine Kollegin nimmt jetzt noch Ihre Personalien auf.« Brenner überreichte Kim seine Visitenkarte. »Geben Sie diese bitte an ihre Mitbewohnerin. Die soll sich bei uns melden, falls sie etwas gesehen hat. Jede Kleinigkeit kann uns weiterhelfen.«

»Eigentlich hatte ich gehofft, heute Nacht noch eine Festnahme vornehmen zu können.« Nadine konnte ihre Enttäuschung nur schwer verbergen. Missmutig ging sie neben Brenner zurück zum Auto. »Außer Fahrzeugtyp und Farbe haben wir nichts. Lässt du eine Soko zusammenstellen?«

»Da kommen wir wohl nicht drumherum. Ich weiß zwar noch nicht, wie lang die Liste aus Flensburg sein wird. Aber sicher zu lang, um sie in unserem Dreierteam abzuarbeiten.«

Brenner war gedanklich schon bei der anstehenden Soko. Egal wie umfangreich die SUV-Halterliste auch sein würde, mit polizeilicher Basisarbeit würden sie über kurz oder lang auf einige Verdächtige stoßen. Eine DNA-Untersuchung von deren Fahrzeugen würde letztendlich den Mörder überführen. Eigentlich hatte er schon kompliziertere Fälle gehabt.

Noch wusste Brenner nicht, dass ihm diesmal ein Gegner gegenüberstand, der ihm in puncto analytischen Vorgehens durchaus Paroli bieten konnte.

»Wie war's auf dem Elternabend?«, fragte Brenner, als Marie am Samstagmorgen kurz nach ihm das Büro betreten hatte. Seit Marie sich vor einem Jahr einen Hund zugelegt hatte, war Brenner meist vor ihr im Büro. Charly, wie Maries süßer Vierbeiner hieß, hatte einige Gewohnheiten seines Frauchens verändert.

»Ätzend. Du kannst dir nicht vorstellen, wie arrogant manche Eltern sein können.« Marie setzte sich und fuhr den PC hoch. »Viele sind der Meinung, der nächstes Schuljahr stattfindende Schullandheimaufenthalt müsse unbedingt im Ausland sein. Die denken nicht an die finanzielle Situation von alleinstehenden Müttern. Ein Schullandheim soll doch in erster Linie das soziale Miteinander der Schüler fördern. Da würde auch ein Waldschullandheim im Schwarzwald wie beispielsweise die Burg Hornberg völlig genügen.«

»Sehe ich auch so.« Brenner wurde sich mal wieder bewusst, dass es Themen gab, die ihm als kinderlosem Single völlig fremd waren.

»Aber lassen wir das.« Marie hatte sich inzwischen eine Tasse Kaffee eingeschenkt und schaute Brenner erwartungsvoll an. »Erzähl von gestern Abend. Haben wir unseren Täter?«

Brenner hatte gerade die Ergebnisse zusammengefasst, als Nadine zusammen mit der Staatsanwältin eintrat.

»Guten Morgen. Frau Steiner hat mich bereits auf dem Weg vom Parkplatz instruiert. Da steht Ihnen jetzt wohl doch eine mühselige Befragung bevor.«

»Sieht ganz danach aus.« Brenner musterte unwillkürlich Cora Ekbergs Outfit. Das figurbetonte Kleid stand ihr ausgezeichnet. Einigen Gesprächen von Marie und Nadine hatte er entnommen, dass die Staatsanwältin bei ihrer Kleidung wohl nicht aufs Geld achtete. Er selbst hatte, was Modelabels anbelangte, gar keine Ahnung. Ihn interessierte nur die Wirkung. Und die war nach seinem Empfinden definitiv vorhanden. Abrupt verscheuchte er seine abschweifenden Gedanken und setzte nach: »Nadine wird als Erstes beim Kraftfahrtbundesamt eine Liste aller Halter eines schwarzen Volvo-SUV mit Karlsruher Kennzeichen einholen. Ich habe schon mit unserem Chef gesprochen und sein Okay für eine Soko erhalten. Der Name ist übrigens Soko Oberwald. Die erste Sitzung findet um 13 Uhr statt. Bis dahin überprüfen wir die Fahrzeughalter auf eventuelle Einträge in unserem POLAS. Könnte mir vorstellen, dass unser Täter schon mal auffällig war. Entweder mit Sexual- oder Gewaltdelikten. Dann können wir bei unserer Befragung Prioritäten setzen.«

»Haben Sie bereits ein erstes Täterprofil?« Cora Ekberg war nicht entgangen, dass Brenners Blick einen kleinen Tick zu lang auf ihrer Figur gehaftet hatte.

»Wenn wir davon ausgehen, dass die Tat nicht geplant war, dann handelt es sich bei dem Täter um einen Menschen mit einer hohen Resilienz, das heißt, unser Täter ist relativ stressbelastbar. Zumindest kann er sehr schnell auf neue Situationen reagieren und ist in der Lage, vorausschauend zu denken. Die meisten Täter würden nach einer nicht vorab geplanten Tötung den Tatort vermutlich kopflos und so schnell wie möglich verlassen. Unser Täter hat jedoch erkannt, dass er über die DNA an der Toten überführt werden kann. Ich gehe davon aus, dass er über einen höheren Schulabschluss verfügt und vermutlich in seinem Beruf recht erfolgreich ist. Das Alter schätze ich zwischen fünfunddreißig und fünfundfünfzig.«

Während Brenner sein vorläufiges Täterprofil formulierte, spürte er wieder dieses besondere Kribbeln, das ihm klar zeigte, dass sein Jagdinstinkt geweckt war. Denn bei den meisten Mordfällen war der Täter im unmittelbaren Umfeld des Opfers zu finden und deshalb waren diese Fälle vergleichsweise einfach zu lösen. Im vorliegenden Fall würde die Suche nach dem Täter deutlich spannender werden.

»Vorhin habe ich noch mit unserem Gerichtsmediziner Dr. Lund telefoniert. Der Gebissabdruck des Mordopfers passt zu den Zahnarztunterlagen von Cleo Keppler. Die Todesursache war Erwürgen, was durch den eingedrückten Kehlkopf eindeutig belegt ist. Die Untersuchung der Lunge hat zudem gezeigt, dass sie bereits tot war, als sie angezündet worden ist. Mittels Gaschronometer hat Lund auch unsere Vermutung bezüglich der Art des Brandbeschleunigers bestätigt. Der Täter hat eindeutig Benzin benutzt.« Brenner beendete die Einweisung der 17 Mitglieder seiner Soko Oberwald in die bisherige Faktenlage und hielt danach einen Stapel Blätter hoch. »Unsere erste Aufgabe besteht darin, die Alibis aller Volvo-SUV-Fahrzeughalter mit Karlsruher Autokennzeichen zu überprüfen. Nadine gibt uns nähere Infos.«

Nadine holte kurz Luft und versuchte ihre Nervosität in den Griff zu bekommen. Immerhin war dies ihre erste Soko-Teilnahme in der Mordkommission und trotz ihres ansonsten sehr couragierten Auftretens fiel es ihr nicht leicht, vor so vielen und zumeist deutlich älteren Kollegen zu referieren. »Damit die Zweierteams möglichst wenig Fahrzeit zwischen den einzelnen Halteradressen aufwenden müssen, habe ich die Adressen nach Postleitzahlen geordnet. Wir haben heute Morgen auch schon die Halter auf Einträge im POLAS überprüft und sind auf zwei interessante Treffer gestoßen. Der erste Treffer weist bereits mehrere Einträge wegen häuslicher Gewalt auf. Zu einer Verurteilung ist es allerdings nicht gekommen, weil seine Frau jeweils kurz vor der Gerichtsverhandlung ihre Anzeige zurückgezogen hat. Dieser Fahrzeughalter ist auf der Liste von Marie und Pit. Den anderen Treffer habe ich auf meine Liste gesetzt. Dieser Fahrzeughalter hat bereits mehrere Vorstrafen wegen gefährlicher Körperverletzung. Die weiteren POLAS-Treffer weisen keine Gewaltdelikte auf. Ihr findet bei den jeweiligen Personen die entsprechende Notiz.«

»Danke, Nadine.« Brenner übernahm wieder. »Die Teameinteilung und wer welche Listen überarbeiten will, überlasse ich euch selbst. Bitte informiert mich unverzüglich, wenn ihr einen Verdächtigen habt. Gegebenenfalls lassen wir dann sein Auto auf DNA-Spuren untersuchen. Wir treffen uns um 17 Uhr wieder.« Gerade als er sich setzten wollte, fiel ihm noch etwas ein: »Nadine kam übrigens noch auf die gute Idee, zu überprüfen, ob ein Volvo-SUV in den letzten Tagen als gestohlen gemeldet worden ist. Denn es könnte ja sein, dass unser Täter ein Auto speziell für sein Vorhaben gestohlen hat. Dies würde unsere Vermutung, dass die Tat nicht geplant war, doch erheblich in Zweifel ziehen. Allerdings liegt bislang keine Diebstahlmeldung vor.« Brenner musste schmunzeln, als er sah, dass sein Lob eine leichte Rötung von Nadines Gesicht herbeigeführt hatte.

~

Marie gab die Adresse in das Navi ein, während Brenner vom Parkplatz der Kriminaldirektion fuhr. »Der Typ wohnt im Ortsteil Grünwinkel. Dort gibt es übrigens das Mundarttheater ›Badisch Bühn‹. Da solltest du unbedingt mal hingehen, sofern dir Mundart gefällt.«

»Tut sie. Ich bin ja auch ein großer Fan von Christoph Sonntag.« Spontan musste Brenner an dessen Auftritt vor einigen Wochen auf der Gartenschau in Bad Herrenalb denken. Der Besucherandrang war so groß gewesen, dass er keinen Sitzplatz mehr unter dem Pavillon gefunden hatte, sondern nur einen Stehplatz außerhalb, und das auch noch in dritter Reihe, ergattern konnte. Kurz nachdem der »König des schwäbischen Kabaretts« seine Show eröffnet hatte, begann es wie aus Kübeln zu regnen, so dass Brenner recht schnell bis auf die Haut durchnässt war. Da zudem noch die vor ihm stehenden Zuschauer ihre Schirme aufspannten und Brenner damit die Sicht zur Bühne verwehrten, war er bereits nach dreißig Minuten wieder gegangen.

»Den finde ich auch ganz gut.« Mit einem Schmunzeln setzte Marie nach: »Obwohl er ja Schwabe ist und kein Badener. Vor allem bin ich von seinem Streetworker-Projekt begeistert, mit dem er jugendlichen Obdachlosen in Stuttgart hilft.« Marie blätterte in ihren Unterlagen und sagte: »Auf diesen Gunter Metzler bin ich ja sehr gespannt. Schon drei Mal hat ihn seine Frau angezeigt. Und jedes Mal hat sie die Anzeige wieder zurückgezogen. Muss denn immer erst das Schlimmste passieren, bis man diese Typen wegsperren kann? Ich habe kürzlich gelesen, dass in Deutschland jeden dritten Tag eine Frau von ihrem Partner oder Ex-Partner getötet wird. Kannst du dir das vorstellen?«

»Die Statistik über häusliche Gewalt kenne ich auch. Das Schlimme ist jedoch, dass Rechtspopulisten die Gewalt gegen Frauen zum Anlass nehmen, um gegen Ausländer zu hetzen. Dabei sind zwei Drittel der Täter Deutsche.«

»Und stammen zudem aus allen gesellschaftlichen Schichten.«

»Ja. Normalerweise denkt man immer, dass Menschen, die sich primitiv verhalten, auch intellektuell ganz am unteren Ende der Skala stehen. Aber beim Thema häusliche Gewalt ist es wie bei sexuellem Missbrauch von Kindern; diese Täter findest du in jeder Gesellschaftsschicht. Welchen Beruf hat denn Metzler?«

Marie warf einen Blick in die Unterlagen. »Studiert hat er Betriebswirtschaft. Als Beruf ist Einkaufsleiter angegeben.«

Brenner war inzwischen von der B 36 in die Durmersheimer Straße abgebogen. »Laut Navi sind es noch vier Minuten.«

»Mir gefällt der Stadtteil. Hier haben die Häuser noch großzügig angelegte Gärten, verglichen mit den Neubaugebieten, die heutzutage erschlossen werden.«

»Stimmt. Die Leute hier wohnen im Grünen und sind doch nur ein paar Minuten von der Innenstadt entfernt.«

Marie, die sich allgemein sehr stark für die Geschichte der insgesamt 27 Karlsruher Stadtteile interessierte, wollte Brenner gerade darüber informieren, dass Grünwinkel als »Kregen Winkel« bereits 1468 in einem markgräflich-badischen Zinsbuch erwähnt worden sei, als das Navi die Zielerreichung meldete.

Als auf das Läuten niemand reagierte, gingen Brenner und Marie um das Haus herum. »Einen Benzinrasenmäher haben wir ja schon mal«, sagte Brenner, als sie eine Frau sahen, die sich gerade von ihnen wegbewegend einen Rasenmäher schob. Die beiden Ermittler blieben stehen und warteten, bis die Frau am Gartenende die Richtung wechselte und wieder auf sie zukam.

Bereits nach wenigen Metern bemerkte die etwa vierzigjährige Frau ihre Besucher und stellte den Rasenmäher ab. »Wollen Sie zu mir?«

Marie zeigte ihren Ausweis. »Mein Name ist Marie Franke.« Mit Blick zu Brenner ergänzte sie: »Das ist Hauptkommissar Peter Brenner. Wir möchten Herrn Metzler sprechen. Sind Sie Elke Metzler?« Eigentlich ist diese Frage überflüssig, dachte Marie, da sie die nur schlecht überschminkten Hämatome an der linken Gesichtshälfte der Frau sofort bemerkt hatte.

»Ja, die bin ich.« Frau Metzler schaute nervös zwischen den beiden Kommissaren hin und her, bevor sie sich wieder Marie zuwandte. »Mein Mann ist nicht hier. Weshalb wollen Sie Gunter denn sprechen?« Zeitgleich mit ihrer Frage verschränkte Frau Metzler die Arme vor der Brust.

»Wir wollen ihn fragen, wo er sich am Donnerstagabend ab circa 22 Uhr aufgehalten hat. Wissen Sie das zufällig?«

Marie war nicht entgangen, dass sich Frau Metzlers Körperhaltung deutlich entspannte, als sie den Grund ihres Besuchs erwähnt hatte. Offensichtlich war Frau Metzler von einem anderen Befragungsgrund ausgegangen. Erleichtert sagte sie: »Gunter hat donnerstags immer seine Männerrunde.«

»Können wir uns vielleicht kurz setzen?«, schaltete sich jetzt Brenner ein und zeigte auf die nur wenige Meter entfernte Terrasse, die mit großen Terracotta-Fliesen belegt war. Brenner hatte Frau Metzlers Nervosität natürlich auch bemerkt und hoffte, mit seinem Vorschlag eine entspanntere Atmosphäre schaffen zu können. Es war ganz gut, dass sie Frau Metzler allein angetroffen hatten. Die Chance, mehr Informationen aus ihr herauszuholen, war dadurch deutlich größer.

Frau Metzler ging den Ermittlern voraus. Bei der voluminösen Rattan-Sitzgruppe blieb sie stehen und fragte: »Möchten Sie etwas zu trinken?«

»Wenn Sie vielleicht ein Glas Wasser hätten?«, antwortete Marie mit einem dankbaren Lächeln. Auch ihr war klar, dass mit einem Getränk auf dem Tisch die Chance auf ein längeres Gespräch wesentlich größer war. Marie hoffte, dass sie in Metzler den Täter hatten und zukünftig eine Frau weniger den Gewaltexzessen ihres Partners ausgeliefert wäre. Allein der Anblick dieser armen Frau brachte Maries Blut zum Kochen. Vermutlich war die zierliche Frau früher recht hübsch gewesen. Mit ihren großen braunen Augen hatte sie sicher so manches Männerherz bezirzen können. Inzwischen hatten diese Augen jedoch keinerlei Strahlkraft mehr und sich den verhärmten Gesichtszügen nahtlos angepasst. Auch dass sie die grauen Strähnen in ihren halblangen braunen Haaren nicht tönte, war Beleg dafür, dass Frau Metzler keinen großen Wert mehr auf ihr Erscheinungsbild legte. Würde man dieser Frau in einer Einkaufspassage begegnen, würde man sie vermutlich gar nicht wahrnehmen.

Während Frau Metzler den Kommissaren aus einer stilvollen Glaskaraffe einschenkte, fragte sie: »Weshalb wollen Sie denn wissen, wo mein Mann am Donnerstagabend war?«

»Wir ermitteln in einem Mordfall. Der Täter hat vermutlich einen schwarzen Volvo-SUV gefahren.«

»Und jetzt befragen Sie alle Halter solcher Fahrzeuge?«

»Korrekt«, sagte Brenner. »Wann ist denn Ihr Mann nach Hause gekommen?«

»Das kann ich Ihnen nicht genau sagen. Ich selbst bin so gegen ein Uhr ins Bett gegangen und da war er noch nicht zu Hause.«

»Können Sie uns etwas mehr über diese Männerrunde erzählen? Was wird dabei gemacht, wo findet denn diese Männerrunde statt?«

Frau Metzler zuckte mit den Schultern und antwortete: »Angeblich treffen die sich immer bei Heiko Roller. Heiko hat einen großen Hobbyraum im Untergeschoss seines Hauses. Als Heiko noch verheiratet war, haben wir dort hin und wieder Partys gefeiert.« Beim letzten Satz war ihr Blick automatisch noch oben gegangen. Offensichtlich waren vor ihrem geistigen Auge sofort Szenen aus der damaligen Zeit aufgetaucht. In leicht gehässigem Tonfall ergänzte Frau Metzler: »Seit ihm seine Frau davongelaufen ist, finden dort nur noch Männerpartys statt.«

Marie wurde hellhörig. »Wissen Sie, wer bei diesen Männerpartys alles dabei ist?«

»Keine Ahnung.« Frau Metzler schüttelte den Kopf. »Interessiert mich auch nicht. Ich freue mich auf jeden Donnerstag. Da ist Gunter grundsätzlich immer weg. Das heißt nicht, dass er all die anderen Tage hier ist. Aber Donnerstag ist fixes Ritual.«

Marie ließ nicht locker: »Auch wenn es Sie nicht wirklich interessiert, was bei diesen Männerpartys abläuft, haben Sie denn Vermutungen? Auch das würde uns schon etwas weiterhelfen.«

»Ich weiß, was Sie denken.« Frau Metzler schaute jetzt Marie direkt in die Augen. »Selbst wenn Frauen zu diesen Partys geholt werden, ist mir das so was von scheißegal. Ich hoffe bloß, dass er zumindest so intelligent ist, Gummis zu benutzen, und mich nicht auch noch mit irgendwelchen Krankheiten ansteckt.«

Auch Brenner hatte bei dem Begriff »Männerpartys« sofort in Maries Richtung gedacht. Könnte es sein, dass Cleo Keppler in der Fautenbruchstraße zu einer Männerparty abgeholt worden war? Aber dann passten die Einloggdaten ihres Handys nicht. Die bisherigen Informationen ergaben noch kein zusammenhängendes Bild. »Woher kennen sich ihr Mann und ...«, Brenner schaute kurz auf sein Notizbuch, »dieser Heiko Roller?«

»Die haben viele Jahre lang zusammen Fußball gespielt. Gunter war der Top-Torjäger seiner Mannschaft. Alle Mädels waren in ihn verknallt.« Nach einem leichten Schnauben ergänzte Frau Metzler: »Und ich blöde Gans habe mir dann was darauf eingebildet, als er sich für mich entschieden hatte.«

Marie konnte die Gefühle von Frau Metzler durchaus nachvollziehen. Im Zustand des Verliebtseins übersah man nur allzu oft entsprechende Warnsignale. Denn es war mehr als unwahrscheinlich, dass ihr Mann sein frauenverachtendes Menschenbild und sein unkontrolliertes Verhalten erst nach der Heirat entwickelt hatte. Bei Typen wie diesem Metzler tat sich Marie ungemein schwer, ihren Zorn im Griff zu halten. »Wo ist denn ihr Mann momentan?«

»Vermutlich bei Heiko. Die Zeiten, als er mich noch informierte, wo er seine Freizeit verbringt, sind schon lange vorbei.«

Brenner nahm wieder seinen Stift zur Hand. »Haben Sie uns die Adresse von diesem Heiko?« Nachdem er diese notiert hatte, stand er auf und sagte: »Ich geh schon mal voraus. Einstweilen vielen Dank für die Auskunft. Gut möglich, dass wir nochmals vorbeikommen.« Brenner hatte sich bewusst bei der Befragung zurückgehalten und spürte auch jetzt intuitiv, dass sich Marie noch gern allein mit Frau Metzler unterhalten wollte.

Marie wartete, bis Brenner um die Hausecke verschwunden war, und sagte dann: »Frau Metzler, ich frage Sie jetzt nicht, woher Sie das Hämatom am Auge haben. Ich weiß von den Anzeigen, die Sie jedes Mal wieder zurückgezogen haben.«

Elke Metzlers Körpersprache hatte sich bei Maries Hinweis schlagartig verändert. Das Verschränken der Arme und das Zusammenpressen der Lippen signalisierten eindeutig eine Abwehrhaltung gegenüber dem neuen Thema. Marie ließ sich jedoch davon nicht beirren. Sie beugte sich zu Elke Metzler vor und legte sachte ihre Hand auf den Tisch. »Es gibt das bundesweite Hilfstelefon ›Gewalt gegen Frauen‹. Dort können betroffene Frauen rund um die Uhr kostenlos anrufen. Der Anruf wird auch nicht auf der Telefonrechnung aufgeführt. Ihr Mann hat also keine Chance, das herauszufinden.«

»Das bringt jetzt nichts mehr. Vielleicht hätte ich ganz am Anfang eine Chance gehabt?« Elke Metzlers Blick schweifte zur Seite. »Wobei, anfangs sah ja alles ganz anders aus. Erst später habe ich seine perfide Vorgehensweise durchschaut.«

Marie hatte das Gefühl, dass Frau Metzler bereit war, sich mehr zu öffnen. »Wie hat denn das Ganze angefangen?«

»Ganz zu Beginn war Gunter so was von lieb und zuvorkommend.« Elke Metzler nickte. »Ja, er hat mich wirklich auf Händen getragen und immer wieder gesagt, wie wichtig ich für ihn sei und dass ich etwas ganz Besonderes wäre.« Nach einer kurzen Pause, während der sie vermutlich die eine oder andere zu ihrer Schilderung passende Szene wieder vor Augen hatte, sagte sie: »Das Einzige, was mich damals gestört hat, war seine Eifersucht. Natürlich nicht auf Männer. Dazu habe ich ihm nie einen Anlass gegeben. Sondern auf meine Freundinnen.«

»Wie meinen Sie das?«

»Immer, wenn ich mit einer Freundin etwas ausgemacht habe, beispielsweise eine Shoppingtour oder Ähnliches, hat er mir vorgeworfen, ich würde ihn alleinlassen. Meine Freundinnen seien mir wichtiger als er. Der hat mir regelrecht ein schlechtes Gewissen gemacht. Und dementsprechend bin ich dann auch meistens zu Hause geblieben.«

»Wie haben Ihre Freundinnen darauf reagiert?«

»Ich habe mich geschämt, denen den wahren Grund zu sagen. Meistens habe ich Kopfschmerzen oder Müdigkeit als Absagegrund vorgeschoben.«

Während Marie noch versuchte, diese schwer nachvollziehbaren Infos zu verarbeiten, fuhr Elke Metzler schon fort: »Natürlich haben mir das meine Freundinnen nicht geglaubt. Allerdings haben die mein Verhalten darauf zurückgeführt, dass sie mir nicht wichtig genug seien. Irgendwann hat man mich dann auch nicht mehr eingeladen.« Elke Metzler schenkte sich nochmals Wasser nach. »Als ich mehr oder weniger isoliert war, da hat er begonnen, sein wahres Gesicht zu zeigen. Anfangs hat er bei jeder Kleinigkeit, die ich angeblich nicht richtig gemacht hatte, nur rumgeschrien. Dann, eines Tages, blieb es nicht nur beim Schreien.«

»Weshalb haben Sie denn nicht spätestens da ein ganz klares Stoppsignal gesetzt und sich von ihm getrennt?«

»Er hat mich gleich danach um Verzeihung gebeten. Das sei nur passiert, weil er im Geschäft so viel Stress habe. Später hat er dann nicht mehr geschäftliche Probleme als Entschuldigung für seine Schläge angeführt, sondern mir vorgeworfen, dass ich ihn durch mein Verhalten dazu provoziert hätte.«

Marie war fassungslos. Intensiv überlegte sie, wie sie Frau Metzler schnellstmöglich weiterhelfen könnte, als diese sagte: »Dann hat er mir natürlich immer wieder versprochen, dass das nie wieder vorkommen würde, er sich zukünftig im Griff haben würde. Anfangs habe ich ihm tatsächlich geglaubt. Inzwischen weiß ich, dass er sich niemals ändern wird.«

»Genau deshalb müssen Sie etwas ändern. Weshalb bleiben Sie denn in dieser Beziehung? Sind Sie von ihrem Mann finanziell abhängig? Oder ist es wegen den Kindern?«

»Ich habe keine Kinder.« Urplötzlich liefen Tränen aus Elke Metzlers Augen. »Ich war mal schwanger. Aber dann hat er mich …« Sie versuchte die Tränen abzuwischen und schüttelte den Kopf. »Das ist Vergangenheit. Und nein, ich bin auch nicht finanziell von ihm abhängig. Ich habe vor zwei Jahren etwas geerbt und außerdem verdiene ich als Programmiererin ganz gut.«

»Dann verstehe ich erst recht nicht, dass Sie in so einer Beziehung bleiben. Ein Ende mit Schrecken ist doch allemal besser als ein Schrecken ohne Ende.«

Elke Metzler schüttelte den Kopf: »Und was ist, wenn das Ende mit Schrecken gleichzeitig das Ende des Lebens ist?«

Marie riss entsetzt die Augen auf. »Hat er etwa gedroht, Sie zu töten?«

»Was glauben Sie, weshalb ich die Anzeigen jedes Mal zurückgezogen habe?« Elke Metzler schüttelte mehrmals den Kopf. »Er hat mir nicht nur einmal glaubwürdig versichert, dass er mich überall finden würde. Egal wo ich mich verkriechen würde.«

»Aber es gibt doch die Möglichkeit von Frauenhäusern. Die sind gesichert und …«

»Hören Sie doch damit auf. Sicher sind Sie nur, solange Sie dort drinbleiben. Aber irgendwann müssen Sie ja raus. Zur Arbeit oder was auch immer. Nein, Sie haben keine Ahnung, wozu dieser Psychopath fähig ist.« Bevor Marie darauf etwas erwidern konnte, ergänzte sie: »Ich habe mich damit abgefunden. Inzwischen spüre ich schon, wie er drauf ist, wenn er nur zur Haustür hereinkommt. Da unser Haus groß genug ist, kann ich ihm an kritischen Tagen meist aus dem Weg gehen. Und zudem schlägt er auch nicht mehr ganz so fest zu.« Elke Metzler lächelte gequält. »Kann natürlich auch sein, dass ich inzwischen abgehärteter bin.«

Während die Kommissare zur Adresse von Heiko Roller fuhren, berichtete Marie über ihr Gespräch mit Frau Metzler und schloss mit den Worten: »Es macht mich so was von wütend und zugleich auch tief traurig, dass wir solchen Frauen nur sehr bedingt helfen können.«

»Was sollen wir machen, wenn sie die Anzeige immer wieder zurückzieht und sich auch nicht scheiden lassen will? Uns bindet sie damit die Hände und ihrem Mann gibt sie unbewusst zunehmend mehr Macht.«

Marie seufzte. »Vermutlich hast du recht. Spätestens in der Pubertät müssten alle Mädchen einen Selbstbehauptungskurs machen.« Nach kurzer Pause ergänzte sie: »Und Jungs auch. Denn häusliche Gewalt gibt es auch von Frauen gegen Männer. Eigentlich sollten Selbstbehauptungskurse Pflichtfach in der Schule sein.« Nach einer kurzen Pause fragte Marie: »Wieso schauen beim Thema häusliche Gewalt so viele Menschen nur allzu gern weg?«

»Vermutlich liegt es daran, dass diese Täter meist zwei ganz unterschiedliche Gesichter haben.«

»Wie meinst du das?«

»Na ja, außerhalb der eigenen vier Wände haben diese Täter häufig ein sehr eloquentes Auftreten, und falls ihr Umfeld von ihrem häuslichen Verhalten etwas mitbekommt, traut man sich nicht, sie darauf anzusprechen. So nach dem Motto, da wird es ja schon einen Grund geben, wenn dieser ach so sympathische Mann zu Hause mal ausrastet. Die Medien sollten derartige Täter wesentlich stärker an den Pranger stellen. Solange Gewalt in der Familie gesellschaftlich nicht geächtet wird, werden viele Menschen weiterhin wegschauen. Das Recht auf häusliche Privatsphäre hört bei diesem Thema eindeutig auf.«

Marie schaute respektvoll zu Brenner. »Wow. Das sind klare Worte, Chef.«

Die weitere Diskussion um dieses Thema wurde vom Navi unterbrochen, das das Einbiegen in die Zielstraße ankündigte.

»Dort vorne müsste es sein«, sagte Marie. »Da steht ein schwarzer Volvo-SUV.«

Brenner parkte seinen Roadster hinter dem SUV. »Dann schauen wir uns diesen Metzler mal an.«

Marie wollte gerade aussteigen, als Brenner sie zurückhielt: »Überlass bitte mir die Befragung. Deine Emotionen bezüglich Metzler sind geradezu körperlich spürbar.«

»Willst du mir damit etwa sagen, ich hätte mich nicht unter Kontrolle?«

Brenner grinste. »Momentan schon. Ich kann mir jedoch durchaus vorstellen, dass dieser Typ dich sehr schnell an deine Grenzen bringt.« Brenner sollte recht behalten.

~

Nach der Soko-Einweisung wartete Nadine auf dem Parkplatz der Direktion und war gerade dabei, ihre Facebook-Nachrichten zu checken, als ihr Kollege mit einem VW Passat neben ihr anhielt.

»Der war offensichtlich im Observierungseinsatz«, sagte Nadine und wischte mit einigen Handbewegungen diverse Brösel vom Beifahrersitz des Dienstfahrzeugs, bevor sie sich setzte.

»Vermutlich«, antwortete Micha Daum, der vom Dezernat für Eigentumskriminalität kam und sich Nadine als Teampartner in der Soko angeboten hatte. Beide hatten zwar dienstlich noch nicht viel miteinander zu tun gehabt, sahen sich allerdings ab und zu im Fitnessstudio, wenngleich Daum dort, im Gegensatz zu Nadine, nur im Kraftraum aktiv war.

»Zu wem als Erstes?« Micha aktivierte das Navi und schaute Nadine fragend an.

»Natürlich zu dem Typ, der offensichtlich Meinungsverschiedenheiten vorwiegend mit seinen Fäusten löst.« Nadine schaute auf ihre Unterlagen. »Torsten Kostal, wohnt im Stadtteil Mühlburg. Kannst losfahren; ich gebe die Adresse ein.« Nadine schloss den Sicherheitsgurt und gab danach die Seydlitzstraße ins Navi ein.

»Was wissen wir von Kostal?«

Nadine blätterte in ihren PC-Ausdrucken. »Eigentlich durchweg gefährliche Körperverletzung. Seinen ersten Kontakt mit dem Richter hatte er während seiner Studentenzeit. Kostal war offensichtlich in einer rechtsorientierten Studentenverbindung. Die Strafe wurde allerdings auf Bewährung ausgesetzt. Später hatte er weniger Glück. Da saß er einmal fünf Monate und drei Jahre später acht Monate ein. In beiden

Fällen war bei seiner Verhaftung noch Widerstand gegen Vollstreckungsbeamte hinzugekommen.« Nadine blätterte nochmals zur ersten Seite zurück. »Das ist ja interessant. Kostal hat das Fachabitur gemacht und nach seinem Wehrdienst bei der Bundeswehr zunächst eine Banklehre begonnen. Die hat er jedoch bereits nach einem Jahr abgebrochen. Danach war er für knapp zwei Jahre im Ausland und hat dann Soziologie in Köln studiert. Anscheinend sogar mit einem Diplom abgeschlossen.«

»Das passt ja zusammen wie die Faust aufs Auge.« Micha schüttelte verwundert den Kopf. »Diplom-Soziologe und dann Vorstrafen wegen Körperverletzung.«

»Vermutlich hat er die Vorlesungen über Deeskalation geschwänzt.« Nadine steckte das Klemmbrett mit den PC-Ausdrucken zwischen ihren Sitz und die Mittelkonsole. »Auf jeden Fall dürfte die Begegnung nicht uninteressant werden.«

»Ich bin froh, dass man mich zur Soko eingeteilt hat. Bei euch geht's vermutlich spannender zu als bei uns.«

»Na ja«, antwortete Nadine, »die meisten Tötungsdelikte sind relativ unspektakulär. Meist sind es Beziehungstaten. Da ist bereits zu Beginn der Kreis der Verdächtigen relativ gering. Die spektakulären Fälle sind eher selten.«

»Was war denn bislang dein spektakulärster Fall?«

»Den letzten hatten wir vor einem knappen Jahr. Da konnten wir den Mörder erst durch eine raffiniert gestellte Falle überführen.« Nadine überlegte kurz, ob sie ihrem Kollegen erzählen sollte, welch entscheidende Rolle sie dabei eingenommen hatte. Noch heute war sie stolz auf ihren damaligen Auftritt. Als Lockvogel hatte sie den Mörder zum Versuch eines dritten Mordes provoziert. Da Nadine allerdings nicht der Typ war, der sich gern in den Vordergrund stellte, ergänzte sie nur: »Damals kam sogar das MEK zum Einsatz. Echt bewundernswert, was die Jungs draufhaben.«

Micha nickte zustimmend. »Ich habe mir auch schon überlegt, ob ich nicht zu dieser Truppe wechseln soll.«

»Du weißt aber schon, dass das MEK ein knallhartes Auswahlverfahren hat?« Nadine taxierte schmunzelnd ihren drei Jahre jüngeren Kollegen und überlegte, inwieweit Micha wohl die erforderlichen Kriterien erfüllen würde. Man sah seiner athletischen Figur durchaus das regelmäßige Training im Kraftraum an und mit einer Körpergröße von fast einem Meter neunzig war er eine beeindruckende Erscheinung. Aber Muskelkraft war nicht das wesentliche Kriterium für MEK-Einsätze. Immerhin liebäugelte sie selbst bereits seit einiger Zeit mit dieser Spezialeinheit und sie hätte ihre Bewerbung auch schon längst abgegeben, wenn sie sich im Team von Marie und Brenner nicht so außergewöhnlich wohl gefühlt hätte.

»Traust du mir das etwa nicht …«

»Stopp. Pass doch auf!« Nadine stützte sich unwillkürlich mit den Händen am Armaturenbrett ab und betätigte eine imaginäre Bremse, als Micha einen von rechts kommenden weißen Toyota übersah. »Auch für einen zukünftigen MEKler gelten die Verkehrsvorschriften, solange er nicht im Einsatz ist.«

Bevor Micha auf Nadines Spitze eingehen konnte, meldete das Navi: »In fünfzig Metern rechts in die Zielstraße abbiegen.«

Während Micha nach dem Abbiegen das Tempo verlangsamte, sagte Nadine: »Das Mehrfamilienhaus dort vorne links müsste es sein. Kannst schon mal nach einem Parkplatz Ausschau halten.«

Wenige Minuten später studierten beide Kommissare das Klingeltableau neben der Eingangstür. »Hier.« Nadine drückte zweimal auf die Klingel. »Mal sehen, ob er überhaupt zu Hause ist.«

»Offensichtlich nicht«, kommentierte Micha, nachdem Nadine noch drei weitere ergebnislose Versuche getätigt hatte. »Was machen wir jetzt?«

Nadine zuckte die Schultern und wollte gerade antworten, als die Ermittler von hinten angesprochen wurden.

»Zu wem wollt ihr denn?« Ein etwa sechs- bis achtjähriger Junge, gekleidet in ein Fussballtrikot der deutschen Nationalmannschaft und einen Fußball unter den Arm geklemmt, schaute fragend zu Nadine hoch.

»Oh, du bist wohl ein Fan von Thomas Müller«, antwortete Nadine, nachdem sie die Zahl 13 auf dem Shirt registriert hatte.

»Klaro«, strahlte der Junge. »Bist du auch ein Fan von Thomas?«

»Natürlich. Ist ja ein super Spieler.« Nadine drehte sich um und drückte dann doch nochmals auf die Klingeltaste.

»Willst du ein Auto kaufen?«

»Wie kommst du denn darauf?« Nadine schaute den kleinen Blondschopf verdutzt an.

»Na ja, du hast doch bei Torsten geklingelt.« Der Junge zeigte dabei mit dem Finger auf das Klingeltableau. »Der Torsten verkauft Autos. Meine Mama hat vor einigen Wochen bei ihm ein Auto gekauft.«

»Das ist ja interessant. Und weißt du auch, wo dieser Torsten seine Autos hat?«

»Ja, das ist ein ganz großer Platz und da stehen ganz viele Autos rum.«

»Und wo ist dieser Platz? Ist der hier in Karlsruhe?«

»Ja. Die Straße weiß ich nicht. Aber du musst in diese Richtung fahren.« Der Junge streckte den Arm aus und zeigte nach Westen in Richtung Rheinhafen. Gleich darauf drehte er sich um und zeigte fast in die Gegenrichtung: »Oder vielleicht auch dort.«

Nadine schmunzelte: »Ist schon gut. Du hast uns super weitergeholfen. Vielen Dank noch mal.«

»Gern. Spielst du mit mir?« Ohne die Antwort abzuwarten, ließ er den Ball fallen und kickte ihn zuerst gegen die Hauswand, bevor er den Rückpraller an Nadine weitergab. Diese stoppte den Ball reflexartig mit dem linken Fuß und schob ihn mit rechts ihrem Kollegen zu. Michas Reaktion war nicht annähernd so gut. Bevor er den Ball kontrollieren konnte, war dieser auch schon an seinem Schienbein abgeprallt.

»Fußball ist wohl nicht deine bevorzugte Sportart«, sagte Nadine grinsend und wandte sich wieder dem Jungen zu. »Sorry. Wir haben leider keine Zeit. Wir müssen uns nämlich noch nach einem Auto umschauen.«

Auf dem Weg zu ihrem Dienstpassat zückte Nadine ihr Handy und gab »Kostal«, »Gebrauchtwagen« und »Karlsruhe« bei Google ein. »Treffer. Wir müssen in den Stadtteil Rüppurr.«

»Gunter, du hast Besuch von der Kripo.« Heiko Roller hatte die Kommissare um das Haus herum in den Garten geführt. Gunter Metzler nahm seine Beine vom gegenüberstehenden Stuhl und stand auf. »Sie wollen zu mir? Habe ich was verbrochen?« Unbekümmert schaute er die beiden Kommissare an.

Brenner taxierte kurz sein Gegenüber.

Metzler hatte bequeme Shorts an und man sah an seinen kräftigen Oberschenkelmuskeln, dass er mal intensiv Sport betrieben hatte. Offensichtlich war das jedoch schon längere Zeit her, denn sein XXL-T-Shirt war in der Bauchregion gut ausgefüllt. Insgesamt machte er keinen unsympathischen Eindruck und es war schwer vorstellbar, diesen Mann mit der von seiner Frau geschilderten Verhaltensweise in Verbindung zu bringen.

Brenner ging auf die jovial formulierte Frage nicht ein, sondern zeigte seinen Ausweis. »Wir würden gerne wissen, wo Sie vergangenen Donnerstagabend ab 22 Uhr waren.«

Gunter Metzler drehte sich um und nahm seine Bierflasche vom Tisch. Nach einem kräftigen Schluck fragte er: »Weshalb interessiert Sie das?«

»Wir ermitteln in einem Mordfall und überprüfen die Alibis der Fahrzeughalter von schwarzen Volvo-SUVs. Also, wo waren Sie zur fraglichen Zeit?«

Metzler warf erst einen längeren Blick zu seinem Freund, bevor er antwortete: »Na, hier bei Heiko. Mindestens bis zwei Uhr morgens. Dann bin ich auf direktem Weg nach Hause.«

Heiko Roller kam Brenners Frage zuvor. »Klar war der Gunter hier. Wir haben gegrillt und gemütlich ein paar Bierchen getrunken.« Kaum hatte er die letzten Worte ausgesprochen, errötete Roller und ergänzte: »Natürlich waren es bei Gunter nur zwei Bier. Den restlichen Abend hat er Cola getrunken, weil er ja noch fahren musste.«

Brenner konnte ein Grinsen nicht vermeiden und zeigte auf die vier leeren Bierflaschen, die auf dem Gartentisch standen. »Heute laufen Sie dann vermutlich zu Fuß nach Hause.« Mit einem Blick zu Metzler fuhr er fort: »Wer war noch bei der Grillparty anwesend?«

»Weshalb ist das denn wichtig? Wer ist überhaupt ermordet worden?«

»Hast du heute Morgen keine Zeitung gelesen?«, schaltete sich Roller ein. »Im Oberwald hat man doch eine Brandleiche gefunden. Anscheinend eine Prostituierte.«

Metzler nahm erneut einen großen Schluck aus seiner Bierflasche und sagte nach einem Rülpser: »Eine Schlampe weniger.«

Brenner berührte sofort Maries Arm und stoppte dadurch ihre Antwort. Er wusste, dass es seiner Kollegin momentan mehr als schwerfiel, sich zurückzuhalten.

»Meine Herren, es gibt zwei Möglichkeiten. Entweder Sie geben mir unverzüglich die Kontaktdaten der anderen Anwesenden oder wir setzen das Gespräch in Ruhe auf dem Präsidium fort.«

Metzler und Roller tauschten kurz Blicke aus, bevor Roller sein Handy vom Tisch nahm. »Es war noch ein ehemaliger Geschäftskollege hier. Dirk Fischer heißt der. Seine Adresse ist …« Roller machte einige Wischbewegungen auf seinem Handy und gab Brenner die Adressdaten.

»Und die anderen Anwesenden?«, fragte Brenner und hielt schreibbereit sein Notizbuch in der Hand.

»Wieso brauchen Sie noch weitere Zeugen?« Roller griff jetzt ebenfalls zu seiner Bierflasche. »Es reicht doch, wenn Dirk unsere Aussagen bestätigt.«

Brenner kniff die Augen zusammen und sagte in scharfem Ton: »Die Option mit dem Präsidium steht nach wie vor.«

»Okay, okay.« Roller stellte seine Bierflasche wieder zurück und wischte erneut über sein Handy. »Arno Keller war auch dabei. Das ist ein alter Kumpel von uns.« Roller gab noch die Adresse an und sagte dann: »Mehr waren wir nicht. Und was machen Sie jetzt?«

Brenner steckte sein Notizbuch ein und antwortete: »Wir überprüfen natürlich Ihre Angaben. Ich bin aber sicher, dass wir uns nochmals sehen werden. Guten Tag, meine Herren.«

»Ich war kurz vor dem Platzen«, sagte Marie, als sie auf dem mit Waschbetonplatten belegten Weg zurück zum Auto gingen.

»Hab ich gespürt, liebe Kollegin.«

»Das sind so was von Kotzbrocken. Möglicherweise hat Rollers Ex-Frau das Gleiche erlebt wie Metzlers Frau.«

»Jetzt pauschalier mal nicht so. Nicht jede Ehefrau, die sich trennt, wurde zuvor von ihrem Gatten verprügelt.«

»Hast natürlich recht. Aber bei diesem Thema gehen die Emotionen mit mir durch.« Marie schnallte sich an und fragte: »Zu wem fahren wir als Erstes?«

»Natürlich zu diesem Arno Keller.« Brenner gab Marie sein Notizbuch, damit diese das Navi bedienen konnte. »Es muss ja einen Grund haben, weshalb man uns den Keller erst auf Nachfrage genannt hat.«

»Wieso hast du eigentlich gewusst, dass sie nicht nur zu dritt waren?«

»Gewusst habe ich das natürlich nicht.« Brenner grinste. »Aber auch ich verfüge über Intuition.«

»Ach ja? Du sagst doch immer, Intuition sei was typisch Weibliches.«

»Vielleicht entdecke ich gerade meine weiblichen Seiten in mir.«

Marie musste jetzt laut lachen. »Dazu bist du doch viel zu sehr Macho. Zumindest tust du häufig so.« Nach einer kurzen Pause fragte sie: »Oder hat deine neue Einsicht etwas mit dem Testergebnis zu tun?«

Brenner warf einen irritierten Blick zu Marie. »Welchem Testergebnis denn?«

»›PremiumPartner‹ natürlich.«

Brenner schüttelte verneinend den Kopf. »Natürlich nicht. Das war super positiv.« Schmunzelnd fügte er hinzu: »Bei diesem Testergebnis würde ich mich sofort als Partner nehmen.«

Marie boxte ihm freundschaftlich an die Schulter und sagte lachend: »Dann wundert es mich erst recht, dass du kein Abo abgeschlossen hast.«

Unweigerlich schwenkten Brenners Gedanken zum Thema Online-Partnersuche. Nachdem Marie ihn über mehrere Wochen hinweg immer wieder aufgefordert hatte, zumindest den psychologischen Test bei »PremiumPartner« zu machen, hatte er sich deren Website eines Abends genauer angeschaut und, da der psychologische Test kostenlos war, diesen auch absolviert.

Natürlich war ihm klar gewesen, dass er die Fragen ehrlich beantworten musste, wenn das Testergebnis ihm ein brauchbares Feedback geben sollte. Also hatte Brenner bei vielen Fragen sein zunächst gesetztes Kreuzchen anschließend noch etwas mehr nach links beziehungsweise rechts korrigiert. Je öfter derartige Korrekturen notwendig waren, desto stärker wurde sein Gefühl, dass das Ergebnis ihn möglicherweise nicht voll zufrieden stellen würde.

Allerdings fand er seine psychologische Analyse dann recht passabel. Dem dezenten Hinweis, dass er sich möglicherweise schwer damit tue, an den Interessen der Partnerin aktiv zu partizipieren, gab er nur wenig Gewicht. Las man nicht immer wieder davon, wie wichtig es für ein glückliches und erfülltes Zusammenleben sei, sich gegenseitig genügend Freiraum zu gewähren?

Dass er im Bereich »Nähe und Distanz« nur eine mittlere Ausprägung mit deutlicher Tendenz Richtung Distanz erzielt hatte und er somit eher nach Unabhängigkeit strebte, fand Brenner nicht unbedingt negativ. Denn in dieser Rubrik wurde ihm auch gleichzeitig ein hoher Grad an Selbstständigkeit bescheinigt, und Frauen wollten doch sicher keinen Partner, dem sie ständig die Richtung vorgeben mussten.

Mit seiner psychologischen Analyse machte ihm »PremiumPartner« dann gleich das Angebot einer Mitgliedschaft. Aber die monatlichen fünfzig Euro bei einem Zwölf-Monats-Abo kamen natürlich nicht in Frage. Für das Geld konnte er ja mindestens eine ganze Woche in den Urlaub fliegen. Und möglicherweise lernte er dann dort seine Traumfrau kennen.

Marie riss ihn aus seinen Gedanken. »Hast du eine Vermutung, wieso uns Metzler und Roller den vierten Mann zunächst unterschlagen haben?«

»Nein, habe ich nicht. Aber das werden wir ja gleich herausbekommen.« Brenner fand einen Parkplatz direkt vor dem Haus von Arno Keller. Bereits nach dem ersten Läuten hörten sie Schritte. Die Haustür wurde von einer etwa vierzigjährigen Frau geöffnet. Brenner stellte sich und Marie vor und sagte: »Wir würden gerne Herrn Arno Keller sprechen.«

»Was hat mein Mann denn angestellt?« Die Frau, bei der es sich ihrer Gegenfrage nach offensichtlich um die Ehegattin handelte, stützte die Fäuste auf die Hüften und schaute die Kommissare aufgebracht an.

Brenner musste innerlich schmunzeln, weil ihm spontan der unschöne Begriff »Hausdrache« in den Sinn kam. Möglicherweise entsprachen die knallig pink-grünen Leggins und das gleichfarbige T-Shirt dem aktuellen Modetrend; allerdings hatten die Modeschöpfer bei ihrer Kreation sicher einen ande-

ren Figurtyp vor Augen gehabt. Auch war die Kleidergröße unvorteilhafterweise mindestens eine Nummer zu klein gewählt.
»Angestellt hat er vermutlich nichts«, griff Brenner die Formulierung auf. »Wir wollen ihn lediglich als Zeugen befragen.«

»Arno ist gerade im Mediamarkt. Der will irgendwas für seinen PC kaufen.« Mit Blick zu Marie fragte sie: »Was soll Arno denn bezeugen?«

»Wir möchten von ihm nur wissen, mit wem er am Donnerstagabend zusammen war.«

»Das kann ich Ihnen auch sagen. Donnerstags trifft er sich immer mit seinen Kumpels Heiko und Gunter und verspielt unser Geld.« Mit einem Schnauben in der Stimme ergänzte Frau Keller: »Muss mich korrigieren. Inzwischen ist es nur noch sein Taschengeld.«

Marie fragte leicht irritiert: »Leidet Ihr Mann denn unter Spielsucht?«

»Eindeutig.« Frau Keller presste kurz die Lippen zusammen, bevor sie fortfuhr: »Da er partout nicht zu einem Psychologen gehen will, habe ich ihn vor die Wahl gestellt: Entweder Scheidung, oder sein Gehalt geht ausschließlich auf mein Konto und ich gebe ihm Taschengeld.«

Marie versuchte verständnisvoll zu nicken, denn eigentlich fiel es ihr schwer, Verständnis für Menschen aufzubringen, die mit Geld nicht umgehen konnten. »Dann halten sich seine Spielverluste ja wohl in Grenzen, wenn er nur sein Taschengeld einsetzen kann.«

»Leider nicht. Arno ist Einzelkind und hat eine sehr großzügige Mutter. Als Beamtenwitwe bezieht sie eine gute Pension und schiebt Arno immer wieder die Geldscheine nur so zu. Manchmal könnte ich kotzen über so viel Dummheit. Aber die hat ihren Sohn schon immer verzogen.«

»Wann ist Ihr Mann Donnerstagnacht denn nach Hause gekommen?«, schaltete sich Brenner jetzt wieder ein.

»Das kann ich nicht genau sagen. Ich war bei meiner Freundin in Langenbrand und bin etwa gegen elf Uhr heimgekommen. Da ich Kopfschmerzen hatte, habe ich eine Schlaftablette genommen.« Bevor Brenner seine nächste Frage stellen konnte, ergänzte Frau Keller: »Zu spät wird's jedoch wohl nicht gewesen sein. Er hat ja die S-Bahn nehmen müssen. Ich hatte das Auto.«

Brenner reichte ihr seine Visitenkarte. »Geben Sie diese bitte ihrem Mann. Er soll uns anrufen, wenn er vom Mediamarkt zurück ist.«

»Puh.« Marie atmete tief durch, als sie zum Auto zurückgingen. »In unserem Beruf erhält man wirklich Einblick in alle sozialen Schichten und in die unterschiedlichsten Beziehungsformen.«

Mit einem Grinsen antwortete Brenner: »Wem sagst du das? Ein Glück nur, dass wir dabei so normal geblieben sind.« Gleich darauf fügte er hinzu: »Aber unser Verdacht, dass die Männerpartys, wie Frau Metzler die Donnerstagabende bezeichnet hatte, mit Prostituierten bereichert werden, scheint sich nicht zu erhärten.«

»Hast vermutlich recht. Ich glaube kaum, dass die zu ihren Zockerrunden noch Frauen dazuholen.« Marie streckte die Hand aus. »Gibst du mir mal dein Notizbuch? Ich denke ja, dass wir jetzt zu diesem Dirk Fischer fahren.«

Etwa dreißig Minuten später klingelten die Kommissare an Fischers Gartentor. Während Marie das zweite Mal die Klingeltaste betätigte, sah sie einen Jogger, der auf dem Gehweg auf sie zulief. Sie wollte gerade Brenner darauf hinweisen, einen Schritt zur Seite zu treten, als der Mann rief: »Wollen Sie zu mir?«

Brenner registrierte den Ankömmling erst jetzt und versuchte sofort, dessen Kondition einzuschätzen. Der Mann hatte in etwa seine Körpergröße, war jedoch deutlich schlanker und sicher mindestens zehn Jahre jünger. Der dürfte einen recht passablen Stundenschnitt haben, dachte Brenner und antwortete: »Wenn Sie Dirk Fischer sind, dann ja.«

Marie zeigte ihren Ausweis und stellte sich und Brenner vor. »Sie wurden uns als Alibizeuge für letzten Donnerstagabend genannt. Wo waren Sie denn in der Zeit ab 22 Uhr?«

Dirk Fischer hatte an seinen Handgelenken Schweißbänder und wischte sich damit übers Gesicht, bevor er antwortete. »Ich war bis kurz vor Mitternacht bei Heiko Roller. Wir haben Poker gespielt.«

»Wer war denn alles dabei?«

Dirk Fischer überlegte kurz. »Der eine hieß Gunter; der andere Arno. Die Nachnamen kenne ich nicht.«

Brenner wurde sofort hellhörig. »Sind Sie denn nicht jeden Donnerstag dabei?«

»Gott bewahre.« Fischer lachte. »Diese Runde ist nicht unbedingt mein Niveau.« Als er Brenners fragenden Blick sah, ergänzte er: »Das soll jetzt nicht überheblich klingen. Aber ich bin nur dort hingegangen, weil mich Heiko schon mehrmals eingeladen hat.« Er wischte sich erneut den Schweiß vom Gesicht. »Heiko und ich waren bis vor dreieinhalb Jahren Geschäftskollegen. Nach meiner Weiterbildung habe ich die Firma gewechselt und wir haben uns vor einem halben Jahr zufällig im Casino in Baden-Baden getroffen. Dort hat mir Heiko von seinen Donnerstags-Pokerrunden erzählt und mich gefragt, ob ich nicht auch mal dazukommen wolle. Da wir früher recht gut zusammengearbeitet hatten, habe ich zugesagt. Allerdings eher unverbindlich.«

Brenner dachte kurz nach, inwieweit er Fischer über Details informieren sollte. Im Gegensatz zu Metzler und Roller schätzte er Fischer wesentlich vertrauenswürdiger ein. »Uns interessiert speziell, ob dieser Gunter den ganzen Abend über anwesend war.«

»Ja, der war noch da, als ich gegangen bin. Es sah auch nicht danach aus, dass er gleich nach mir gehen würde, zumal ja gerade dieser Arno wieder zurückgekommen war.«

»War dieser Arno denn zwischendurch weg? Und weshalb?«

Mit süffisantem Ton antwortete Dirk Fischer: »Dem war das Geld ausgegangen. Der musste erst neues von zu Hause holen.«

Marie stutzte. »Dieser Arno war nach Aussage seiner Frau am Donnerstagabend mit der S-Bahn unterwegs. Hat er sich denn ein Taxi gerufen?«

Fischer schüttelte lachend den Kopf. »Der hatte doch sein ganzes Geld verspielt. Wie sollte er da ein Taxi bezahlen? Nein, der hat sich von diesem Gunter das Auto geliehen.«

~

Micha und Nadine brauchten etwa zwanzig Minuten, bis sie auf den Parkplatz von »Kostal Automobile« fuhren. Auf dem Gelände standen etwa dreißig Fahrzeuge verschiedener Hersteller. Etwa die Hälfte davon waren SUVs; vorwiegend der Marke Jeep. Noch bevor Nadine ausstieg, scannte sie das Areal und registrierte links am Ende des Platzes einen etwa dreißig Quadratmeter großen Bürocontainer. Zwischen den Fahrzeugen waren vereinzelt Personen zu sehen. Offensichtlich potenzielle Käufer, die, meist paarweise, die Fahrzeuge genauer inspizierten.

»Kostal scheint nicht dabei zu sein«, sagte Nadine, »zumindest sieht keiner von denen den Fotos aus dem POLAS ähnlich. Vermutlich ist er in seinem Büro.«

»Einen Volvo-SUV sehe ich auch nicht«, antwortete Micha, nachdem er ausgestiegen war und ebenfalls seinen Blick über das Areal schweifen ließ.

»Falls Kostal unser Täter ist, dann hat er sein Auto eventuell schon gewechselt. Über eine Auswahl an Fahrzeugen verfügt er ja.«

Auf dem Weg zum Bürocontainer wies Micha mit dem Kopf auf einen für 49 000 Euro angebotenen Audi Q7 und sagte: »Als Gebrauchtwagenhändler verdient er sicher einiges mehr wie als Soziologe.«

»Da hast du vermutlich recht. Zumal dieses Gewerbe dafür bekannt ist, dass man so einiges unter der Hand machen kann.«

Nadine öffnete die Außentür des Containers und befand sich sogleich in einem Büroraum. Noch bevor sie sich groß umschauen konnte, erhob sich ein etwa vierzigjähriger Mann hinter dem Schreibtisch und sagte mit unverkennbar badischem Dialekt: »Was kann ich für die junge Dame tun?«

»Guten Tag. Wir würden gern Herrn Kostal sprechen.«

»Wer ist wir?« Obwohl die beiden Ermittler sich nicht als Kripobeamte ausgewiesen hatten, bemerkte Nadine sofort den misstrauischen Tonfall und die Änderung in der Körperhaltung ihres Gegenübers. Nicht zum ersten Mal machte sie die Erfahrung, dass manche Menschen offensichtlich ein untrügliches Gespür für Polizeibeamte hatten. In der Regel waren es Menschen, die bereits mehr als nur einmal mit dem Gesetz in Konflikt gekommen waren.

Nadine zückte ihren Ausweis. »Kommissarin Nadine Steiner, Kripo Karlsruhe.« Mit einer Kopfbewegung zu Micha, der inzwischen neben Nadine getreten war, sagte sie: »Das ist mein Kollege Kommissar Michael Daum.«

Der Mann verschränkte seine stark tätowierten Arme vor der Brust. »Was wollen Sie von Torsten?«

Nadine holte kurz Luft, bevor sie in ruhigem Ton sagte: »Das werden wir Herrn Kostal selbst sagen. Zudem würde ich auch gerne wissen, mit wem wir es zu tun haben.« Mit Blick zum Schreibtisch, auf dem einige Leitz-Ordner aufgeschlagen lagen, ergänzte Nadine: »Sind Sie ein Mitarbeiter von Herrn Kostal?«

»Nein, ich bin nur ein Freund von Torsten.« Der Mann zog ein Stofftaschentuch aus der Hosentasche und wischte sich damit über die Halbglatze und sein Gesicht. »Nicht auszuhalten, die Schwüle hier in der Stadt. Die Temperaturen gehen nicht einmal in der Nacht runter.«

Nadine konnte sich ein Grinsen nicht verkneifen. Zwar fand auch sie die Luft im Container, obwohl alle Fenster geöffnet waren, recht stickig, dennoch war das vermutlich nicht der Grund für den Schweißausbruch ihres Gegenübers. »Sie wollten uns noch Ihren Namen sagen.«

»Ach so, ja. Allmendinger. Franz Allmendinger.«

Nadine war das kurze Zucken seiner Hand nicht entgangen. Offensichtlich hatte er mit der Nennung seines Namens den Kommissaren auch die Hand geben wollen, sich dann aber anders entschieden. »Gut, Herr Allmendinger. Und wenn Sie uns jetzt noch sagen, wo wir Herrn Kostal finden können, dann sind Sie uns auch schon wieder los.«

»Ja, also der Torsten, ich meine natürlich Herr Kostal, hat sich heute Morgen kurzfristig entschieden, übers Wochenende wegzufahren.«

Nadine wollte gerade nachfassen, als ihr bewusst wurde, dass ihr Kollege bislang noch keinen Ton von sich gegeben hatte. Spontan fiel ihr ein, wie unwohl sie sich in der Anfangsphase ihrer Dienstzeit immer gefühlt hatte, als sie bei den Befragungen meist nur eine Statistenrolle hatte einnehmen dürfen. Deshalb signalisierte sie Micha mit einem Blick, dass er weiterfragen solle.

Micha räusperte sich kurz und sagte: »Als sein Freund wissen Sie doch sicher auch, wohin Herr Kostal gefahren ist.«

»Ja klar.« Allmendinger wischte sich, diesmal ohne Tuch, zweimal über die Stirn, bevor er ergänzte: »Der besucht einige ehemalige Studienkollegen.«

»Und wo wohnen diese Studienkollegen?« Micha zog einen Block aus der Gesäßtasche und machte sich schreibbereit.

»Soweit ich weiß, in Köln.«

»Wann kommt Herr Kostal wieder?«

»Spätestens am Montagnachmittag. Da wird ein Jeep abgeholt. Und die Geldsachen macht ausschließlich Torsten.«

Mit einer Handbewegung zu den Ordnern auf dem Schreibtisch schaltete sich Nadine wieder ein: »Was genau sind eigentlich Ihre Aufgaben hier in der Firma?«

»Meine Aufgaben?«, wiederholte Allmendinger und klappte die beiden vor ihm liegenden Ordner zu, bevor er weitersprach: »Ich helfe Torsten nur ab und zu mal aus, wenn er kurzfristig wegmuss.« Nach einem kurzen Räuspern sagte er: »Ich schließe Interessenten lediglich das Auto auf, damit sie den Innenraum anschauen können, und gebe ihnen das dazugehörende Exposé.« Allmendinger schaute abwechselnd zu Nadine und zu Micha, ganz so, als ob er herausfinden wollte, welcher der beiden Kommissare ihm mehr gewogen war, und fügte dann hinzu: »Das Ganze ist nur ein Freundschaftsdienst. Torsten und ich kennen uns schon seit unserer Jugend.«

Nadine überlegte, ob es Sinn machte, noch weitere Fragen zu stellen. Kurz entschlossen sagte sie: »Vielen Dank für Ihre Auskunft, Herr Allmendinger. Ich wünsche Ihnen noch ein schönes Wochenende.«

Nadine hatte schon die Türklinke in der Hand, als sie sich nochmals umdrehte. »Noch eine Frage, Herr Allmendinger. Mit welchem Auto ist Herr Kostal nach Köln gefahren?«

»Mit seinem Volvo-SUV.«

Bereits nach wenigen Schritten in Richtung Auto sagte Micha: »Ich verstehe nicht, weshalb du den Allmendinger nicht stärker unter Druck gesetzt hast. Der war doch so was von nervös. Der hat doch sicher Dreck am Stecken.«

»Klar war der nervös. Aber das muss nichts mit dem Donnerstagabend zu tun haben.«

»Sondern?«

Beide Kommissare waren inzwischen am Auto angekommen und öffneten als Erstes die Autotüren, damit die angestaute Hitze entweichen konnte. Über das Autodach hinweg antwortete Nadine: »Ich könnte mir vorstellen, dass der Allmendinger regelmäßiger bei Kostal arbeitet, als er uns weismachen wollte. Und das Geld, das er dafür bekommt, erhält er sicher bar auf die Hand. Vermutlich hat er Angst, wegen Schwarzarbeit belangt zu werden. Aber mich macht etwas ganz anderes stutzig …« Nadine überlegte kurz und wollte gerade weitersprechen, als von Micha schon ein »Mach's nicht so spannend« kam.

»Der Allmendinger hat weder nachgefragt, was wir von Kostal wollen, noch, weshalb wir uns für dessen Volvo-SUV interessieren.«

Micha gab sich einen Klaps mit der Hand auf die Stirn. »Du hast recht. Ist mir überhaupt nicht aufgefallen. Und was sagt uns das jetzt?«

»Da bin ich mir nicht sicher. Der Grund könnte natürlich auch ganz banal sein. Der Allmendinger war lediglich froh, dass wir seiner Schwarzarbeit, so denn eine vorliegt, nicht auf die Schliche gekommen sind, und er uns schnell wieder loswurde.«

»Kann natürlich auch sein. Was machen wir jetzt?«

Nadine setzte sich ins Auto und nahm ihre PC-Ausdrucke zur Hand. »Wir schauen, welcher SUV-Fahrer als Nächster auf unserer Liste steht.«

Franz Allmendinger hatte die Kommissare vom Bürofenster aus beobachtet und bedauerte sehr, dass er deren Konversation nur visuell verfolgen konnte. Kaum waren die beiden Ermittler vom Hof gefahren, griff er zu seinem Handy und drückte auf eine als Favorit gespeicherte Nummer.

~

»Könnte Arno Keller unser Täter sein?«, fragte Marie, nachdem sich beide Kommissare von Dirk Fischer verabschiedet hatten.

»Vom Zeitfenster her könnte es eventuell passen. Fischer ist zwar der Meinung, dass Keller erst gegen halb elf weggefahren ist, aber ganz so genau konnte er sich ja auch nicht erinnern.«

Marie nickte. »Ich kann mir nicht vorstellen, dass die beim Zocken ständig auf die Uhr schauen. Und falls Keller fünfzehn Minuten früher weggefahren ist, dann passt das Zeitfenster optimal.«

»Andererseits hatte er ja anscheinend sein ganzes Geld verspielt. Ich glaube nicht, dass er bei Cleo Keppler hat anschreiben dürfen.« Brenner schüttelte den Kopf. »Irgendwie passt da einiges noch nicht zusammen.« Brenner wollte gerade seine Gedanken weiter ausführen, als sein Handy klingelte. »Brenner.«

»Hier ist Arno Keller. Meine Frau sagte, ich soll Sie anrufen. Worum geht es denn?«

»Herr Keller, wir sind gerade auf dem Weg zu Ihnen.« Nach einem Blick auf sein Navi ergänzte Brenner: »Dauert noch knapp fünfzehn Minuten.«

Etwa eine Stunde später waren die beiden Ermittler auf der Rückfahrt in die Direktion. Nachdem ihnen Arno Keller mitgeteilt hatte, dass er im fraglichen Zeitfenster bei seiner Mutter gewesen sei und sich von ihr Geld geliehen habe, waren Brenner und Marie natürlich sofort zu ihr gefahren. Kellers Mutter bestätigte die Aussagen ihres Sohnes und war sehr enttäuscht, dass sich die Kommissare ihre Tiraden über die

Schwiegertochter, die völlig unpassend für ihren Sohn sei, nicht anhören wollten.

»So schnell kann's gehen«, sagte Brenner frustriert. »Zuerst hatten wir Metzler in Verdacht, dann Arno Keller. Und jetzt sind beide aus dem Schneider.«

»Am meisten ärgert mich, dass Metzlers Frau weiterhin den Gewaltexzessen ihres Mannes ausgesetzt ist.«

»Vielleicht bekommt sie ja ein paar Monate Karenzzeit. Aber vermutlich läuft es auf eine Geldstrafe hinaus. Metzler und Roller werden maximal eine Bewährungsstrafe bekommen.«

Marie schaute irritiert zu Brenner. »Für was denn?«

»Illegales Glücksspiel. Damit Glückspiele legal sind, müssen drei Regeln eingehalten werden.«

»Und die wären?«

»Glücksspiele sind nur legal, wenn keine Regelmäßigkeit erkennbar ist. Da sich die Herren jedoch immer donnerstags treffen, haben wir hier den ersten Regelverstoß. Regel zwei sagt, dass sich die teilnehmenden Personen alle bekannt sein müssen. Letzten Donnerstag war Dirk Fischer dabei. Der kannte zuvor nur seinen ehemaligen Geschäftskollegen. Als Regel drei gilt die Turnierform mit festem Einsatz. Es muss also im Vorfeld ein fixer Spielbetrag festgelegt sein. Und dagegen hat Arno Keller klar verstoßen, indem er mit Mamas Geld sein Spielbankkonto nachträglich nochmals aufgefüllt hat.«

»Immerhin etwas. Ich werde gleich nachher ein Memo für die Kollegen der Kriminalinspektion 3 anfertigen.«

Brenner seufzte: »Manchmal wünschte ich mir, Tatortkommissar zu sein.«

Marie wusste sofort, was Brenner damit meinte. »Ja, bei denen gibt es nie Fälle, in denen die Ermittler erst zahlreiche Falschfährten abarbeiten müssen, bevor sie dem tatsächlichen Mörder auf die Spur kommen.«

Beide konnten nicht ahnen, dass genau in diesem Moment ein Ereignis stattfand, das ihre Ermittlungen noch wesentlich komplexer machen würde.

Das ist noch mal gut gegangen. Offensichtlich kennt die Polizei nur den Fahrzeugtyp und überprüft jetzt die Alibis der Fahrzeughalter. Mehr Fakten haben die Bullen vermutlich nicht, denn sonst würden sie ganz anders vorgehen. Was werden sie jedoch machen, wenn die Befragung ergebnislos verläuft? Wird die Polizei eventuell alle Volvo-SUV nach DNA-Spuren der Toten untersuchen? Würden sie tatsächlich bei einer Prostituierten so viel Aufwand betreiben? Ganz abgesehen von den enormen Kosten, die bei einer solchen Großaktion entstünden. Sollte er darauf spekulieren, dass man nur sein Alibi überprüfen, nicht jedoch sein Auto auf DNA-Spuren untersuchen würde? Nein. Das war zu riskant. Er musste auf Nummer sicher gehen. Die DNA-Spuren mussten unbedingt beseitigt werden. Er war zwar kein Chemiker, aber im Internet ließe sich sicher recherchieren, mit welchen Mitteln man DNA beseitigen könnte. Aber stopp: Bei einer kriminaltechnischen Untersuchung würde die Verwendung solcher Chemikalien zweifelsfrei festgestellt werden. Wie sollte dann das Vorhandensein von Bleichmittel im Autoinneren erklärt werden? Das käme ja einem indirekten Eingeständnis gleich. Nein, das Reinigen mit Chemikalien war eine Sackgasse. Eigentlich müsste das ganze Auto verschwinden! Für eine Diebstahlmeldung war es jetzt natürlich zu spät. Darauf hätte er früher kommen müssen. Welche andere Möglichkeit gäbe es, das Auto verschwinden zu lassen?

Er griff zum Glas und registrierte, dass es schon leer war. Sollte er sich noch ein weiteres Bier gönnen? Besser nicht. Er brauchte einen klaren Kopf. Zitronenwasser musste ausreichen. Er erhob sich aus dem Terrassenstuhl und ging in die Küche. Während er die Zitrone in Scheiben schnitt und danach die Karaffe mit kaltem Leitungswasser auffüllte, formte sich so langsam ein Lösungsansatz. Ja, so könnte es funktionieren. Natürlich würde die Polizei einen Zusammenhang mit dem Mord vermuten! Total bescheuert waren die ja nun doch nicht. Aber wenn sein Freund mitspielte, dann hätten die Bullen keine Chance. Würde ihm sein Freund diesen Gefallen tun? Eigentlich hatte er daran keinen Zweifel. Denn in der Not zeigt sich wahre Freundschaft! Und Notzeiten hatten sie beide wahrlich lange genug gehabt. Auch wenn es inzwischen Jahrzehnte zurücklag. Das, was sie hatten erleiden müssen, würde keiner von ihnen jemals vergessen. Ihre gemeinsame Vergangenheit würde sie bis ins Grab verbinden. Leider lebte von diesen Schweinen keiner mehr. Vor etwa acht Jahren hatte er sich vorgenommen, den Heimleiter zur Rechenschaft zu ziehen. Über mehrere Monate hinweg hatte er sich bis ins Detail ausgemalt, wie er dieses Schwein langsam zu Tode quälen würde. Parallel dazu hatte er mehrere Alibis perfekt ausgearbeitet, so dass er für jede Eventualität gewappnet gewesen wäre. Nie und nimmer hätte ihm die Polizei auf die Schliche kommen können. Als er kurz vor der Umsetzung war, musste er feststellen, dass der Heimleiter inzwischen an Lungenkrebs verstorben war.

Unbewusst schüttelte er den Kopf, um die Gedanken, die selbst heute noch sein Blut in Wallung brachten, zu verscheuchen. Er musste sich auf das aktuelle Problem konzentrieren. Der Lösungsansatz war schon recht brauchbar. Jetzt musste er ihn nur noch in allen Details durchdenken, damit ihm nicht versehentlich ein Logikfehler unterlief.

~

»Irgendwelche Besonderheiten?« Brenner eröffnete die abendliche Soko-Sitzung und schaute in die Runde.

Nadine hob kurz die Hand. »Wir haben natürlich als Erstes unseren POLAS-Treffer aufgesucht. Sein Name ist Torsten Kostal. Allerdings haben wir ihn nicht angetroffen. Laut seinem Mitarbeiter ist Kostal heute Morgen überraschend nach Köln gefahren, um dort einen Freund zu besuchen, und kommt erst am Montagnachmittag wieder zurück.« Mit Blick zu Brenner ergänzte sie: »Ich habe mich deshalb nicht bei dir gemeldet, weil sein POLAS-Eintrag allein ja wohl nicht für eine Fahndung ausreicht.«

»Stimmt. Falls er am Montagabend immer noch nicht aufgetaucht ist, sieht es anders aus.« Brenner überlegte, ob er diesen Kostal selbst übernehmen sollte. Er glaubte grundsätzlich nicht an Zufälle. Dass dieser Kostal plötzlich weggefahren war, konnte durchaus ein Indiz dafür sein, dass sie auf einer heißen Spur waren. »Du hast von einem Mitarbeiter gesprochen. Hat Kostal denn eine Firma?«

»Ja, eine Gebrauchtwagenhandlung. Laut POLAS ist er jedoch Diplom-Soziologe. Und der Mitarbeiter ist angeblich nur ein Freund, der ab und zu aushilft. Allerdings ist uns dieser Franz Allmendinger nicht ganz koscher erschienen, weshalb ich ihn vorhin im POLAS überprüft habe.« Nadine öffnete ihre Arbeitsmappe und ergänzte: »Allmendinger hat bereits mehrmals eingesessen. Die ersten beiden JVA-Aufenthalte wegen Diebstahls und Hehlerei; die letzte Verurteilung war wegen Raub mit Körperverletzung. Seitdem war er nicht mehr auffällig. Momentan ist er offiziell arbeitslos und bezieht Hartz IV.«

»Interessant. Wie alt ist Kostal?«

»Warte mal.« Nadine schaute in ihre Unterlagen. »Jahrgang 1979; also 38 Jahre.«

Brenner nickte nachdenklich. »Schulbildung und Alter passen somit ins Täterprofil.«

Nadine überlegte kurz, ob sie ihren Chef noch darauf hinweisen sollte, dass Cleo ebenfalls aus Köln stammte. Sie spürte, dass Kostal Brenners Interesse geweckt hatte. Und Brenner war bekannt für seinen Riecher. Hoffentlich würde er ihr den Kostal nicht wegnehmen. Sie brannte darauf, ähnlich wie im Fall Wagner letztes Jahr mal wieder entscheidend zur Lösung eines Mordfalles beitragen zu können.

Noch bevor sie ihren inneren Zweikampf ausgefochten hatte, sagte Brenner: »Fahr am Montag auf jeden Fall nochmals vorbei. Wenn Kostal für Donnerstagnacht kein hundertprozentiges Alibi hat, dann bring ihn aufs Revier.« Diesen Kompromiss glaubte Brenner eingehen zu können, denn die Befragung würde natürlich er übernehmen.

Marie fuhr mit der Berichterstattung fort: »Der POLAS-Treffer auf unserer Liste ist ein absoluter Kotzbrocken und vermutlich können wir ihn auch wegen illegalen Glücksspiels drankriegen; aber für Donnerstagnacht hat er ein gesichertes Alibi.«

Janina Berner, die normalerweise im Dezernat für Betäubungsmittelkriminalität arbeitete, rückte kurz ihre schicke Brille zurecht. Da sie erst frisch die Polizeihochschule in Villingen-Schwenningen absolviert hatte, war sie besonders motiviert, in ihrer ersten Soko gute Arbeit zu zeigen. »Wir hatten einen auf der Liste, dessen Alibi sich bei der Überprüfung zunächst als falsch herausgestellt hat. Bei seiner zweiten Befragung gestand er dann, sich am Donnerstagabend mit der Frau seines Chefs getroffen zu haben.« Mit einem schadenfrohen Schmunzeln fügte sie dann noch hinzu: »Der schaut sich vermutlich momentan nach einem neuen Arbeitsplatz um.«

Ähnlich unergiebig waren auch die Ergebnisse der anderen Teams. Brenner hoffte, dass seine Soko in dieser wenig spannenden Phase dennoch genügend motiviert blieb. Aber noch waren sie ja erst am Anfang. Schon morgen konnte der Täter auf einer der Listen sein. Und außerdem war da ja noch dieser Kostal.

Auf dem Weg zum Parkplatz fragte Marie: »Was hat unser Single heute Abend vor?«

»Ich bin noch am überlegen. Als Schwabe sollte ich ja meine Dauerkarte für die Bad Herrenalber Gartenschau möglichst oft nutzen. Vermutlich werde ich jedoch in die Kirche gehen.«

»Ist denn samstagabends Gottesdienst?« Marie war irritiert, da sie bislang noch nie etwas von Brenners Gottesdienstbesuchen mitbekommen hatte.

»Nein, heute Abend ist in der Michaelskirche in Wildberg ein Konzert der Gruppe theUNION. Die haben einen fantastischen Sound und ein breites Repertoire von Soul, Swing, Blues und Rock. Die musst du unbedingt mal anhören. Und was hast du vor?«

»Ich werde meiner Tochter den Vorschlag machen, ins Kino zu gehen. Julia wirft mir sowieso ständig vor, dass andere Mütter wesentlich mehr Zeit für ihre Töchter hätten.«

»Dann wünsche ich euch viel Spaß.«

~

»Welchen Film habt ihr euch angesehen?«, fragte Brenner, als Marie am Sonntagmorgen das Büro nur wenige Minuten nach ihm betreten hatte.

»Keinen.«

Brenner schaute seine Kollegin fragend an, denn er hatte ihren frustrierten Ton sehr wohl wahrgenommen.

»Erst hat Julia auf meinen Kinovorschlag geantwortet, dass momentan nichts Besonderes laufen würde. Auf meinen Hinweis, dass doch derzeit ›The Revenant‹ mit Leonardo DiCaprio gezeigt würde und der recht gut sein soll, hat sie noch etwas rumgedruckst, bevor sie mir letztendlich gestand, dass sie jetzt in dem Alter sei, wo man nicht mehr mit der Mutter ins Kino gehen würde.«

Brenner musste lauthals lachen, wusste er doch, wie sehr Marie darum bemüht war, ihrer Tochter mehr eine gute Freundin zu sein als eine Mutter im klassischen Sinn. Zwar hatte Marie das eine oder andere Pfund zu viel, jedoch kaschierte sie das ganz hervorragend durch geschickt ausgewählte Kleidung, und mit ihrer sympathischen Ausstrahlung und ihrem selbstbewussten Auftreten brauchte Julia ihre Mutter nun wirklich nicht zu verstecken. Nein, seine achtundvierzigjährige Kollegin hatte eine tolle Ausstrahlung.

»Du brauchst dich darüber gar nicht zu amüsieren. Als Single hast du ja keine Ahnung, wie viel man im Privatleben zurücksteckt, nur um seiner Tochter ein sorgloses Aufwachsen zu ermöglichen.«

Unwillkürlich dachte Marie daran, dass sie selbst schon die eine oder andere interessante Männerbekanntschaft abgebrochen hatte, nur weil sie das Gefühl hatte, dieser Mann könne nicht gut mit ihrer Tochter umgehen.

»Manchmal frage ich mich, wie viel Dankbarkeit Eltern von ihren Kindern grundsätzlich erwarten dürfen.«

»Ich denke, das Problem besteht darin, dass all das, was Eltern ihren Kindern geben, für diese ganz normal ist. Kinder sehen vermutlich nur, was sie nicht bekommen.« Brenner stand auf und schenkte sich einen Kaffee ein. »Wobei diese Sichtweise genau genommen auch bei vielen Erwachsenen anzutreffen ist.«

Unmittelbar nachdem Brenner die Soko-Mitglieder begrüßt hatte, meldete sich Gerd Drechsler vom Dezernat für Eigentumskriminalität zu Wort: »Meine Freundin arbeitet bei der Schupo im Polizeirevier Ettlingen. Heute Morgen beim Frühstück hat sie mir erzählt, dass sie gestern Abend zu einem Garagenbrand nach Waldbronn fahren mussten. Der Besitzer hatte hinter seiner Garage Flexarbeiten vorgenommen. Dabei sind Funken in die Garage geflogen und haben dort widerrechtlich gelagerte brennbare Materialien entzündet. Als mir Britta erzählt hat, dass dabei ein schwarzer Volvo-SUV ausgebrannt sei, bin ich sofort hellhörig geworden. Der Besitzer ist ein gewisser Helmut Zachmann und müsste bei einem von euch auf der Liste stehen.«

»Ja, bei uns.« Miriam Behrens streifte kurz ihre langen blonden Haare zurück und blätterte durch ihre Aufzeichnungen. »Der war am Donnerstagabend bis kurz nach Mitternacht angeblich bei einem Freund zum Schachspielen. Der Freund hat das Alibi bestätigt. Beide haben auf uns einen unauffälligen Eindruck gemacht, oder?« Bei ihrem letzten Satz schaute Miriam fragend zu ihrem Teampartner, der zustimmend nickte und ironisch ergänzte: »Beide haben ordentliche Berufe. Der Zachmann ist freiberuflicher Versicherungsmakler; sein Freund ist Gymnasiallehrer. Beide sind Jahrgang 1960.«

»Trotzdem. Die beiden will ich mir persönlich anschauen«, sagte Brenner. »An Zufälle glaube ich nicht.« Zu Marie gewandt sagte Brenner: »Notiere dir bitte die Adressen. Dort fahren wir gleich vorbei.«

Während Brenner die Adresse ins Navi eingab, setzte Marie ihr Cape auf. Brenner fuhr seinen BMW-Roadster in den Sommermonaten grundsätzlich offen. Außer bei Regen. Sie hatte sich zwar vor über einem Jahr eine flotte Kurzhaarfrisur zugelegt, aber im Gegensatz zu Brenners militärischem Kurzhaarschnitt konnte der Fahrtwind bei ihr immer noch einiges zerzausen. »Du meinst, dieser Zachmann hat den Garagenbrand absichtlich entfacht, um DNA-Spuren der Prostituierten in seinem Auto zu vernichten?«, fragte sie.

»Das liegt nahe.«

»Aber den Zachmann hätten wir doch nie ins Visier genommen, wenn es den Garagenbrand nicht gegeben hätte. Wieso sollte der jetzt mit Absicht den Verdacht auf sich lenken?«

»Vielleicht will er auf Nummer sicher gehen? Letztendlich kann er ja nicht wissen, ob irgendwann noch ein Zeuge auftaucht, der mehr gesehen hat als nur den Wagentyp. Entweder jemand, der zur gleichen Zeit in der Fautenbruchstraße war, oder jemand, der ihn auf der Hin- oder Rückfahrt vom Oberwald-Parkplatz gesehen hat.«

»Denkbar. Schauen wir uns den Burschen mal an. Wenn du recht hast, dann ist Zachmann auf jeden Fall ein Typ, der sehr vorausschauend denkt.«

»Und zusätzlich ein Sicherheitsfanatiker, der auch das kleinste Restrisiko ausschließen will.« Nach einer kurzen Pause fügte Brenner noch hinzu: »Erinnere dich, dass der Mörder von Cleo auch sehr umsichtig vorgegangen ist.«

»Hier war ich bislang auch noch nicht«, merkte Brenner an, als sie das Ortsschild von Waldbronn passiert hatten und danach links in ein Wohngebiet abbogen, dessen Häuser auf finanziell gut situierte Bewohner schließen ließen.

»Es gibt sicher noch weitere Ortschaften in der Region Karlsruhe, die du bislang noch nicht kennst.«

»Klar. Dennoch habe ich das Gefühl, als ob ich hier schon wesentlich länger wohne als nur vier Jahre.«

»Das liegt an der herzlichen Mentalität von uns Badenern«, kam es sofort sehr überzeugend von Marie.

Brenner schmunzelte, weil er dem badischen Patriotismus immer wieder begegnete. Nur zu gut erinnerte er sich an das Jubiläumskonzert des Karlsruher Polizeiorchesters vor einem Jahr, an dessen Ende Badens Hymne gespielt wurde und alle Anwesenden aufgestanden waren und laut mitgesungen hatten. Selbst als Reingeschmeckter hatte er dabei ein Gänsehaut-Feeling verspürt.

»Aber Ihre uniformierten Kollegen haben doch schon alles aufgenommen«, reagierte Zachmann überrascht, nachdem sich die beiden Kommissare vorgestellt hatten. »Und wieso jetzt die Kripo? Wollen Sie mich etwa verhaften, weil ich mich so blöd angestellt habe?« Zachmann lachte unbekümmert und überkreuzte dabei gleich symbolhaft seine Unterarme.

Brenner registrierte sofort die protzige Rolex und antwortete in einem neutralen Tonfall: »Ganz so weit sind wir momentan noch nicht. Allerdings haben wir durchaus noch die eine oder andere Frage.«

»Dann schießen Sie mal los. Als guter Staatsbürger unterstützt man doch die Obrigkeit, wo immer man kann.« Zachmann lehnte sich locker an den Rahmen der Haustür und lächelte Marie charmant an.

Brenner überlegte, wie er den unbekümmerten Eindruck werten sollte, den Zachmann erweckte. War das echt oder machte sich sein Gegenüber innerlich gerade lustig über die ihn befragenden Kriminalisten? Auf jeden Fall schien er sich sehr sicher, dass man ihm nicht nachweisen konnte, den Garagenbrand vorsätzlich verursacht zu haben.

»Herr Zachmann, uns ist natürlich aufgefallen, dass zwischen der Befragung nach ihrem Alibi für Donnerstagnacht und dem Garagenbrand nur wenige Stunden liegen.«

Zachmann strich sich nachdenklich mit der Hand ein paar Mal über seinen gepflegten, graumelierten Vollbart, bevor er dann nach einem kurzen Schulterzucken sagte: »Natürlich bin ich mir darüber völlig im Klaren, dass ich wie ein Vollidiot dastehe. Dass beim Schleifen Funken entstehen und es deshalb besonderer Sorgfalt bedarf, weiß jeder, auch wenn er kein Handwerker ist. Aber jetzt kann ich es nicht mehr ändern.« Zachmann hob hilflos die Hände. »Noch einmal. Ich habe mich saublöd angestellt, aber ...« Zachmann machte eine kurze Pause, fixierte dabei starr Brenners Augen und sagte in einem nunmehr schärferen Ton: »Aber das Ganze hat absolut nichts mit meinem Alibi zu tun. Erich und ich waren am Donnerstag bis gegen halb eins zusammen. Das Einzige, was ich mir eventuell habe zu Schulden kommen lassen, ist, dass ich auf der Heimfahrt vermutlich die erlaubte Promillegrenze überschritten habe.«

Brenner war es nicht entgangen: Zachmanns Körper hatte sich bei den letzten Sätzen deutlich verändert. Die zuvor noch sehr souveräne und lockere Körperhaltung war in eine bedrohliche Grundspannung übergegangen.

»Kann Ihr Alibi außer Herrn Hofer noch jemand bestätigen?«

»Natürlich meine Frau. Allerdings hat die schon geschlafen, als ich nach Hause gekommen bin.« Bevor Brenner nachsetzen konnte, kam Zachmann ihm zuvor: »Mit einer Befragung müssen Sie jedoch bis Mittwoch warten. Manuela ist für ein paar Tage nach Rügen gefahren. Dort wohnt eine Freundin von ihr. Sie können aber gerne ihre Handy-Nummer haben.«

Brenner überlegte kurz, ob ein Telefonat mit Zachmanns Gattin sinnvoll wäre, entschied sich jedoch dagegen. »Dann zeigen Sie uns doch bitte mal, an welcher Stelle Sie die Flexarbeiten vorgenommen haben.«

Zachmann ging mit den beiden Kommissaren den mit Steinplatten ausgelegten Weg, der von der Straße zum Wohngebäude führte, zurück und erklärte dabei: »Wie Sie sehen, sind einige dieser Platten beschädigt. Da ist Wasser in die Fugen eingedrungen und durch den Frost sind sie dann gerissen.«

Wenige Meter vor der Garagenrückseite, deren Außenputz teilweise abgeblättert war und zahlreiche schwarze Rußflecken aufwies, zeigte Zachmann auf eine Stelle, an der mehrere Steinplatten aufeinandergeschichtet waren. »Hier habe ich die Platten mit der Flexmaschine zugeschnitten.« Mit Blick auf die nur knapp zwei Meter entfernte Tür, durch die man vom Garten aus die Garage betreten konnte, ergänzte er: »Aufgrund des Stromkabels war diese Tür nicht ganz geschlossen. Der kleine Spalt hat aber wohl ausgereicht, dass Funken reinfliegen konnten.« Zachmann versuchte in Brenners Gesicht zu lesen, inwieweit dieser seinen Ausführungen folgen konnte, bevor er dann noch mit einem Seufzer nachsetzte: »Leider habe ich die Arbeit dann unterbrochen, weil ich dringend auf die Toilette musste. Ansonsten hätte ich sicher frühzeitig eingreifen und größeren Schaden verhindern können.«

»Welche Materialien wurden denn von den Funken in Brand gesetzt?«

»Ich hatte morgens noch den Holzzaun gestrichen und die Pinsel mit Terpentin und einem Putzlappen gereinigt. Das alles hat vermutlich als Erstes gebrannt und dann in Folge auch den Farbeimer und später den Benzinkanister für meinen Rasenmäher in Brand gesteckt. Ich weiß …«, Zachmann hob entschuldigend beide Hände, »laut Garagenverordnung Baden-Württemberg dürfen brennbare Materialien nicht in Garagen gelagert werden. Da ich am Tag darauf jedoch noch einen zweiten Anstrich machen wollte, habe ich Farbe und Pinsel in der Garage zwischengelagert. Normalerweise verwahre ich die Sachen im Keller.«

Brenner öffnete die Türe und schaute in das Garageninnere. Sofort stieg ihm ein stechender Geruch in die Nase, der vermutlich von den verbrannten Kunststoffmaterialien verursacht war. Sein erster Blick fiel auf den SUV, dessen Lack zahlreiche Blasen hatte, die teilwiese auch aufgeplatzt waren. Während er noch versuchte, sich genau vorzustellen, wie sich das Feuer ausgebreitet hatte, sagte Zachmann: »Dummerweise hatte ich auch einiges für den Sperrmüll zusammengestellt. Das hat natürlich gleich gebrannt wie Zunder.« Mit einem Achselzucken fügte er noch hinzu: »Vermutlich wird mir die Versicherung bei der Schadensregulierung einiges abziehen.«

Zwar schien Brenner der Ablauf logisch, dennoch hatte er ein komisches Gefühl. »Dann haben Sie doch sicher nichts dagegen, wenn ich einen Kollegen von der Kriminaltechnik hinzuziehe, damit sich dieser das Ganze mal anschaut. Oder?«

»Selbstverständlich nicht. Aber außer meinem trotteligen Verhalten wird Ihr Kollege nichts feststellen können.«

Während Brenner Franzen anrief und diesen kurz über den Sachverhalt informierte, fragte Marie, die wegen des stechenden Geruches außerhalb der Garage gewartet hatte: »Herr Zachmann, wie lange sind Sie denn schon mit Herrn Hofer befreundet?«

»Mit Erich? Wir kennen uns schon seit der Schulzeit. Wir sind zusammen in dieselbe Klasse gegangen.«

»Den würde ich nicht von der Bettkante stoßen«, sagte Marie, kaum dass sie sich angeschnallt hatte. »Der Zachmann hat starke Ähnlichkeit mit George Clooney, als der noch seinen Vollbart trug.« Noch bevor Brenner diesen Vergleich kommentieren konnte, ergänzte Marie: »Und so wie er uns den Ablauf geschildert hat, könnte es sich doch tatsächlich abgespielt haben. Oder nicht?«

»Prinzipiell ja. Eine Sache passt für mich jedoch nicht ganz zusammen: Wenn dir in der Nacht dein Auto ausgebrannt ist, dann bist du doch am anderen Tag noch etwas konfus, oder nicht? Mir war der Zachmann eindeutig zu cool. Ich habe den Eindruck, dass ihn das Ganze nicht besonders belastet.«

»Er hat doch gesagt, dass er sich über seine Dummheit fürchterlich ärgere.«

»Schon. Das waren seine Worte. Seine Körpersprache und seine Mimik haben jedoch nicht dazu gepasst.«

Marie rief sich nochmals Zachmanns Verhalten ins Gedächtnis: »Kann jedoch auch sein, dass für ihn als Versicherungsmakler die ganze Schadensabwicklung gar kein Stress ist.«

»Trotzdem.« Brenner schüttelte den Kopf. »Als Versicherungsmakler sind ihm Garagenbrände vermutlich nicht unbekannt. Somit weiß er auch, wie man einen solchen vortäuschen kann. Aber da gibt es noch was anderes, das mich besonders gestört hat.«

»Was?«

»Mir hat er sich ein paar Mal zu oft als Trottel hingestellt. Ich habe den Eindruck, dass Zachmann uns durch diese vehemente Selbstbezichtigung von etwas anderem ablenken wollte.«

»Du meinst, indem er offen zugibt, ein Tölpel zu sein, will er uns glaubhaft machen, grundsätzlich ein ehrlicher Mensch zu sein.« Marie überlegte. »Das wäre aber ganz schön raffiniert.«

»Eine derartige Raffinesse würde auch zu meinem Täterprofil passen. Erinnere dich daran, dass unser Täter nach dem Mord durchaus in der Lage war, mehrere Schritte vorauszudenken.«

»Das passt auch ideal zu einem Schachspieler«, entfuhr es Marie spontan. »Ich selbst spiele zwar kein Schach, aber ich weiß, dass gute Schachspieler immer die potenziellen Züge ihres Gegners im Voraus berechnen.«

»Oh, spielen wir heute wieder Kavalier?«, sagte Marie ironisch, als Brenner ihr den Stuhl zurechtrückte. Beide hatten sich kurzerhand entschlossen, noch eine Kleinigkeit beim Italiener zu essen.

»Ich muss in Übung bleiben.«

»Gibt's da jemand, von dem ich noch nichts weiß?«

»Nein, nein.« Brenner hob abwehrend die Hände. »Du weißt doch, du wirst die Erste sein, der ich das erzählen werde.«

Marie war sich da ganz und gar nicht sicher und beobachtete belustigt, wie Brenner die Speisekarte studierte. Denn jedes Mal, wenn sie mit Brenner in diesem Restaurant war, bestellte er Lasagne. Angeblich sei die hier die beste weit und breit. Dass sie hier so oft zum Mittagessen gingen, lag vielleicht auch an der rassigen Bedienung, die immer mit ihm kokettierte. Natürlich hatte Brenners Ausstrahlung auf das weibliche Geschlecht auch bei ihr gleich zu Anfang ihrer Zusammenarbeit Wirkung gezeigt. Aber instinktiv hatte sie gespürt, dass Brenner nicht unbedingt der Mann für eine dauerhafte Partnerschaft war; zumindest nicht für das, was sie sich darunter vorstellte. An konkreten Dingen konnte sie das zwar nicht festmachen; jedoch hatte sie das Gefühl, dass er irgendwie unter einer Bindungsphobie litt. Wenngleich Brenner grundsätzlich sehr extrovertiert war und sie beide inzwischen auch sehr ausführlich über Privates sprachen, hielt er sich, was seine Frauenbekanntschaften anbelangte, immer sehr bedeckt. Auf ihr Nachbohren bekam sie meist die ausweichende Antwort, dass es sich in der aktuellen Phase noch nicht um etwas Festes handle. Zudem war ihr Brenner eindeutig zu sportlich. Es reichte ihr vollkommen, wenn er ihre regelmäßig angesetzten Diäten immer mit dem Hinweis kommentierte, dass sie nur über Sport ihr Gewichtsproblem in den Griff bekommen könne.

»Hast du eine Ahnung, was die vielen Spechte bedeuten?« Brenner war aufgefallen, dass in fast jedem Vorgarten von Spessart, in dem Zachmanns Alibizeuge wohnte, ein oder zwei aus Holz ausgesägte und bunt bemalte Spechte zu sehen waren.

»Wenn ich es richtig weiß, dann hieß dieser Ettlinger Stadtteil früher Spechteßhard. Vermutlich sind die vielen Holzspechte eine Art Reminiszenz an diesen früheren Namen und wurden zum 750-Jahre-Jubiläum, das vor zwei Jahren gefeiert wurde, angebracht.«

»Sie haben Ihr Ziel erreicht. Das Ziel befindet sich auf der rechten Seite«, gab das Navi bekannt. Die Kommissare gingen über die mit Pflastersteinen ausgelegte Einfahrt in Richtung Haustür. Nach mehrmaligem Klingeln hörten sie hinter sich ein »Sie wünschen?« Die Ermittler drehten sich überrascht um. Der mit einer olivgrünen Cargohose und einem gelben T-Shirt bekleidete Mann hielt eine graugetigerte Katze im Arm. Offensichtlich war er aus dem Holzschuppen gekommen, der sich hinter dem Haus befand. Mit seinen etwa ein Meter achtzig hatte er zwar die gleiche Körpergröße wie Brenner, nicht jedoch dessen Muskulosität. Der Mann entsprach eindeutig dem leptosomen Körpertyp.

Brenner zückte seinen Ausweis: »Mein Name ist Brenner, Kripo Karlsruhe, und das ist meine Kollegin, Oberkommissarin Franke. Sind Sie Herr Hofer?«

Anstelle einer Antwort streckte der Mann die Hand nach Brenners Ausweis aus. »Darf ich sehen?« Nach einem kurzen Blick darauf wandte er sich an Marie. »Ihren auch.« Während Marie mit einem freundlichen »selbstverständlich« ihren Ausweis aus der Tasche holte, schüttelte Brenner ungläubig den Kopf ob dieses offensichtlich provokativen Gehabes und sagte: »Wir würden Ihnen gerne zum vergangenen Donnerstabend noch ein paar Fragen stellen.«

»Was gibt's da noch zu wissen? Ich habe Ihren Kollegen bereits alles gesagt.«

Marie spürte instinktiv, dass in dieser Situation besser sie die Befragung übernahm, und sagte mit einem charmanten Lächeln: »Natürlich, Herr Hofer. Aufgrund der Brisanz des Falles benötigen wir jedoch noch mehr Details und deshalb …«

»Welche Details?«, wurde sie unwirsch unterbrochen. »Wollen Sie etwa wissen, welche Eröffnungsstrategien Helmut und ich bei unseren drei Schachpartien benutzt haben, oder interessiert es Sie, welchen Wein wir getrunken haben?«

»Puh. Was für ein Arsch«, entfuhr es Marie, als sie sich etwa fünfzehn Minuten später wieder ins Auto gesetzt hatten.

»Als er uns angewiesen hat, dass wir uns besser um die kriminellen Bonzen kümmern sollen, anstatt steuerzahlenden Bürgern ihre Zeit zu stehlen, habe ich mich kaum zurückhalten können«, stimmte Brenner zu. »Dem seine Schüler tun mir leid.«

»Na ja, bei denen kann sein Verhalten durchaus völlig anders sein. Beim Sternzeichen von Hofer sind Widersprüche keine Seltenheit.«

Marie notierte grundsätzlich immer auch die Geburtsdaten der Personen, die sie befragte. Zu Anfang ihrer Zusammenarbeit hatte sich Brenner über Maries Faible für Esoterik oft lustig gemacht. Da es in der Vergangenheit jedoch schon mehrere Situationen gegeben hatte, in denen Marie durch ihren esoterischen Ansatz auf die richtige Spur gekommen war, fragte Brenner: »Welches Sternzeichen hat Hofer?«

»Fische. Das Symbol dieses Sternzeichens sind zwei Fische, die in entgegengesetzte Richtungen schwimmen. Die negativen Eigenschaften dieses Sternzeichens sind neben oft widersprüchlichem Verhalten auch die leichte Beeinflussbarkeit.«

»Wie hilft uns das weiter?«

»Da habe ich noch keine Ahnung. Allerdings passen Zachmann und Hofer durchaus zusammen. Zachmann ist im Sternzeichen Stier geboren. Männer mit diesem Sternzeichen sind häufig sehr zielstrebig und dominant.«

»Du meinst damit, dass Zachmann es nicht allzu schwergefallen ist, Hofer für eine Falschaussage zu gewinnen?«

»Kann ich mir zumindest gut vorstellen.« Nach kurzem Überlegen ergänzte Marie: »Andererseits spricht das Verhalten von Hofer aber auch dafür, dass er die Wahrheit gesagt hat.«

»Inwiefern?«

»Na ja, jemand, der ein falsches Alibi gegeben hat, wird sich doch der Polizei gegenüber eher kooperativ zeigen, damit man seine Aussage nicht anzweifelt. Bei Hofer war jedoch fast jeder Satz eine Konfrontation.«

Brenner überdachte kurz Maries Interpretation und schüttelte dann den Kopf. »Nicht unbedingt. Erinnere dich, was du vorhin, als wir Zachmanns Verhalten analysiert haben, über Schachspieler gesagt hast.«

Brenner hatte noch kurz vor der abendlichen Soko-Sitzung im POLAS nach Einträgen von Hofer gesucht. Dieser war einer der Aktivisten gewesen, die vor einigen Wochen durch Abseilen von einer Brücke versucht hatten, den ersten Castor-Atommülltransport auf dem Neckar zu unterbinden. Ansonsten schien Hofer, zumindest was die polizeilichen Erkenntnisse anbetraf, eine weiße Weste zu haben. Manfred Franzen hatte die Soko-Mitglieder darüber informiert, dass sich Zachmanns Garagenbrand durchaus so abgespielt haben konnte wie von ihm geschildert. Aber genauso gut könne es auch vorsätzliche Brandstiftung gewesen sein. Leider lasse die vorgefundene Faktenlage beide Varianten zu. Da auch bei den Halterbefragungen der Soko-Kollegen nichts herausgekommen war, schwante Brenner, dass ihnen ein mühsamer Weg bevorstünde. Falls dieser Fall überhaupt zu lösen wäre. Wobei er den Verdacht nicht loswurde, dass Zachmann und Hofer ihn und Marie an der Nase herumgeführt hatten. Vermutlich saßen die beiden jetzt zusammen und machten sich bei einem Glas Wein darüber lustig, wie clever sie die Bullen ausgetrickst hatten.

Er musste nachher unbedingt joggen gehen. Im Rhythmus seiner Schritte, die herrliche Umgebung des Nordschwarzwaldes auf sich wirken lassend, die fantastische Luft ganz tief einatmend, würde sein Unterbewusstsein weiterarbeiten und ihm möglichweise schon einige Stunden später eine Lösung aufzeigen.

Welche Strecke sollte er heute wählen? Angesichts der drückenden Temperaturen der letzten Tage entschied sich Brenner, über Bernbach heimzufahren. Dieses kleine Bergdörfchen lag oberhalb von Bad Herrenalb und hatte für Brenner eine besondere Anziehungskraft. Dort würde er beim Restaurant Bären sein Auto abstellen und dann zum Mahlbergturm joggen. Das waren hin und zurück knappe zehn Kilometer durch abwechslungsreichen Mischwald bei nur circa hundert Steigungsmetern. Gemessen an den im Schwarzwald üblichen Steigungen also fast topfeben. Eventuell würde er sogar noch die 160 Stufen zur Aussichtsplattform hochgehen, wo man bis zu den Vogesen und zum Pfälzerwald sehen konnte. Nur gut, dass diese im Zweiten Weltkrieg zerstörte Funkstelle unter anderem durch Spendengelder wieder neu errichtet worden war. Zum Abschluss seiner Joggingrunde würde er sich im Biergarten noch eine Bärenpizza und ein Radler gönnen.

Ja, das war ein guter Plan. Zachmann und Hofer würde er schon irgendwie auf die Schliche kommen. Denn irgendetwas verheimlichten die beiden. Brenner wäre wohl nicht so locker gewesen, wenn er gewusst hätte, dass einer seiner Verdächtigen nicht mehr allzu lange leben würde.

~

Das durfte jetzt doch nicht wahr sein! Wütend legte er das Handy auf den Tisch. Eigentlich hatte er gedacht, dass der Kelch an ihm vorübergegangen wäre. Und jetzt die Erpressung! Sollte er zahlen? Nein, das kam nicht in Frage. Das würde er sich nicht bieten lassen. Zahlte man auch nur einmal, dann wurde man zeitlebens ausgenommen wie eine Weihnachtsgans. Natürlich war der geforderte Betrag relativ unbedeutend. Zumindest für ihn. Sein Business lief dank seines ausgezeichneten Netzwerkes hervorragend. Lange bevor Networking en vogue wurde, hatte er gewusst, wie der Hase lief. Er hatte auch schon einiges an Schwarzgeld im Ausland deponiert. Unwillkürlich musste er lachen. Nur Deppen zahlten brav ihre Steuern. In seiner Liga kannte man die Leute, die über die entsprechenden Kanäle verfügten, das hartverdiente Geld am Fiskus vorbeizuschleusen.

Aber das jetzt war schon der Gipfel der Frechheit. Er solle Verantwortung für sein Verhalten übernehmen und Wiedergutmachung leisten. So eine gequirlte Scheiße. Klar bot der Straßenstrich nicht die Sonnenseite des Lebens. Aber jeder war selbst seines Glückes Schmied. Jeder bestimmte selbst, ob er zu den Gewinnern oder Verlierern zählte. Er hatte doch auch miserable Startchancen gehabt. Allerdings war ihm sehr früh klar geworden, dass in der realen Welt ausschließlich das Recht des Stärkeren galt. Altruismus war etwas für Weicheier. Nein. Bei einer Erpressung war Schluss mit lustig. Da durfte man nicht zögern. Da musste man gnadenlos handeln! Er musste sich schnellstmöglich etwas einfallen lassen. Er hatte auch schon eine Idee.

Marie trat abrupt auf die Bremse. Hatte sie richtig gesehen? Das war doch Julia, die gerade knutschend und eng umschlungen mit einem Jungen an ein Auto gelehnt war. Tatsächlich. Ihr Bremsmanöver hatte das Pärchen aufmerken lassen und beide schauten nun verblüfft in ihre Richtung. Der Bursche war doch deutlich älter als ihre Tochter. Marie überlegte noch, ob sie aussteigen sollte, als sie sah, wie ihre Tochter dem jungen Mann einen Handkuss zuwarf und dann auf sie zukam. Provozierend langsam, wie Marie empfand. Immerhin gab ihr das etwas Zeit, um zu überlegen, welche Reaktion wohl angebracht wäre. Möglicherweise stellte Julia ähnliche Überlegungen an. Marie konnte nicht umhin zuzugeben, dass ihre Tochter außergewöhnlich hübsch aussah und für ihr Alter schon recht gut entwickelt war. Das Sommerkleid mit den Spaghettiträgern betonte die weiblichen Rundungen, die Julias Körper seit einigen Monaten angenommen hatte. Natürlich hatte sie mit ihrer Tochter den Sexualkundeunterricht der Schule in einfühlsamen Gesprächen vertieft. Aber das war ja nur prophylaktisch gewesen und eigentlich hatte sie bei diesen Gesprächen immer das Gefühl gehabt, für ihre Tochter seien Jungs noch lange kein interessantes Thema. Einen Freund hatte ihre Tochter bislang noch nie erwähnt. Und jetzt so plötzlich. Ohne Vorwarnung. Und dann auch noch mit einem deutlich Älteren. Denn mindestens achtzehn musste der ja sein, da er sich inzwischen hinter das Lenkrad des Autos gesetzt hatte.

»Wo kommst du denn her?«, fragte Julia, kaum dass sie sich ins Auto gesetzt hatte.

»Das könnte ich dich auch fragen, meine Liebe«, presste Marie hervor und konnte ihrer Stimme nur mühsam einen halbwegs ruhigen Ton verleihen. »Wenn ich nicht meiner Freundin ein Buch zurückgebracht hätte, wäre mir wohl eine wichtige Neuigkeit entgangen.« Marie nahm normalerweise immer den anderen Weg ins Wohngebiet, was Julia offensichtlich veranlasst hatte, sich in der Parallelstraße von ihrem Freund zu verabschieden.

Da Julia anscheinend nicht auf ihren Kommentar antworten wollte, sagte Marie: »Ist dein Freund nicht etwas zu alt für dich?«

»Wieso? Ich werde ja bald sechzehn.«

»Bald?«, wiederholte Marie ungläubig und korrigierte sogleich: »In neun Monaten, meine Liebe.«

»Wo wäre der Unterschied, wenn Marcus zwei Jahre jünger wäre?«, wollte Julia provozierend wissen.

Da Marie spontan nicht wusste, wie sie zum Altersaspekt am besten argumentieren sollte, ohne dass ihr eine unbedachte Äußerung entwischte, gab sie sich neutral interessiert: »Wie lange geht denn das schon mit Marcus?«

»Da geht gar nichts. Ich kenne ihn erst seit gestern.«

»Und wo habt ihr euch kennengelernt?«

»Soll das jetzt etwa ein Verhör werden?« Bevor ihre Mutter antworten konnte, fügte sie schnell in deutlich normalerem Ton hinzu: »Marcus war gestern mit seinen Kumpels auch bei den Schlosslichtspielen. Die sind diesmal sogar noch besser als letztes Jahr.« Julias weitere Schwärmereien über die seit 2015 jährlich von Ende Juli bis Anfang September stattfindende Illumination der Schlossfassade, die laut Zeitungsbericht über 900 000 Euro kostete, interpretierte Marie als eindeutigen Ablenkungsversuch. Offensichtlich hat die Dame doch ein schlechtes Gewissen, dachte Marie und sagte: »Erzähl mir von Marcus nachher mehr, wenn wir mit Charly seine Gassi-Runde drehen.«

~

»Was hat dich denn so früh aus dem Bett getrieben?« Brenner war überrascht, als er am Montagmorgen beim Betreten des Büros Marie bereits am PC sitzend vorfand. »Eigentlich war ich mir sicher, dass ich heute der Erste bin.« Während er zur Kaffeemaschine ging, sah er aus den Augenwinkeln, wie Marie das POLAS ausklickte. »Hattest du einen Verdächtigen?« Brenner machte eine Kopfbewegung zu Maries Bildschirm und registrierte irritiert, dass seine Frage Maries Gesicht erröten ließ.

Marie presste für einen kurzen Moment die Lippen zusammen und atmetet tief ein und aus. »Nein. Ich habe ein Problem mit Julia.«

»Was für ein Problem?«

»Julia hat einen Freund.«

»Ach? Interessant.« Brenner grinste und fügte gleich hinzu: »Und diesen Freund hast du dann gleich mal in unserem POLAS überprüft. Bist du denn fündig geworden?«

»Gott sei Dank nicht.«

Brenner trank einen Schluck Kaffee. »Dann ist doch alles in Ordnung.«

»Keinesfalls. Der Junge ist über achtzehn und für Sex ist Julia meiner Meinung nach noch deutlich zu jung.«

»Na ja«, begann Brenner und versuchte, sich an seine eigene Sturm-und-Drang-Zeit zu erinnern. »Letztendlich wirst du bei diesem Thema wenig Einfluss auf Julia haben.«

Bevor Marie antworten konnte, klingelte Brenners Telefon. Nach einem »Ja, ich komme gleich vorbei«, legte er auf und sagte zu Marie: »Kannst du bitte die Soko-Besprechung übernehmen. Die Ekberg will vor ihrem Gerichtstermin noch den aktuellen Ermittlungsstand haben.«

Gerade als er zur Türklinke greifen wollte, ging diese schwungvoll auf. Nur durch einen schnellen Schritt rückwärts vermied er einen Zusammenstoß mit Nadine. Sein spontanes »Da hat's eine aber eilig« wurde von Nadine nur mit einem knappen »Morgen zusammen« beantwortet. Ui, die ist aber heute schlecht drauf, dachte Brenner, als er die Tür hinter sich schloss.

»Welche Laus ist denn unserer Jüngsten heute über den Weg gelaufen?«, fragte Brenner seine Kollegin, als sich Marie gute dreißig Minuten später neben ihn ins Auto gesetzt hatte.

Marie griff sich zuerst einen Müsliriegel aus dem Handschuhfach. Dort hatte sie sich ein Depot für den »kleinen Hunger zwischendurch« angelegt. Sie hatte irgendwo mal gelesen, dass man damit dem Abfallen seines Blutzuckerspiegels vorbeugen könne. Während sie den Riegel aufriss, überlegte sie, ob es für Nadine okay wäre, wenn sie Brenner die Info weitergeben würde. Vermutlich schon. »Nadine hat gestern Abend mit ihrem Timo Schluss gemacht.«

»Oh, wie das?«

»Angeblich will Timo nach seiner Promotion das Angebot eines früheren Kommilitonen annehmen und ins Silicon Valley ziehen. Er hat Nadine gebeten, sich doch zu überlegen, ob für sie nicht auch in den USA eine Arbeitsmöglichkeit bestünde.«

»Der hat sie ja wohl nicht mehr alle«, entfuhr es Brenner spontan. »Wie soll Nadine in den USA als Polizistin arbeiten?«

»Das sagt Nadine auch. Seit er an seiner Promotion schreibt, würde sie zurückstecken und den Großteil ihres Privatlebens nach Timo ausrichten. Und jetzt, wo er demnächst fertig sei, meine er wohl, dass weiterhin alles ganz nach seinen Interessen ginge. Das würde sie nicht länger mitmachen.«

»Da hat sie vollkommen recht«, stimmte Brenner zu, bevor er noch scherzhaft ergänzte: »Momentan scheint mein ganzes Team ein Problem mit Männern zu haben. Bei der nächsten Teamerweiterung werde ich versuchen, einen männlichen Kollegen reinzubekommen.«

»Jetzt übertreib mal nicht«, lachte Marie. »Außerdem ist es wahrscheinlich dein Karma, dass du derzeit überwiegend mit Frauen zusammenarbeiten musst. Offensichtlich hast du aus deinen früheren Leben einiges gutzumachen.«

»Und was soll das gewesen sein?« Mit einem Grinsen gab er dann gleich selbst die Antwort: »Wahrscheinlich war ich ein Scheich und hatte einen großen Harem.«

Anstatt Brenners Vermutung zu kommentieren, sagte Marie: »Ich habe übrigens vorhin angekündigt, dass unsere nächste Soko-Sitzung erst morgen Früh ist. Nur wenn eine heiße Spur auftaucht, treffen wir uns heute Abend noch mal.«

»Bist du heute schlecht drauf?«, fragte Micha irritiert, nachdem Nadine an die Fahrertür des Dienstpassats herangetreten war und wortlos mit der ausgestreckten Hand um den Fahrzeugschlüssel bat. Ohne zu antworten, stieg Nadine ein.

Als sie gerade den Rückwärtsgang einlegen wollte, stellte sie den Motor nochmals ab und legte beide Hände auf das Lenkrad. Mit Blick geradeaus sagte sie: »Sorry. Ich bin heute tatsächlich nicht in bester Laune. Ich habe gerade Stress mit meinem Freund.« Nach einem tiefen Luftholen ergänzte sie: »Exfreund.«

»Oh, verstehe. Ich dachte schon, du hättest deine ...«

Der sofortige giftige Blick von Nadine ließ Micha mitten im Satz verstummen.

Nadine startete den Passat erneut. Während sie vom Direktionsparkplatz in die Hertzstraße einbog, nahm sich Nadine vor, schnellstmöglich ihre Emotionen in den Griff zu bekommen. Schließlich wäre es unkollegial, wenn Micha ihren Frust abbekäme. Und professionell wäre das erst recht nicht. Zumal ihr nicht entgangen war, dass Micha große Sympathien für sie hegte. Zwar war sie sich nicht sicher, ob ihre weiblichen Attribute oder ihre Erfahrung in der Mordkommission der Grund dafür waren. Möglicherweise eine Kombination von beidem. Letztendlich war es ihr egal. Sie fand Micha durchaus sympathisch, vor allem, weil er keine Macho-Allüren zeigte. Nur zu gut erinnerte sie sich an ihre Grundausbildung, als sie in den ersten Wochen etlichen männlichen Kollegen erst mal den Macho-Zahn hatte ziehen müssen. Dennoch war Micha nicht ihr Typ. Zumal sie momentan sowieso von Beziehungen die Schnauze voll hatte.

Nein, in den nächsten Monaten würde sie ihre neue Freiheit erst mal so richtig auskosten.

Nach drei überprüften Fahrzeughaltern standen Nadine und Micha vor einem Döner-Imbiss und kämpften mit ihrem »Döner mit allem«. Während Nadine es besser verstand, dem prallgefüllten Fladen zu Leibe zu rücken, quoll Micha beim Reinbeißen jetzt schon zum zweiten Mal Knoblauchsauce über die Hände. Beim ersten Mal hatte Micha noch durch ein schnelles Vorbeugen des Oberkörpers verhindern können, dass die Sauce auf seine Kleidung tropfte. Jetzt jedoch war er zu langsam gewesen. Beim anschließenden Versuch, die Kleckerei abzuwischen, rutschte ihm auch noch der obere Fladenteil aus der Serviette und fiel zu Boden. »Sorry«, sagte Nadine prustend vor Lachen, »Döner scheint nicht oft auf deinem Speiseplan zu stehen.«

»Lach du nur. Wer den Schaden hat, braucht für Spott nicht zu sorgen«, konterte Micha und schaute etwas ratlos die Dönerhälfte an, die sich noch in seiner Hand befand; war er sich doch momentan nicht im Klaren, wie er diese ohne weitere Kleckereien verzehren sollte. Kurz entschlossen ging er zum Papierkorb. »Ich habe dir doch gleich gesagt, dass ich eine Currywurst vorziehen würde.«

Nadine hatte ihr Lachen wieder im Griff und Micha inzwischen einige Servietten besorgt. »Das müsste vorerst fürs Gröbste reichen. Dort drüben ist ein Café. Lass uns noch einen Cappuccino trinken. Da kannst du dich auf der Toilette säubern, bevor wir Kostal aufsuchen.«

»Gute Idee. Und etwas ohne Sauce wird es dort ja auch zu essen geben.«

Etwa vierzig Minuten später standen die beiden Kommissare wieder Franz Allmendinger im Bürocontainer gegenüber. Dieser machte heute einen wesentlich gefassteren Eindruck und hatte die Kommissare gleich mit den Worten begrüßt: »Torsten wird jeden Moment da sein. Er hat vor wenigen Minuten angerufen, als er von der Autobahn abgefahren ist.«

Nadine wollte gerade mit einigen Fragen die Freundschaft von Kostal und Allmendinger näher ausloten, als ein gelber Porsche Carrera auf dem Parkplatz vorfuhr.

»Da ist er.« Allmendinger ging sofort zur Tür und rief, kaum dass der Fahrer ausgestiegen war: »Hallo Torsten, du hast Besuch von der Kripo.«

Nadine schüttelte den Kopf und dachte: Der will uns wohl verscheißern. Der hat doch Kostal mit Sicherheit schon am Samstag informiert. Sie musterte den drahtigen Typ, der mit einem strahlenden Lächeln auf sie zukam und ihr schon von Weitem die Hand entgegenstreckte.

»Torsten Kostal. Was kann ich für die Kripo tun? Ich glaube ja nicht, dass Sie sich für eines meiner Fahrzeuge interessieren.« Dabei machte er eine weite Armbewegung über die zum Kauf ausgestellten Fahrzeuge.

»Möglicherweise schon.« Nadine zückte ihren Ausweis. »Ich bin Kommissarin Steiner und das ist mein Kollege Kommissar Michael Daum. Wir ermitteln in einem Mordfall und würden gerne wissen, wo sie vergangenen Donnerstagabend in den drei Stunden nach 22 Uhr gewesen sind.«

Kostal schaute verdutzt. »Mord? Wie kommen Sie denn dabei auf mich?« Mit ungläubigem Kopfschütteln untermauerte Kostal seine Verblüffung.

Nadine wartete einen kurzen Moment und versuchte Kostals Mimik auf Glaubwürdigkeit zu deuten. »Tatverdächtig ist der Fahrer eines schwarzen Volvo-SUV. Ein solches Fahrzeug ist doch auf Sie zugelassen, oder?«

»Ja klar.« Kostal nickte zustimmend.

»Also. Wo waren Sie im genannten Zeitraum?«

»Donnerstagabend?« Kostal tat, als müsse er kurz überlegen. »Da war ich bis gegen zwei Uhr im Tiffany in Karlsruhe.«

»Gibt es dafür Zeugen?«

Kostal nickte. »Ja klar. So viel Sie wollen. Da war echt was los.«

»Geht's auch präziser? Haben Sie Namen?«

»Habe ich auch. Sabrina, Bettina, Anja und Iris.« Kostal lachte. »Das sind die Mädels an der Theke. Die kennen mich alle. Ich bin dort Stammkunde.« Mit einem etwas anzüglichen Grinsen fügte er noch hinzu: »Sie können ja gerne mal mitkommen. Im Tiffany geht echt der Bär ab.«

Nadine rollte genervt mit den Augen. Sie wusste momentan noch nicht, wie sie Kostal einschätzen sollte. Sonnengebräunte Haut, blonder Haarschopf und muskulöser Body. Kostal war der typische Sonnyboy, der durchaus einen gewinnenden Eindruck machte; allerdings konnte sie sich des Gefühls nicht erwehren, dass sich Kostal innerlich über sie lustig machte. »Wir werden Ihr Alibi natürlich überprüfen. Dürften wir uns jetzt mal Ihren SUV anschauen?«

»Das können Sie gerne. Allerdings müssen Sie dazu ans Ijsselmeer nach Holland fahren.«

»Wie bitte?« Nadines Stimme klang aufgebracht. »Wollen Sie uns verarschen?«

Kostal grinste und hob, eine Entschuldigung symbolisierend, beide Handflächen nach oben. »Den hat Sven. Das ist ein ehemaliger Studienkollege. Bei dem war ich in Köln. Und der wollte für ein paar Tage ans Meer. Da ein Kiteboard samt Ausrüstung nicht in einen Porsche reingeht, zumal wenn man auch noch die Freundin mitnehmen will, haben wir kurzerhand die Fahrzeuge getauscht.«

Nadine war sprachlos. Das stank doch zum Himmel. Wie sollte sie weitervorgehen? In Gedanken ging sie mehrere

Optionen durch. Gut, der Autowechsel konnte tatsächlich aus den genannten Gründen stattgefunden haben. Aber viel wahrscheinlicher war doch, dass Kostal mit dem Tausch eine Möglichkeit gefunden hatte, sein Auto auf elegante Art und Weise loszuwerden. Was würde ihr Chef in dieser Situation machen? Sie musste schnellstmöglich mit Pit telefonieren. Nadine atmete tief ein und fixierte Kostal mit zusammengekniffenen Augen. »Name und Adresse Ihres Studienkollegen?« Mit Blick zu Micha sagte sie unwirscher als beabsichtigt: »Notiere bitte seine Angaben.«

Während Micha seinen Block zückte, ergänzte Nadine: »Die Handynummer Ihres Freundes brauchen wir auch.«

»Die kann ich Ihnen gerne geben.« Kostals Grinsen zeigte, dass er sich keine Mühe gab, seine momentane Überlegenheit zu kaschieren. »Aber Sven hat sein Handy im Urlaub immer offline.«

Auf dem Weg zum Auto platzte Nadine schier vor Zorn. Wäre ein Stein oder eine Cola-Dose auf dem Asphalt gelegen, hätte Nadine ihren Frust sofort mit einem Fußtritt abreagiert. »Der hat uns so was von vorgeführt. Ich bin überzeugt, dass Kostal die Cleo ermordet hat.«

»Wie willst du ihm das beweisen?«

Nadine zuckte die Schultern und ließ sich wortlos in den Fahrersitz fallen. Nach kurzem Überlegen wählte sie Brenners Nummer.

»Pit, wir haben ein Problem.«

»Ich höre.«

Nadine schilderte Brenner ausführlich die Situation. »Für mich ist klar, dass Kostal unser Täter ist. Aber ich habe momentan keine Ahnung, wie ich weiter vorgehen soll.«

Brenner wollte gerade antworten, als Nadine noch nachschob: »Was ich noch vergessen habe zu erwähnen: Die Cleo

Keppler hat bis vor zwei Jahren in Köln gewohnt. Vielleicht liegt dort die Verbindung?«

»Du meinst, dass der Mord an Cleo gar keinen Freier-Hintergrund hatte?«

»Könnte ja sein. Vielleicht kennen sich Kostal und Cleo bereits aus Köln. Kostal hat ja dort studiert. Sein Studienkollege wohnt nach wie vor in Köln, und nur einen Tag nach dem Mord an Cleo fährt Kostal wieder nach Köln. Da ist doch was oberfaul!«

»Deine Überlegung hat was für sich.« Nach einer kurzen Denkpause ergänzte Brenner: »Möglicherweise liegt unserem Mord ein ganz anderer Anlass zugrunde. Kostal hat sich mit Cleo nicht wegen einer sexuellen Dienstleistung getroffen, sondern wollte vielleicht etwas ganz anderes von ihr.«

Nadine nickte zustimmend, obwohl Brenner das nicht sehen konnte. »Irgendetwas muss bei diesem Treffen aus dem Ruder gelaufen sein, denn wir gehen ja nach wie vor von einer Affekttat aus.«

»Klar. Lass uns die nächsten Schritte im Büro besprechen. Marie und ich überprüfen noch kurz ein Alibi. Wir sind spätestens in einer Stunde in der Direktion. Bis dann.«

Micha schaute Nadine fragend an. »Weshalb geht ihr nach wie vor von einer Affekthandlung aus?«

»Zum einen: das große Zeitfenster zwischen der Abholung von Cleo in der Fautenbruchstraße und dem Ausbruch des Feuers im Oberwald. Weshalb hätte sich Kostal so lange Zeit gelassen, wenn er den Mord geplant hätte? Zum anderen hätte Kostal bei einem geplanten Mord bereits im Vorfeld versucht, Täterspuren zu vermeiden.«

Micha nickte verstehend und ergänzte: »Zudem lässt sich verräterische DNA mit etwas Planung viel unauffälliger vernichten als durch ein Feuer.«

Als Brenner und Marie vierzig Minuten später in der Direktion eintrafen, fanden sie Micha und Nadine nebeneinander sitzend. Beide schauten auf Nadines Bildschirm.

»Hallo zusammen. Micha und ich haben den Studienfreund von Kostal im POLAS gefunden. Der scheint sein Soziologie-Studium ebenfalls nicht für sein finanzielles Einkommen zu nutzen. Der hat ein langes Vorstrafenregister. Alles Verstöße gegen das Betäubungsmittelgesetz. Anfangs nur wegen Besitz in größeren Mengen. Danach saß er zweimal wegen Handel mit nicht geringen Mengen in der JVA Köln ein.«

»Interessant.« Brenner ging zur Kaffeemaschine und schenkte sich eine Tasse ein. »Hatte nicht Cleo Keppler auch diverse Einträge wegen Drogenmissbrauch?«

»Ja. Somit könnte durchaus das Thema Drogen der Grund für Kostals und Cleo Kepplers Treffen gewesen sein. Was hältst du davon, wenn wir unsere holländischen Kollegen um Amtshilfe bitten? Die könnten doch Kostals SUV auf DNA untersuchen.«

Brenner schüttelte den Kopf. »Das lohnt den ganzen Aufwand nicht. Wenn Kostal unser Täter ist, dann werden unsere Kollegen keinen SUV vorfinden. Würde mich wundern, wenn Kostals Freund das Fahrzeug nicht inzwischen schon als gestohlen gemeldet hätte. Nein. Das hatte schon einen Grund, weshalb Kostal so plötzlich nach Köln gefahren ist und dort das Auto getauscht hat. Wir müssen einen anderen Weg finden, um Kostal zu überführen.«

»Ich möchte ja nicht eure Euphorie dämpfen«, brachte sich Marie ein, während sie einen Müsliriegel auspackte. »Aber fokussieren wir uns momentan nicht zu sehr auf Kostal? Mit Zachmann und Hofer haben wir doch noch zwei weitere Verdächtige.«

»Marie hat nicht ganz unrecht.« Brenner trank einen Schluck Kaffee, bevor er weitersprach. »Was mich etwas stutzig macht, sind die Alibizeugen, die uns Kostal angegeben hat.«

»Wie meinst du das?« Micha hatte sich vorgenommen, einiges mehr zu hinterfragen. Während seine drei Kollegen aufgrund ihrer spezifischen Erfahrung die Fakten meist nur kurz anreißen mussten und sofort in den richtigen Kontext bringen konnten, blieben diese für ihn meist nur Andeutungen.

»Pit meint damit, dass es unwahrscheinlich ist, dass gleich mehrere Personen bei einem Mordfall bereit sind, ein falsches Alibi zu bezeugen. Das gibt es meist nur beim organisierten Verbrechen. Selbst wenn wir es hier mit einem Drogenring zu tun haben, dürften die von Kostal genannten Personen wohl eher nicht zum harten Kern gehören«, sagte Nadine.

Brenner warf einen Blick zu Marie und registrierte an deren Schmunzeln, dass auch ihr nicht entgangen war, dass Nadine offensichtlich bei Micha die Mentorenrolle übernommen hatte. »Wenn ihr Zweifel an den Aussagen der Damen habt, dann bestellt sie in die Direktion, damit sie die unterschreiben. Das hat schon beim einen oder anderen die Erinnerung in neue Bahnen gelenkt. Wann wollt ihr die Zeugen befragen?«

»Die Disco öffnet um 21 Uhr. Ich habe schon mit Micha besprochen, dass wir um diese Uhrzeit dort aufkreuzen. Ich fahre jetzt kurz nach Hause und schau nach, ob Timo seinen Krempel schon komplett ausgeräumt hat.«

Nadine fuhr ihren PC herunter. Der Gedanke an Timo, den sie in den letzten Stunden fast völlig ausgeblendet hatte, trübte ihre Stimmung deutlich. Vielleicht war es auch Pits Hinweis auf Kostals Alibizeugen? Wenn diese tatsächlich Kostals Anwesenheit zur Tatzeit bestätigten, war ihre Spur wohl kalt. Nadine konnte nicht ahnen, dass ihr der heutige Abend noch vollen körperlichen Einsatz abverlangen würde.

»Warst du schon mal in dem Schuppen?«, fragte Micha, als er zusammen mit Nadine kurz nach 21 Uhr auf den Parkplatz des Tiffany fuhr.

Nadine nickte. »Allerdings nur dienstlich. Ich war bis vor drei Jahren im Drogendezernat. Damals haben wir immer wieder Hinweise erhalten, dass im Tiffany mit Drogen gehandelt würde. Aber Dealer haben wir keine erwischt; nur Konsumenten.«

Nachdem die Kommissare dem jungen Mann an der Kasse durch Vorzeigen des Ausweises signalisiert hatten, dass sie keinen Getränkebon kaufen würden, betraten sie den Hauptraum und blieben dort zunächst stehen, um sich einen Überblick zu verschaffen. Die Mitte des Raumes dominierte eine recht große Tanzfläche. Wenngleich bereits einige Besucher anwesend waren, war sie noch leer. Die Sitzgruppen befanden sich, terrassenförmig auf drei Ebenen verteilt, auf der rechten Seite. Die Theke verlief über die gesamte linke Seite bis hin zum Pult des Diskjockeys. Das schummrige Licht im Raum wurde durch zahlreiche grüne und rote Laserstrahlen durchschnitten.

Nadine tippte Micha an den Oberarm und machte ein Handzeichen nach links zur Theke, hinter der drei Frauen und vier Männer emsig diverse Getränke für die Kolleginnen vom Service zusammenstellten. Während sich Nadine noch überlegte, wen sie ansprechen sollte, erkannte sie eine der weiblichen Thekenkräfte. »Hallo, wir kennen uns vom Fitnessstudio.«

Die etwa gleichaltrige Frau schaute erst überrascht, bevor sie ein strahlendes Lächeln aufsetzte. »Stimmt. Steppaerobic. Hier im Tiffany habe ich dich aber noch nie gesehen.«

Nadine überlegte kurz, welche Anredeform sie benutzen sollte. Zwar erinnerte sie sich momentan nicht an den Namen; aber wenn sie sich ab und zu unterhalten hatten, meist beim Aufräumen der Steppbretter, war es in der im Studio üblichen Du-Form gewesen. Sollte sie jetzt auf das »Sie« umschwenken? Nein, entschied Nadine. Erstens würde sie sich etwas blöd dabei vorkommen und andererseits würde das Umschwenken in die Sie-Variante eventuell die Auskunftsfreudigkeit mindern.

»Sorry, ich kann mich nicht mehr an deinen Namen erinnern. Ich bin die Nadine.«

»Weiß ich. Mein Gedächtnis scheint besser zu funktionieren. Ich bin die Bettina.«

»Oh, dann bin ich ja absolut richtig bei dir.« Nadine zeigte auf Micha und sagte: »Das ist mein Kollege Kommissar Michael Daum. Wir beide sind dienstlich hier.«

»Ich wusste gar nicht, dass du ein Bulle bist.« Erschrocken über ihre Wortwahl hob Bettina die Hand vor den Mund, bevor sie dann wieder mit einem strahlenden Lächeln sagte: »Sorry. Werde ich jetzt verhaftet?«

»Nur wenn du mir nicht die Wahrheit sagst.« Nadine drohte mit dem Zeigefinger und grinste dabei, um Bettina zu signalisieren, dass sie ihr die verwendete Berufsbezeichnung nicht übel nahm. »Spaß beiseite. Bettina, du wurdest uns von Torsten Kostal als Alibizeugin genannt.«

»Oh, Torsten.« Bettinas Augenbrauen zuckten überrascht nach oben. »Was soll ich denn bezeugen? Was hat Torsten denn angestellt?«

»Du bist per Du mit Kostal?«

»Ja klar. Der ist nicht nur Stammkunde bei uns. Torsten ist auch mit Hassan befreundet.« Bevor Nadine nachfragen konnte, ergänzte Bettina: »Hassan hat vor drei Jahren den Laden hier übernommen.«

»Okay.« Nadine überlegte kurz, wie viel Informationen sie an Bettina weitergeben sollte. »Wir ermitteln in einem Mordfall und befragen alle Fahrzeuginhaber von schwarzen Volvo-SUVs nach ihrem Alibi für die drei Stunden letzten Donnerstag ab 22 Uhr. War Kostal in dieser Zeit hier?«

»Donnerstag? Lass mal überlegen.« Bettinas Blick wanderte kurz nach oben. »Ja, da war Torsten hier. Ob schon um zehn, da bin ich mir nicht ganz sicher. Aber viel später kam er nicht.«

»Wann ist er gegangen?

»Vielleicht um zwei Uhr? So plus minus eine halbe Stunde.«

Nadine presste die Lippen zusammen. Diese Auskunft war ganz und gar nicht das, was sie sich erhofft hatte. »War Kostal die ganze Zeit anwesend?«

»Das kann ich dir nicht so genau sagen. Donnerstag war echt viel los. Aber Anja weiß das mit Sicherheit besser.«

Nadine war nicht entgangen, dass Bettina bei den letzten Worten die Augen verdreht hatte. »Weshalb weiß das die Anja besser? Und ist die heute auch hier?«

Bettina drehte sich zur Seite und zeigte an das Ende der Theke. »Die Schwarzhaarige dort hinten. Torsten hat Anja den ganzen Abend angebaggert. Ob mit Erfolg, kann ich dir allerdings nicht sagen.«

»Zu dieser Anja gehen wir nachher. Sind auch …« Nadine schaute auf ihr Notizbuch. »Kostal hat uns noch eine Sabrina und eine Iris als Alibizeuginnen genannt. Sind die auch hier?«

»Nein. Iris hat sich krankgemeldet und Sabrina ist Studentin, wie übrigens Anja auch. Die beiden arbeiten immer nur auf Abruf.«

»Okay, danke dir, Bettina. Kannst du meinem Kollegen bitte noch deine Adresse und deine Kontaktdaten geben. Die brauchen wir für unseren Bericht.«

Nachdem Micha die Daten notiert hatte, sagte Nadine zu ihm: »Die Schwarzhaarige befragst du.«

Obwohl Nadine nur zwei Jahre mehr Berufserfahrung hatte, war ihr erst in den letzten Tagen der Zusammenarbeit mit Micha bewusst geworden, wie enorm sich dieser Vorsprung in der Praxis auswirkte. Vermutlich ging es Micha mit ihr als Teampartnerin ähnlich, wie es ihr in den ersten Wochen mit Brenner oder Marie ergangen war. Bei diesen ersten Außeneinsätzen hatte sie oft nicht so richtig gewusst, was genau von ihr erwartet wurde. Ähnlich wie Micha jetzt hatte sie sich damals auch verstärkt im Hintergrund gehalten. Aber sowohl ihr Chef als auch Marie hatten es supergut verstanden, ihr Gelegenheiten zu geben, dass sie ihre Praxisdefizite sehr schnell reduzieren konnte. Auch wenn die beiden noch immer viele Jahre Erfahrungs-Know-how vorausghatten, fühlte sie sich inzwischen als vollwertiges Teammitglied. Nach dem Motto: »Wenn einem Gutes widerfahren ist, soll man etwas davon weitergeben«, hatte sich Nadine vorgenommen, ihrem jungen Kollegen möglichst viele Chancen zu offerieren, mit denen er sich Praxiserfahrung aneignen konnte.

»Sind Sie Anja?«, fragte Micha und zeigte seinen Ausweis. »Mein Name ist Daum und das ist Kommissarin Steiner.«

Die von Micha angesprochene Frau war sehr schlank und etwa Anfang zwanzig. Ihre weißen Leggins und das weiße T-Shirt brachten die weit über die Schulter fallenden schwarzen Haare gut zur Geltung. Diese strich sie mit beiden Händen kurz hinter die Ohren und sagte »Yep. Die bin ich.«

»Wir würden gerne wissen, ob Herr Kostal letzten Donnerstagabend hier in der Disco war.«

Anja schaute kurz zu Nadine, ob von der eventuell eine weitere Erklärung kam, und fragte dann: »Weshalb wollen Sie denn das wissen?«

»Wir ermitteln in einem Mordfall und Herr Kostal hat Sie als Zeugin für seine Anwesenheit hier im Tiffany genannt.«

Anja grinste und zeigte auf den Barhocker direkt vor ihr. »Ja, der saß am Donnerstag genau hier.«

»Wissen Sie, von wann bis wann?«

»Vielleicht von elf bis zwei. Genauer kann ich es nicht sagen. Oder ist das wichtig?«

Da Micha mit seiner Antwort zögerte, schaltete sich jetzt Nadine ein. »War er denn ununterbrochen da?«

»Mehr oder weniger. Ab und zu hat er auf sein Handy geschaut und ist dann auch hin und wieder kurz rausgegangen. Entweder zum Telefonieren oder vielleicht auch zum Rauchen.«

Dann scheidet Kostal wohl definitiv als Täter aus, dachte Nadine und fühlte deutlich, wie ihr Stimmungsbarometer sank. Zwar kannte sie Bettina nur oberflächlich, dennoch zweifelte sie nicht an deren Aussage. Auch diese Anja wirkte glaubwürdig. Zudem war es wenig wahrscheinlich, dass sich eine Studentin für ein Mordalibi hergab, wenn keinerlei nähere Beziehung zum Tatverdächtigen vorhanden war. Auf eine Befragung der restlichen beiden Alibizeuginnen konnten sie vermutlich verzichten. Nur zu gern hätte sie Kostal ihrem Chef als Mörder präsentiert. Unwillkürlich musste sie an ihre entzweigegangene Beziehung denken. Sie hatte gehofft, sich durch einen beruflichen Erfolg vom privaten Chaos etwas ablenken zu können. Dabei war sie sich so sicher gewesen, in Kostal den Mörder von Cleo zu haben.

Da Micha sein Notizbuch gerade einsteckte, verabschiedete sich Nadine von Anja mit einem kurzen Nicken und bewegte sich schon Richtung Ausgang, als sie die ersten Takte von »Never give up« hörte. »No, I won't never give up, no, never give up, no, no … I'll keep gettin' up when I hit the ground.« Der Song der australischen Sängerin Sia gehörte zu ihren Lieblingstiteln. Nicht nur die Musik, sondern insbesondere der Text hatte es ihr angetan. Auch sie würde niemals aufgeben. Irgendwie würde sie die verkorkste Beziehungskiste mit Timo schon wegstecken. Sie war ja selbst mit daran schuld. Sie hatte ihre eigenen Wünsche immer zurückgestellt. Im Nachhinein konnte sie nicht verstehen, wie sie als selbstbewusste und toughe Frau sich in dieser Beziehung so klein gemacht hatte. Timo musste ja zwangsläufig die Vorstellung entwickeln, dass auch in Zukunft alles nach seinen Wünschen gehen würde. Kurz entschlossen ging Nadine auf die Tanzfläche, die inzwischen schon von etlichen Tänzern genutzt wurde, und begann sich im Rhythmus dieses tollen Liedes zu bewegen.

Micha schaute Nadine verblüfft hinterher und wusste im ersten Moment gar nicht, was er tun sollte. Sollte er etwa bei der hübschen Anja einen Drink ordern oder sollte er auch auf die Tanzfläche? Unentschlossen blieb er stehen und beobachtete seine Kollegin, die sich grazil und selbstversunken zur Musik bewegte. Nadine entsprach hundertprozentig seinem Beuteschema. Das war ihm gleich klar gewesen, als er sich das erste Mal an der Sportlertheke im Fitnessstudio mit ihr unterhalten und dabei festgestellt hatte, dass sie Kollegen waren. Bei seinen ersten Annäherungsversuchen hatte sie ihm allerdings schnell klargemacht, dass sie in festen Händen war. Das war ja nun Vergangenheit. Das Schicksal schien es wohl gut mit ihm zu meinen, dass er in der Soko näher mit ihr zusammenarbeiten konnte. Allerdings war er sich nicht sicher, wie er seine Chance nutzen sollte. Instinktiv wusste er, dass er bei Nadine mit seinen üblichen Anbagger-Maschen keinen Erfolg haben würde. Ihr souveränes Auftreten verunsicherte ihn etwas. Auch fachlich hatte sie ihm natürlich einiges voraus, und er fand es klasse, dass Nadine ihn das nicht spüren ließ. Mal sehen, irgendwie würde sich schon mal eine Gelegenheit ergeben, ihr näherzukommen. Vielleicht ergab sich das sogar jetzt auf der Tanzfläche?

Etwa eine Stunde später gingen Nadine und Micha gerade auf ihr Fahrzeug zu, als ein gelber Porsche Carrera in den Parkplatz einbog. Intuitiv packte Nadine Micha am Arm, drehte ihn zu sich herum und schlang ihm beide Arme um den Hals. »Das ist Kostal. Ich könnte es jetzt nicht ertragen, wenn er uns hämisch grinsend auf das Ergebnis unserer Alibibefragung ansprechen würde.«

»Aha«, antwortete Micha und wusste im Moment nicht, wie er sich verhalten sollte. Nur zu gern hätte er die Rolle des Verliebten etwas realer gespielt. Das traute er sich dann aber doch nicht, zumal ihn Nadine schon wieder auf Distanz geschoben hatte und Kostals Porsche hinterherschaute.

»Das ist aber seltsam.« Nadine registrierte, dass Kostal bis ans Ende des Parkplatzes fuhr, obwohl zwischendrin einige freie Plätze waren. Dort stellte er sein Auto auf einen der hintersten Plätze, die, im Gegensatz zur vorderen Parkplatzhälfte, unbeleuchtet waren.

»Stimmt«, sagte Micha, der seine Konzentration inzwischen auch auf Kostal gelenkt hatte. »Wenn ich einen Porsche hätte, dann würde ich den, sofern möglich, im beleuchteten Teil abstellen.«

Nadine hatte Micha losgelassen und ging zum Fahrzeug. Vor dem Einsteigen warf sie nochmals einen Blick in Richtung Porsche und stoppte inmitten ihrer Einsteigbewegung.

»Ist was?«, hörte sie die Stimme von Micha, der bereits den Zündschlüssel ins Schloss gesteckt hatte.

»Weiß noch nicht.« Nadine hatte sich etwas gebückt und schaute über die geöffnete Autotür hinweg zum Porsche. »Steig noch mal aus, Micha. Irgendetwas stimmt da nicht. Lass uns nochmals Liebespaar spielen.«

Micha ließ sich das nicht zweimal sagen. Recht schnell stieg er aus, ging um das Auto herum und legte seine Hand um Nadines Hüfte und zog sie zu sich heran.

»Nicht so, du Idiot«, herrschte ihn Nadine an. »Ich muss doch was sehen.«

»Und, was glaubst du, was du sehen wirst?« Etwas verschnupft ging Micha sofort auf größere Distanz.

Nadine legte wie vorhin wieder ihre Arme um Michas Nacken und positionierte ihn so, dass sie über seine Schulter zu Kostal schauen konnte. »Da ist was oberfaul. Zuerst fährt er ans Ende des Parkplatzes. Dann bleibt er dort sitzen. Ich bin sicher, der wartet auf jemand.«

»Und diesen Jemand willst du dir anschauen?«

»Irgendetwas muss an dieser Person ja sein, wenn Kostal mit der nicht zusammen gesehen werden will.«

»Weshalb trifft er sich mit der Person dann ausgerechnet vor einer Disco?«

»Na ja, normalerweise fällt so was ja nicht groß auf. Bei einer Disco ist ständig ein Kommen und Gehen. Somit ist der Disco-Parkplatz gar kein so schlechter Treffpunkt.«

»Von mir aus kann sich dieser Unbekannte durchaus Zeit lassen«, sagte Micha grinsend.

»Junger Kollege. Werden Sie jetzt bloß nicht zu forsch.«

Gefühlte fünfzehn Minuten später überlegte Nadine, ob es wirklich Sinn machte, Kostal noch weiter zu beobachten. Eventuell wartete der lediglich auf einen telefonischen Rückruf, den er in der Disco möglicherweise überhören würde. Gerade als Nadine den Entschluss fasste, abzufahren, sah sie einen etwa zwanzig- bis fünfundzwanzigjährigen Mann, der gerade die Disco verlassen hatte und, sich auffällig immer wieder umschauend, in Richtung Porsche ging.

»Jetzt tut sich was.« Nadine informierte Micha in Kurzform über das, was sie gerade sah. Etwa zehn Meter vor Kostals

Porsche blieb der Mann stehen und drehte sich, die Umgebung prüfend, einmal um die eigene Achse, bevor er dann auf die Fahrerseite des Porsches zutrat. Danach zog er etwas aus der Gesäßtasche, beugte sich nach unten und reichte es durch das geöffnete Fahrerfenster. Aufgrund der Lichtverhältnisse und der Entfernung konnte Nadine nicht erkennen, um was genau es sich handelte. Als er nur wenige Augenblicke später wieder seine Hand ins Auto streckte und den entgegengenommenen Gegenstand zurück in seine Hose steckte, sagte Nadine: »Da läuft ein Deal. Fahr sofort zu Kostal und park seinen Porsche zu.«

Ohne abzuwarten, bis Micha die Anweisung umsetzte, rannte Nadine in gebückter Haltung, zwischen den parkenden Autos Deckung suchend, in Kostals Richtung. Sie war bis auf etwa fünfzehn Meter an Kostal herangekommen, als sie jäh stoppen musste, weil sie fast in ein soeben wegfahrendes Cabrio gerannt wäre.

»Blöde Tussi. Pass doch auf!« Der Fahrer unterstrich seine Bemerkung noch zusätzlich mit einem nach oben ausgestreckten Mittelfinger.

Entweder waren es die kurz aufkreischenden Bremsen gewesen oder der laute Fluch des Fahrers; auf jeden Fall war Kostal auf Nadine aufmerksam geworden. Sofort startete er seinen Porsche. Nadine musste hilflos zusehen, wie er an ihr vorbei Richtung Parkplatzausfahrt schoss.

Micha, der gerade Richtung Kostals ursprünglichem Parkplatz fahren wollte, erkannte frühzeitig den Fluchtversuch. Er bog spontan nach rechts ab und versperrte mit seinem Passat gerade noch rechtzeitig die Ausfahrt. Die Keramikbremsen stoppten den Porsche sofort. Kostal realisierte in Sekundenbruchteilen, dass er die Barrikade nicht durchbrechen konnte. Entschlossen stieg er aus und rannte Richtung Ausfahrt. Micha brauchte nicht weniger lang, um zu reagieren, und stieg ebenfalls aus. Er wollte gerade seine Pistole ziehen, als Kostal, ohne anzuhalten, den Kopf senkte und Micha, ähnlich einem Footballspieler, die Schulter in den Magen rammte. Dank seines mindestens zwanzig Kilogramm schwereren Körpers, der zudem fast nur aus Muskelmasse bestand, knickte Micha nur kurz in den Knien ein. Reflexartig griff er das linke Handgelenk von Kostal, genau in dem Moment, als dieser sich an ihm vorbeidrängen wollte.

Kostals Vorwärtsbewegung wurde jäh gestoppt. Allerdings drehte er sich noch aus der Stoppbewegung nach links und knallte seinen rechten Ellbogen gegen Michas Hinterkopf. Micha wurde sofort schwarz vor Augen.

Beim Zurückrennen hatte sich Nadine die ganze Szene anschauen müssen, ohne eingreifen zu können. In dem Moment, als ihr Partner zu Boden ging, war sie noch etwa fünf Meter von den Kontrahenten entfernt. Blitzschnell überlegte Nadine, ob sie ihre Pistole ziehen sollte. Sie entschied sich dagegen. Erstens würde sich Kostal von der alleinigen Androhung des Schusswaffengebrauchs nicht aufhalten lassen und zweitens war es hier auf dem Parkplatz zu riskant, von der Schusswaffe Gebrauch zu machen. Obwohl sie eine hervorragende Schützin war, bestand immer die Gefahr eines Querschlägers. Entscheidend war jedoch der dritte Grund: Hier bot sich die Möglichkeit, den angestauten Frust abzubauen.

Kostal sah die heranrennende Kommissarin. Sollte er wegrennen oder kämpfen? Möglicherweise war sie schneller als er. Kostal wusste, dass man im Straßenkampf dem Gegner nie den Rücken zudrehen durfte. Nein, er musste Nadine erst außer Gefecht setzen. Möglicherweise konnte er dann auch noch den Passat zur Seite fahren und mit dem Porsche weiterfliehen. Die Fäuste auf Kinnhöhe hochgenommen, den Oberkörper leicht vorgebeugt, taxierte er Nadine. Die hatte ebenfalls die Hände in Angriffsposition gebracht. Im Gegensatz zu Kostal tänzelte sie mit kleinen Vor- und Seit-Schritten um ihn herum und machte mit den Fäusten mehrere Scheinangriffe. Kostals darauf folgenden Konterschlägen wich Nadine elegant aus. Sie wusste, dass sie nur dann eine Chance hatte, wenn sie keinen seiner Schläge einstecken musste. Mit ihren Scheinangriffen wollte sie lediglich Kostals Reaktionsmuster herausfinden. Jeder Kämpfer hatte seine spezifischen Reaktionsmuster, mit denen er Angriffe abwehrte und konterte. Egal ob im sportlichen Wettkampf oder im brutalen Straßenkampf. Nadine brauchte keine Minute, um Kostals Verhalten zu studieren. Mit den Fäusten täuschte sie erneut einen Doppelschlag zum Gesicht an und absolvierte, fast zeitgleich mit Kostals Abwehrreaktion, einen Fußkick zu dessen Unterleib. Kostal ging sofort in die Knie. Noch während er nach Luft schnappte, drehte sich Nadine um ihre Körperachse, hob aus der Drehung heraus ihr Bein an und knallte ihre Ferse gegen Kostals Schläfe. Dieser schlug wie ein gefällter Baum auf den Boden. Nadine zog Kabelbinder aus ihrer Gürteltasche und schaute erst jetzt zu ihrem Partner. »Bist du in Ordnung?«

Micha kniete nach wie vor am Boden und versuchte mit halbkreisartigen Kopfbewegungen seine lädierten Nackenwirbel zu lockern. Etwas zaghaft sagte er: »Ich glaub schon.«

Nadine hatte inzwischen Kostals Handgelenke auf dessen Rücken festgezurrt und reichte Micha ihre Hand. Mit einem Schmunzeln zog sie ihren Partner hoch. »Manchmal geht's auch in der Mordkommission so richtig zur Sache.«

»Das hab ich gemerkt.« Noch leicht schummrig stützte sich Micha am Autodach ab. »Wie geht es jetzt weiter?«

»Als Erstes rufen wir unsere Kollegen von der Schupo an, damit die Kostal in die Direktion bringen.« Nadine schob das Handy wieder in ihre Tasche. »Bis die Kollegen da sind, werfe ich schon mal einen Blick in den Porsche. Ich habe da nämlich so ein bestimmtes Gefühl. Behalte du bitte Kostal im Blick.«

»Kannst du mich an deinen Gefühlen teilhaben lassen?«

Nadine grinste. »Mir scheint, dass du schon wieder recht fit bist.« Während sie ein Paar Nitril-Schutzhandschuhe aus der Tasche zog und überstreifte, antwortete sie: »Es gibt doch sicher einen Grund, weshalb Kostal fliehen wollte. Ich vermute mal, dass er noch weitere Kunden erwartet hat, und demnach dürften wohl noch Drogen in seinem Auto sein.«

Nachdem Nadine kurz ehrfürchtig das Cockpit des Porsches bewundert hatte, öffnete sie das Handschuhfach. Wie erwartet lagen darin mehrere kleine Plastikbeutel mit farbigen Pillen. »Hab ich's doch gewusst«, murmelte Nadine halblaut. Diese Pillen kannte sie nur allzu gut aus ihrer Dienstzeit beim Drogendezernat.

~

»Ich habe eine wichtige Info für euch!« Franzen betrat gerade in dem Moment schwungvoll den Soko-Besprechungsraum, als Nadine den Kollegen über die gestrige Verhaftung von Kostal berichtete. Dieser war inzwischen schon den Kollegen vom Drogendezernat übergeben worden. Natürlich hatte sie noch in der Nacht mit Brenner telefoniert und ihrem Chef ausführlich Bericht erstattet.

Franzen blieb kurz stehen und sagte: »Morgen zusammen und entschuldigt die Störung.« Während er nach einem freien Stuhl schaute, ergänzte er: »Ich könnte mir jedoch vorstellen, dass euch meine Information weiterbringt.« Erst als er gewiss war, die Aufmerksamkeit aller Anwesenden zu haben, sprach er weiter. »Ich habe heute Morgen schon mit Jochen Glaser vom KDD wegen einer anderen Sache telefoniert. Die wurden gestern Abend zu einem Gleissuizid gerufen. Ratet mal, wer sich umgebracht hat?«

Was sollte der Einsatz des Kriminaldauerdienstes mit ihrem Fall zu tun haben? Brenner, der genau wusste, dass Franzens Verzögerungstaktik speziell auf ihn ausgerichtet war, trommelte mit den Fingern auf der Tischplatte und sagte mit einem drohenden Unterton: »Manfred. Spuck's aus.«

Dieser grinste übers ganze Gesicht und verzögerte die Antwort noch durch ein »Da werdet ihr nie draufkommen«, bevor er schnell hinzusetzte: »Der Hofer.«

»Wie bitte?«, kam es von mehreren Soko-Mitgliedern gleichzeitig.

»Ja, unser werter Herr Gymnasiallehrer, der seinem Freund Zachmann ein Alibi gegeben hat.«

»Wo hat er Suizid begangen?« Marie hatte sich als Erste gefangen.

»Nur wenige hundert Meter vom östlichen Ortsende von Ettlingen entfernt. Dort, wo die Schöllbronner Straße hoch nach Spessart führt, geht ein Radweg parallel zur S-Bahn-Strecke durch den Wald. Sein Fahrrad wurde im Gebüsch neben dem Radweg gefunden. Die Kollegen, die anschließend die Angehörigen informieren wollten, haben von den Nachbarn erfahren, dass Hofer diese Strecke immer benutzt, wenn er zur Schule hin- und zurückfährt.«

»Wie hat man ihn denn so schnell identifiziert?« Nadine war in diesem Moment froh, dass sie bislang noch nie zu einem derartigen Ereignis hinzugerufen worden war.

»Mittels Personalausweis in seiner Geldbörse.«

Brenners Gehirn war im Turbomodus. Er realisierte, dass mit dieser neuen Information ihr Fall sprunghaft komplexer geworden war. »Hat Hofer einen Abschiedsbrief hinterlassen?«

»Nein, danach hat der KDD auch geschaut. Ein Nachbar hatte einen Schlüssel für Hofers Haus. Aber die Kollegen haben dennoch keinen Zweifel am Suizid. Nicht jeder Lebensmüde schreibt einen Abschiedsbrief. Zudem, an wen hätte Hofer einen solchen schreiben sollen? Der ist doch alleinstehend.«

Nathalie Martins meldete sich: »Was bedeutet das für uns? Besteht eventuell ein Zusammenhang zwischen dem Alibi, das Hofer seinem Freund Zachmann gegeben hat, und seinem Selbstmord?«

»Das ist für mich so sicher wie das Amen in der Kirche.« Brenner stand auf. »So viele Zufälle gibt's in tausend Jahren nicht. Zuerst brennt Zachmanns Garage aus und vernichtet ganz zufällig eventuell vorhandene DNA im Auto. Rein zufällig nur wenige Stunden, nachdem Zachmann nach seinem Alibi befragt worden ist. Und rein zufällig begeht dann nur zwei Tage später sein Alibizeuge Selbstmord. Natürlich besteht da ein Zusammenhang.«

»Könnte es sein, dass Hofer seinem Freund ein falsches Alibi gegeben hat und die moralische Schuld, damit einen Mörder zu decken, ihn zu diesem Suizid veranlasst hat?« Die Staatsanwältin nahm heute Morgen auch an der Sitzung teil und versuchte ebenfalls, die neue Information zu interpretieren.

Brenner überlegte. »Möglich. Aber dazu müsste man mehr Infos über Hofer haben.«

»Ich habe zwar keinen Anhaltspunkt für mein Gefühl«, begann Marie zögernd, »aber wäre nicht auch vorstellbar, dass Hofer gar keinen Selbstmord begangen hat?«

»Du meinst, jemand hat ihn auf die Gleise gestoßen?« Nadine hatte spontan diese Szene vor Augen.

»Ja, oder schon tot draufgelegt, damit es wie ein Suizid aussieht.«

Brenner griff zu seinem Handy: »Ich ruf mal kurz den Leiter des KDD an. Vielleicht bringt uns die Befragung des S-Bahn-Fahrers weiter.«

Nach mehreren »Aha« und »Mm« legte er auf und informierte das Team: »Laut S-Bahn-Fahrer ist Hofer nicht in den Zug reingesprungen, sondern lag bereits auf dem Gleis.«

»Das spricht doch für meine Vermutung«, sagte Marie.

Brenner schüttelte den Kopf. »Nicht zwangsläufig. Das Hineinspringen in den heranrasenden Zug kostet den Lebensmüden vielleicht zu viel Überwindung und er legt sich deshalb bereits vorher auf die Gleise. Eventuell sogar noch mit dem Gesicht in Fahrtrichtung, um den herannahenden Zug nicht ansehen zu müssen.«

»Bringt uns eine Obduktion der Leichenteile etwas?«, überlegte die Staatsanwältin laut.

»Möglicherweise«, antwortete Franzen, »wenn Hofer bereits längere Zeit tot war, bevor er auf die Gleise gelegt wurde, dann lässt sich das eventuell an den Leichenflecken feststellen.«

»Ich werde sofort eine Obduktion veranlassen.«

Brenner war aufgestanden und begann seine Runden zu drehen: »Lasst uns mal rein hypothetisch überlegen, wer als Täter in Frage kommen würde, wenn es denn je Mord gewesen ist?«

»Da fällt mir spontan nur Zachmann ein«, kam es sofort von Marie. »Wobei ich mir nur sehr schwer vorstellen kann, dass er seinen Freund ermordet hat. Welches Motiv sollte er denn haben?«

»Vielleicht war Hofer ja tatsächlich ein Typ mit hohen moralischen Ansprüchen und hat seinen Freund im Nachhinein bedrängt, sich zu stellen, weil er ansonsten seine Aussage zu dessen Alibi zurücknehmen würde«, versuchte sich Cora Ekberg mit einer Antwort. »Falls Zachmann bereits die Prostituierte ermordet hat, dann war die Hemmschwelle für einen weiteren Mord sicher geringer.«

Brenner überdachte kurz den von der Staatsanwältin eingebrachten Aspekt. »Eventuell bringen uns die Einloggdaten von Zachmanns Handy für Donnerstagnacht weiter. Frau Ekberg, könnten Sie uns bitte einen entsprechenden Beschluss besorgen?«

Während die meisten Soko-Mitglieder sich noch diese eventuelle Motivlage durch den Kopf gehen ließen, wurde Nadine ungeduldig. »Wie machen wir jetzt weiter?«

Brenner überlegte und entschied: »Manfred, könntest du mit deinen Leuten zur Unfallstelle fahren und nachschauen, ob ihr irgendetwas findet, das entweder die Suizid- oder die Mordvariante untermauert? Marie und ich fahren derweil zur Schule und holen uns dort weitere Infos über Hofer. Nadine, du recherchierst bitte im Internet alles, was du über Zachmann und Hofer finden kannst. Das restliche Team arbeitet an der SUV-Liste weiter. Um 17 Uhr treffen wir uns wieder.«

Als die Ermittler auf das Schulgebäude zugingen, wurde sich Brenner bewusst, dass er heute das erste Mal seit Aushändigung seines Abizeugnisses wieder ein Gymnasium betrat. Ein seltsames Gefühl kam in ihm hoch. Seine schulischen Leistungen waren meist nur mittelmäßig gewesen. Eigentlich lag es weniger an mangelndem Interesse an den Schulfächern, sondern mehr an seinen Problemen mit den Lehrern. Erst Jahre später war ihm klar geworden, dass seine Lehrer vermutlich ein noch größeres Problem mit ihm gehabt hatten. Unwillkürlich musste Brenner schmunzeln. Seine grundsätzliche Bereitschaft zum Konflikt mit autoritären Vorgesetzten hatte also schon zu Schulzeiten begonnen. Marie, die inzwischen die Infotafel am Eingang studiert hatte, riss ihn aus seinen Gedanken und sagte: »Wir müssen nach links. Das Sekretariat ist dort hinten.«

Auf dem Weg dorthin kamen sie an einigen Skulpturen vorbei. Offensichtlich alle von Schülern angefertigt, wie Brenner den dazugehörenden Schildern entnahm. »Da scheinen einige richtig Talent zu haben.«

»Wusste gar nicht, dass du dich für Kunst interessierst.«

»Tu ich auch nicht wirklich. Aber ich finde es gut, wenn Schüler ihre Werke ausstellen dürfen. Das dient zur Identifikation mit der Schule. Zu meiner Zeit gab's so was nicht.«

»Das liegt ja auch schon ein halbes Jahrhundert zurück.«

Brenner wollte schon protestieren, als er sich bewusst wurde, dass Marie recht hatte. »Fünfzig Jahre klingt besser. Bei einem ›halben Jahrhundert‹ fühlt man sich gleich so alt.«

»Wir sind alle noch sehr schockiert«, begrüßte die etwas korpulente Direktorin die beiden Ermittler. Obwohl es Marie war, die ihr Kommen telefonisch angemeldet hatte und beim Eintreten auch ihren Ausweis gezeigt hatte, richtete die Direktorin sich an Brenner. »Herr Hofer ist bei den Schülern sehr beliebt und ich kann mir vorstellen, dass sein Freitod heute auch im

Mittelpunkt des Unterrichts sein wird. Aber nehmen Sie doch bitte erst mal Platz.«

»Frau Gießen«, begann Brenner, »Sie sagten gerade, dass Herr Hofer bei den Schülern sehr beliebt gewesen sei. Trifft das auch auf die Kollegen zu?«

Die Direktorin setzte sich aufrecht und rückte erst die Jacke ihres dunkelbraunen Hosenanzuges zurecht, bevor sie antwortete: »Na ja, wie soll ich es formulieren. Er zählt zu den Kollegen, bei denen es eigentlich nie Probleme gibt. Weder von Schülerseite her noch mit den Eltern. Auch bei Schullandheimaufenthalten hat er sich immer sofort bereit erklärt, wenn man noch einen männlichen Begleitlehrer gebraucht hat. Ich kenne Oberstudienrat Hofer vorwiegend von den Schulkonferenzen und da habe ich so den Eindruck, dass er nicht besonders stark den Kontakt zu den Kollegen sucht. Kann mich natürlich auch täuschen.«

Marie war nicht entgangen, dass die Direktorin von Hofer immer noch in der Gegenwart sprach. Das war aber normal. Die meisten Angehörigen, oder in diesem Fall die Kollegen, brauchten eine gewisse Zeit, bis auch die Wortwahl sich der Realität angepasst hatte. Brenner hatte dieses Phänomen mal damit erklärt, dass es eine Art Schutzmechanismus des Gehirns sei, das nur so viel Realität zulasse, wie die entsprechende Person gerade verkraften könne. »Kann uns eventuell aus dem Kollegenkreis jemand weiterhelfen?«

»Vielleicht der Fachbereichsleiter für Biologie. Oberstudienrat Hofer hat bei uns Mathematik und Biologie unterrichtet.« Frau Gießen schaute auf ihre Armbanduhr. »In fünf Minuten ist große Pause. Da könnten Sie Oberstudienrat Bruno Höchst darauf ansprechen.«

»Danke, das werden wir gerne tun«, sagte Brenner. »Was uns jedoch noch interessiert: Haben Sie eine Vermutung, weshalb Herr Hofer Suizid begangen hat?«

Die Direktorin hob die Schultern und schüttelte den Kopf. »Keine Ahnung. Ich sagte ja, dass ich ihn nicht allzu gut kenne. Oberstudienrat Hofer hat keine Angehörigen. Seinen Personalunterlagen zufolge ist er in einem Waisenheim aufgewachsen. In einer Partnerschaft lebt er auch nicht. Zumindest meines Wissens.« Frau Gießen schaute jetzt zu Marie. »Vielleicht hatte er Depressionen? Sein Krankenstand war allerdings nicht auffällig. Nur die üblichen Infekte im Herbst und Winter.« Nach einem erneuten Blick zur Uhr sagte sie: »Ich bringe Sie jetzt in den Besprechungsraum und lasse Oberstudienrat Höchst holen.«

»Frau Gießen meint, ich könnte Ihnen Informationen zu Kollege Hofer geben.« Der Fachbereichsleiter setzte sich zu den Kommissaren, nachdem er beide mit Handschlag begrüßt hatte. Marie hatte erfreut registriert, dass er seine Hand, die er schon halb in Richtung Brenner gestreckt hatte, zurückzog und dann zuerst ihr reichte.

»Ja, wir würden uns gerne ein Bild von Herrn Hofer machen«, sagte Marie. »Als Fachbereichsleiter haben Sie doch sicher häufiger Kontakt zu ihm gehabt.«

»Schon. Aber das betraf eigentlich nur das Fach Biologie. Kollege Hofer leitet …, korrigiere mich, leitete eine Arbeitsgemeinschaft.« Schmunzelnd setzte er hinzu: »Mit sehr großem Engagement.«

»Wie muss man das verstehen?«

»Nun ja; Erich war, soweit ich weiß, schon bei den Grünen, als die nur eine Interessengemeinschaft und noch gar keine Partei gewesen sind. Für die Umweltidee hat er leidenschaftlich gekämpft.« Nach einer kurzen Pause fügte er hinzu: »Bei den Schülern ist er damit wesentlich besser angekommen als in unserem Kollegenkreis. Vielen von uns war er einen Tick zu missionarisch.«

»Hatte er denn noch andere Ticks?«, brachte sich Brenner jetzt ein.

»Nicht, dass ich wüsste. Erich hat ja nur an den offiziellen Schulveranstaltungen teilgenommen. Für keine unserer Freizeitveranstaltungen hat er Interesse gezeigt. Auch nicht für unsere Volleyballgruppe. Da haben wir ihn anfangs des Öfteren eingeladen. Erich war ja sehr sportlich. Der ist auch fast jeden Tag mit dem Fahrrad zur Schule gefahren.«

»Passt sein Profil zu einem Selbstmord?«, fragte Marie, als sie eine Stunde später das Gymnasiums verließen.

»Zumindest haben wir keine Info bekommen, die einen Selbstmord völlig ausschließen würde. Irgendwie kann ich mir immer noch kein richtiges Bild von Hofer machen.«

»Nach Aussage der Direktorin und des Fachbereichsleiters war er bei seinen Schülern recht beliebt. Wundert mich etwas; denn meine Mathelehrer habe ich nicht in guter Erinnerung.«

»Ansonsten kam aber nicht viel Positives zu Sprache. Außer dass er als bekennender Grüner sehr authentisch war und nur öffentliche Verkehrsmittel benutzt hat oder sein Fahrrad.« Brenner aktivierte die Telefonfunktion im Display seines Fahrzeugs.

»Hallo Manfred. Habt ihr an den Gleisen etwas gefunden?«

»Nein, keine Chance. Beim Einsammeln der Leichenteile wurde die Böschung komplett zertrampelt. Wir müssen abwarten, ob Lund anhand der Leichenteile etwas feststellen kann.«

Brenner startete seinen Roadster. »Wir sollten als Nächstes Zachmann auf den Zahn fühlen. Egal ob Selbstmord oder Mord; der steckt auf jeden Fall in der Sache mit drin.«

»Ja, macht Sinn. Wobei es natürlich besser wäre, wenn wir bei seiner Befragung schon eine Vermutung hätten, wie genau er in die Sache involviert ist. Aber da vertraue ich einfach mal auf dein Know-how im Lesen von Körpersprache und Mimik.« Marie hörte ihren Magen knurren. »Was hältst du davon, wenn wir zuvor noch was essen gehen?«

»Wer hat Sie über den Tod Ihres Freundes informiert?«, wollte Brenner wissen, nachdem Zachmann ihn und Marie in sein Büro gebeten hatte. Die moderne Einrichtung vermittelte einen repräsentativen Eindruck und passte durchaus zum Inhaber.

»Ein Nachbar von Erich hat mich noch gestern Abend angerufen. Der hat einige Versicherungen bei mir und weiß von unserer Freundschaft.« Zachmann fuhr sich mit der Hand durch seine graumelierten Haare und schüttelte mehrmals nachdenklich den Kopf. »Es ist für mich immer noch unfassbar. Klar haben wir manchmal auch darüber philosophiert, weshalb so manche Pläne, die wir als junge Männer hatten, nicht realisiert werden konnten. Sie müssen wissen, Erich wollte schon immer die ganze Welt retten. Am liebsten wäre er als Entwicklungshelfer in Dritte-Welt-Länder gegangen. Und ab und zu, wenn es ein Glas Wein zu viel war, konnte Erich durchaus auch depressiv werden. Aber trotzdem. Da muss irgendetwas passiert sein, das ihn zu dieser Kurzschlusshandlung verleitet hat.«

»Haben Sie eine Idee?« Marie war etwas irritiert. Zachmanns Beschreibung passte so gar nicht zu dem Hofer, den sie vor zwei Tagen befragt hatte.

Zachmann überlegte. »Überhaupt keine. Mir ist zwar aufgefallen, dass seine pessimistischen Sichtweisen in letzter Zeit gehäuft vorkamen. Aber wie schon gesagt, derartige Stimmungen hatte er immer wieder mal.«

»Was uns ebenfalls noch interessiert: Hat Hofer irgendwelche Verwandten?«

»Nein, Hofer wurde schon als Kind Vollwaise. Auch von entfernteren Verwandten ist mir nichts bekannt.«

Marie blätterte in den Notizen, die sie sich vorhin beim Gespräch mit der Direktorin gemacht hatte. »Die Kollegen in der Schule haben ihn als eher introvertiert beschrieben. Er habe beispielsweise an gemeinsamen außerschulischen Veranstaltungen im Lehrerkollegium so gut wie nie teilgenommen.«

Zachmann überlegte kurz und strich sich wieder mehrmals mit der Hand über seinen Vollbart. Das ist wohl ein besonderer Tick von ihm, dachte Marie, der zudem aufgefallen war, dass Zachmann an diesem Vormittag sehr fahrig wirkte. »Introvertiert würde ich nicht sagen. Sicher hat Erich eher wenig Kontakte zu seinen Kollegen gepflegt. Das lag aber mehr daran, dass er eine etwas andere Einstellung zu seinem Beruf hatte.«

»Wie ist das zu verstehen?«

»Nun ja, Erich war Vollblutlehrer. Der war jederzeit für seine Schüler da. Erich sagte immer, dass er als Lehrer die Weichen für seine Zöglinge stellen würde. Er war sich seiner Vorbildfunktion als Lehrer immer bewusst.«

»Den positiven Eindruck können wir nicht unbedingt bestätigen«, konterte Brenner. »Als wir Herrn Hofer am Sonntag nach Ihrem Alibi befragt haben, war er alles andere als entgegenkommend. Ich habe sein Verhalten zunächst auf seine Einstellung zur Polizei zurückgeführt. Jetzt, im Nachhinein betrachtet, gibt es auch noch eine andere Erklärung!«

»Und die wäre?«

»Wenn Herr Hofer so auf seine Vorbildfunktion bedacht war, könnte ihn ja eventuell die Tatsache, dass er ein falsches Alibi gegeben hat, aus dem Gleichgewicht gebracht haben.«

Abrupt richtete sich Zachmann auf und sagte in barschem Ton: »Was wollen Sie damit unterstellen?«

»Zunächst gar nichts.« Brenner blieb ganz ruhig. »Ich versuche nur, der auffälligen Anhäufung von Zufällen auf den Grund zu gehen.«

»Und die wären?«

»Na ja, zunächst brennt Ihre Garage aus, inklusive Ihres Autos. Und zwar zufällig einige Stunden, nachdem Sie von unseren Kollegen nach Ihrem Alibi befragt worden sind. Dann …«

»Ich habe Ihnen doch schon gesagt, dass ich mir wegen der Schleiferei wie ein Trottel vorkomme.«

Brenner hob die Hand. »Lassen Sie mich bitte ausreden. Dann, nur zwei Tage nach dem Garagenbrand, bei dem zufällig auch eventuelle DNA-Spuren im Auto vernichtet wurden, begeht genau die Person, die Ihnen das Alibi gegeben hat, Selbstmord.«

»Okay, zugegeben.« Zachmann lehnte sich jetzt wieder zurück und sprach in einem gönnerhaften Ton weiter: »Natürlich muss Ihnen das seltsam vorkommen. Allerdings wurde meine Trotteligkeit mit dem Schleifen bereits von Ihrem Kripo-Kollegen untersucht und soweit ich mitbekommen habe, hat der nichts Belastendes gefunden.« Zachmann stützte jetzt die Ellbogen auf dem Schreibtisch auf und verschränkte seine Hände. »Dass Erich mir sein Problem, was immer es auch gewesen ist, nicht anvertraut hat, belastet mich ungemein.« Zachmann schaute jetzt zu Marie. »Aber man steckt nie in einem Menschen wirklich drin. Egal, wie lange man ihn schon kennt.«

Brenner entging nicht, dass Zachmann während seiner letzten Sätze die Hände extrem angespannt hatte. Das passte nicht zu dem abgeklärten Eindruck, den er mit seinen Worten vermitteln wollte. Manchmal war dieses krampfhafte Festhalten der Hände auch eine unbewusste Reaktion, um verräterische Gesten zu vermeiden.

»Wann haben Sie denn mit Hofer zum letzten Mal gesprochen?«, wechselte Brenner das Thema.

»Sonntagabend. Erich hat mich angerufen und gefragt, ob er am Montag mein Auto haben könne, weil er nach der Schule noch einen Bausatz für einen Gartengrillkamin im Baumarkt kaufen wolle. Ich habe seiner Bitte jedoch wegen eines Kundentermins nicht entsprochen. Zudem wollte ich ihm meinen Mietwagen aus versicherungsrechtlichen Gründen nicht unbedingt ausleihen.«

Marie merkte auf. »Hat er sich Ihr Auto öfters ausgeliehen?«

»Ja, hin und wieder. In der Regel allerdings nur, wenn es etwas zu transportieren gab.«

»Sie sagten, dass sie gestern einen Kundentermin hatten. Bei wem waren Sie denn und von wann bis wann?«

»Ich war bis gegen 19 Uhr hier im Büro. Der Termin fand nicht statt. Ich hatte mich doch glatt um eine Woche vertan.«

Brenner war sofort hellhörig geworden: »Kann jemand bezeugen, dass Sie zwischen 18 und 19 Uhr im Büro waren?«

Zachmann schlug beide Hände wütend auf den Schreibtisch: »Wollen Sie mir etwa unterstellen, ich hätte meinen besten Freund umgebracht?«

»Das Überprüfen von Alibis gehört zu unserem Job.«

»Mag ja sein. Aber schon allein die Idee, ich könnte irgendjemandem Gewalt antun, ist völlig absurd. Erich und ich waren in den 80er Jahren aktiv in der Friedensbewegung engagiert. Wir sind beide Pazifisten und verabscheuen jegliche Gewalt.«

»Ihre Gesinnung in Ehren.« Brenner studierte genau die Mimik von Zachmanns Gesicht. »Dennoch muss ich festhalten, dass Sie kein Alibi für …«

»Doch«, wurde er von Zachmann unterbrochen. »Zumindest indirekt. Ich habe im fraglichen Zeitraum mindestens zwei Mails versendet. Ich kann Ihnen gerne die Empfänger nennen. Bei denen können Sie sich nach den Uhrzeiten der Mail-Eingänge erkundigen.«

»Wie sind die Kontaktdaten dieser Personen?« Marie zückte ihren Kugelschreiber.

»Mit den E-Mails scheidet Zachmann zumindest als Mörder seines Freundes aus«, beschied Marie, noch während sie den Sicherheitsgurt anlegte. »Somit ist es wahrscheinlich, dass Hofer Selbstmord begangen hat. Oder fällt dir noch eine Person ein, die als Mörder in Frage käme?«

»Nicht ganz so schnell.« Brenner hatte die Hand angehoben. »Erstens bin ich mir sicher, dass uns Zachmann belogen hat, als er uns über seine pazifistische Grundhaltung informierte. Und zweitens ...«

»Wieso bist du dir so sicher?«

»Als Zachmann uns erzählte, wie sehr er Gewalt verabscheue, hatte er eine sehr traurige Mimik. Laut Professor Jack Nasher ist das ein eindeutiges Lügensignal. In seinem Seminar hat er uns zahlreiche Fotos von Prominenten gezeigt, deren Aussagen später als Lügen entlarvt worden sind. Besonders eindeutig waren die Videoaufnahmen von Bill Clinton, als dieser sich gegenüber den Medien zum Umgang mit Monica Lewinsky äußerte, und von Uwe Barschel bei der sogenannten Ehrenwort-Pressekonferenz.«

»Wieso soll ein trauriges Gesicht ein Lügensignal sein?«

»Nasher hat es damit begründet, dass bei unseren Ur-Vorfahren überführte Lügner häufig mit dem Tode bestraft worden sind. In der Furcht vor dem, was ihnen vermutlich bevorstand, hätten Lügen diese Gesichtsmimik automatisch hervorgerufen. Diese körperliche Reaktion bei extremen Lügen sei auch noch heute in unseren Genen abgespeichert. Ähnlich wie die körperliche Auswirkung von Stress, die ja auch auf die lebensbedrohlichen Situationen unserer Ur-Vorfahren zurückgeht.«

»Mag sein. Aber selbst wenn er dabei gelogen hat, so sind da immer noch seine verschickten E-Mails.«

»Nein, das ist kein Alibi.« Brenner schüttelte den Kopf. »In Stuttgart hatte ich mal einen Fall, bei dem der Mörder eine Software benutzt hat, mit der man zu vorher festgelegten Uhrzeiten seine E-Mails versenden konnte. Dieses angebliche Alibi hat mich seinerzeit schier verrückt gemacht. Nur durch Zufall bin ich draufgekommen.«

»Wie willst du das überprüfen?«

»Ich werde die Ekberg um einen Gerichtsbeschluss zur Überprüfung von Zachmanns PC bitten.«

Bevor Marie antworten konnte, klingelte Brenners Handy.

»Hallo Nadine.«

»Ich habe etwas Interessantes herausgefunden. Zachmann und Hofer sind beide Vollwaisen und waren zusammen im selben Kinderheim. Und jetzt kommt's.« Nadine machte eine kurze Pause. »Dieses Kinderheim ist vor sechs Jahren wegen mehrfachem Missbrauch an den dort untergebrachten Zöglingen in die Schlagzeilen geraten. Die Missbrauchsfälle fanden alle in den 60er und 70er Jahren statt.«

»Waren unter den Missbrauchsopfern auch Zachmann und Hofer?«

»Das konnte ich nicht in Erfahrung bringen. Aber die Möglichkeit ist auf jeden Fall gegeben.«

Nachdem Brenner sich bei Nadine bedankt hatte, sagte er zu Marie: »Das wirft natürlich ein ganz neues Licht auf unseren Fall. Wobei natürlich nicht alle Menschen, die als Kind missbraucht worden sind, später ebenfalls zum Täter werden. Das ist sicher nur bei einem kleinen Prozentsatz der Fall. Aber immerhin könnte ja zumindest einer der beiden dazugehören.«

»Ja«, stimmte Marie zu. »Als Zachmann vorhin sagte, dass Hofer sich ab und zu sein Auto ausgeliehen hat, habe ich sofort überlegt, ob das eventuell auch am Donnerstagabend der Fall war. Vielleicht hat Zachmann seinem Freund das Auto nicht nur zu Transportzwecken geliehen, sondern auch für Fahrten zum Straßenstrich. Immerhin ist der Single und von einer Freundin ist uns auch nichts bekannt. Und so alt, dass er keinen Sex mehr braucht, ist er nicht!«

»Na ja, es gibt auch Menschen, die asexuell veranlagt sind. Ich kenne mich zwar in diesem Thema nicht besonders aus, könnte mir jedoch vorstellen, dass Missbrauchserfahrungen in der Kindheit zu einer asexuellen Lebensweise als Erwachsener führen können.«

Marie dachte kurz über Brenners Ausführungen nach und entschied dann: »Wir sollten uns mal selbst die Wohnung von Hofer anschauen. Wenn wir dort Pornofilme oder -heftchen finden, ist zumindest deine Theorie bezüglich Asexualität widerlegt. Falls Hofer der SUV-Fahrer vom Donnerstag war und Cleo Keppler umgebracht hat, wäre das durchaus ein Motiv für Selbstmord. Hofer schien mir nicht der Typ, der einen begangenen Mord mit links wegsteckt.«

»Du hast recht. Ruf doch kurz beim KDD an. Die sollen uns sagen, wie der Nachbar heißt, der den Schlüssel zu Hofers Haus hat.«

»Sollten wir nicht vorab die Zustimmung der Staatsanwältin einholen?«

»Du kennst doch meine Devise: ›Geh nicht zum Fürscht, wenn du nicht gerufen würscht!‹ Außerdem hat Zachmann uns ja mitgeteilt, dass Hofer keine Verwandten hat.«

Marie schüttelte zu Brenners Antwort nur den Kopf. Im Zweifelsfall die Vorgesetzten nicht zu fragen, gehörte zu seinen zahlreichen Handlungsdirektiven und hatte ihm zwar schon oft zu einer schnellen Lösung seiner Fälle verholfen, jedoch auch immer wieder einen Rüffel der Vorgesetzten eingebracht. Während Marie in der Kontaktliste ihres Handys scrollte, überlegte sie, ob Hofer wirklich zu einem Mord fähig gewesen wäre. So wie sie ihn bei seiner Befragung erlebt hatte, glaubte sie allerdings auch nicht Zachmanns Darstellung, sein Freund sei durch und durch ein sozial engagierter Mensch gewesen.

Ihre Zweifel an Hofers gelebter Vorbildfunktion sollten schon in wenigen Minuten neue Nahrung erhalten.

~

»Die unterschiedlichen Wohnungen spiegeln die unterschiedlichen Charaktere der beiden Freunde«, sagte Marie, als sie durch den kurzen Flur in das Wohnzimmer gelangten. Das Mobiliar war vermutlich aus den 80ern und machte einen schon deutlich abgenutzten Eindruck. Positiv fielen lediglich die vielen Pflanzen auf, mit denen jedoch der relativ kleine und niedrige Raum fast schon überladen wirkte.

»Ich bin zwar auch Single; aber bei mir sieht's deutlich aufgeräumter aus«, kommentierte Brenner seinen ersten Rundumblick angesichts der vielen Stapel von Zeitschriften, die auf Sideboard und Wohnzimmertisch lagen und ihren Teil zur allgemeinen Unordnung beitrugen. »So viel zum Thema Lehrer und Vorbild.« Zu Marie sagte er: »Du hier. Ich Büro.«

Das Büro machte einen etwas ordentlicheren Eindruck, wenngleich auch hier auf dem Schreibtisch mehrere Stapel lagen. Mathematikklassenarbeiten, wie Brenner bei näherem Blick konstatierte. Unwillkürlich musste er an seine eigene Gymnasialzeit denken. Was war er froh gewesen, als er das Abi endlich in der Tasche hatte und die Schule nur noch von außen sah.

Während der PC hochfuhr, schaute Brenner in die Schubladen des Schreibtisches. Dort fand er allerdings nichts, was in irgendeiner Form für den Fall interessant war. Zudem wäre ein Abschiedsbrief, der den Selbstmord belegt hätte, sicher offen hinterlegt und bereits von den Kollegen vom KDD gefunden worden. Um hingegen etwas zu finden, das die Mordtheorie untermauerte, sollte er zumindest eine ungefähre Idee haben, wonach er suchen musste. Und eine solche hatte er momentan überhaupt nicht. Gerade als er sah, dass der PC nach einem Passwort verlangte, rief Marie: »Kannst du mal kommen?«

»Schau dir die Fotos in diesen drei Alben an.« Marie gab Brenner gleich einen Fotoband in die Hand.

»Wer klebt denn heutzutage noch Fotos in ein Album? Ich schau mir meine Fotos immer auf dem PC an«, war Brenners erste Reaktion. Bereits nach den ersten Seiten fragte er ungeduldig: »Was hast du entdeckt?«

»Versuch selber draufzukommen.«

Nachdem Brenner auch das dritte Album durchgeschaut hatte, zuckte er die Achseln. »Das scheinen durchweg Fotos von schulischen Veranstaltungen zu sein. Erinnere dich, die Direktorin hat gesagt, dass Hofer sich immer sofort bereit erklärt hätte, bei Klassenausfahrten als Begleitlehrer mitzugehen.«

»Dir ist also nichts aufgefallen?«

»Jetzt mach's nicht so spannend. Du heißt nicht Franzen.«

»Dann schau ein zweites Mal durch. Eine Person ist überproportional häufig abgebildet.«

Mit einem tiefen Luftholen verbunden mit Augenrollen kam Brenner Maries Aufforderung nach. »Wow, du bist Spitze!«, entfuhr es ihm, als er schließlich bemerkte, dass ein circa fünfzehn bis sechzehn Jahre altes, außergewöhnlich hübsches Mädchen besonders oft abgebildet war. »Das wäre mir nie und nimmer aufgefallen!«

Marie zwinkerte mit dem Auge und sagte scherzend: »Männer sind halt prinzipiell oberflächlicher!«

»Bitte keine Verallgemeinerungen!«

»Akzeptiert.« Marie zeigte auf ein bestimmtes Foto. »Bei einigen Fotos, wo dieses Mädchen allein drauf ist, habe ich den Eindruck, dass sie mit dem Fotografen geradezu kokettiert. Da könnte möglicherweise mehr dahinterstecken.« Marie wartete kurz ab, ob Brenner ihre Einschätzung teilte, und ergänzte: »Obwohl das noch nichts heißen muss. Das ist im Teenie-Alter bei den meisten Mädchen ganz normal. Die haben entdeckt, dass sie für das andere Geschlecht interessant sind, und wollen einfach ihre Wirkung testen.«

»Diesen Teenie sollten wir zumindest mal befragen.« Brenner nickte zustimmend. »Lass uns gleich morgen Früh in die Schule fahren. Heute treffen wir niemanden mehr an.«

»Tja, das ist der Vorteil des Lehrerberufes, um den die Lehrer auch fast jeder beneidet.« Marie seufzte. »Dennoch wollte ich keiner sein.«

»Ich schon«, widersprach Brenner. »Dann hätte ich mehr Zeit für meine Hobbies.«

»Wie weit bist du im Büro?«

»Eigentlich durch. Bis auf den PC. Der ist jedoch passwortgesichert.«

»Sollen wir den für Nadine mitnehmen?« Marie spielte auf die Software an, die Nadines inzwischen ehemaliger Freund vor zwei Jahren programmiert hatte und mit deren Hilfe die Ermittler schon etliche Passwörter hatten knacken können.

»Nein«, entschied Brenner nach kurzem Überlegen. »Unsere Personalressourcen sind momentan zu knapp, um den PC zu durchforsten. Ich will endlich die SUV-Halterbefragung abschließen. Denn die hat auf jeden Fall mit unserer Mordaufklärung etwas zu tun. Wie der Fall Hofer darin verwickelt ist, wissen wir noch nicht.«

»Tut mir leid, Herr Brenner. Ihre bloße Vermutung, dass Zachmann für sein Alibi eine Software benutzt hat, die E-Mails zeitlich versetzt absenden kann, reicht nicht aus«, antwortete Cora Ekberg auf Brenners Anliegen, den PC von Zachmann per Gerichtsbeschluss einzufordern. »Haben Sie konkrete Anhaltspunkte, dass Zachmann seinen Freund ermordet hat?«

»Leider nicht«, gab Brenner widerwillig zu. »Ich bin mir auch gar nicht sicher, ob er Hofer wirklich ermordet hat. Absolut sicher bin ich mir nur, dass Zachmann ein fauler Apfel ist.«

»Was macht Sie da so sicher?«

Brenner überlegte, wie er sein ungutes Gefühl am besten in Worte fassen sollte. »Vordergründig wirkt Zachmann sehr offen und eloquent. Ich kann mir durchaus vorstellen, dass er bei Veranstaltungen oft im Mittelpunkt steht und viel Bewunderung einheimst. Diese positiven Eigenschaften finden sich allerdings auch bei Menschen mit einer narzisstischen Persönlichkeitsstörung. Bei denen ist dann jedoch nicht Empathie für ihre Mitmenschen die Ursache, sondern genau das Gegenteil. Narzissten haben massive Störungen im Empathie-Empfinden und brauchen Anerkennung und Bewunderung wie das tägliche Brot. Bekommen sie diese nicht, dann gehen sie meist sofort auf Konfrontation. Und zwar nach Regeln, die ausschließlich sie bestimmen.«

»Jetzt verstehe ich auch, weshalb einige namhafte US-Psychiater ihrem aktuellen Präsidenten ganz eindeutig narzisstische Züge bescheinigen.«

Brenner nickte zustimmend. »Denkbar wäre, dass Hofer etwas getan hat, das bei Zachmann die Sicherungen durchbrennen ließ.«

»Sie meinen damit, dass Hofer, durch welches Verhalten auch immer, eine von Zachmanns Regeln verletzt hat und dieser daraufhin die Kontrolle über die Situation verloren hat?«

»Richtig. Bei der Ermordung unserer Prostituierten gehen wir ja auch nicht von einer geplanten Tat aus. Da im Sexualleben von Narzissten angeblich Hemmungslosigkeit und Aggressivität dominieren, könnte Zachmann, sofern er tatsächlich eine narzisstische Persönlichkeitsstörung hat, durchaus der Mörder von Cleo Keppler sein.«

»Stichwort Cleo Keppler. Hat die Halterbefragung schon irgendetwas ergeben?«

»Leider nicht. Wenn ich nur daran denke, was für einen gigantischen Aufwand wir momentan für die Tätersuche betreiben. Und wenn wir ihn dann überhaupt finden, wird sein Strafmaß vermutlich sowieso nur an der unteren Grenze liegen. Da kann einem schon die Lust vergehen.« Brenner dachte dabei an seine bisherigen Erfahrungen, nach denen bei Gerichtsurteilen häufig nicht nur die sozialen Faktoren der Täter, sondern leider auch die von deren Opfern eine Rolle spielten.

»Ich kann Sie verstehen.« Die Staatsanwältin überlegte, inwieweit sie Brenner Einblick in ihr Privatleben gewähren sollte. Wäre das mit professioneller Distanz vereinbar? Cora Ekberg gab sich innerlich einen Ruck. »Die manchmal ungerecht erscheinende Höhe des Strafmaßes war für mich der Grund, weshalb ich mein BWL-Studium abgebrochen und Jura studiert habe.« Mit einem kleinen Seufzer fügte sie hinzu: »Sehr zum Leidwesen meines Vaters, der mich gerne in die Firmenleitung aufgenommen hätte.«

Die ungewohnte Nähe ließ beide einen Augenblick innehalten. Etwas zögernd fragte Brenner: »Weshalb sind Sie danach nicht Rechtsanwältin geworden? Das hätte eventuell Ihren Vater besänftigt. Jede Firma braucht hin und wieder Rechtsanwälte.«

Cora Ekbergs Blick schweifte in die Ferne. Sie sprach wie zu sich selbst: »Mein jüngerer Bruder ist auf dem Heimweg mit seinem Fahrrad von einem betrunkenen Autofahrer getötet worden. Dieser konnte sich jedoch einen cleveren Rechtsanwalt leisten, der ihm eine Gefängnisstrafe erspart hat.«

Brenner schwieg betroffen. Habe ich die Ekberg bislang falsch eingeschätzt? War ihre forsche und überhebliche Art nur der Versuch, eine vielleicht sehr empfindliche emotionale Seite zu verbergen? »Verstehe«, sagte er mitfühlend und wechselte dann schnell wieder auf eine sachliche Ebene: »Wäre dann nicht eigentlich Richterin die logischere Berufswahl gewesen? Immerhin könnten Sie dann selbst das Strafmaß bestimmen.«

»Das scheint vordergründig so. Der Richter entscheidet jedoch immer nur nach der vorliegenden Faktenlage. Und wenn diese von der Staatsanwaltschaft nicht optimal vorbereitet ist …« Cora Ekberg schüttelte den Kopf. »Nein, als Staatsanwältin kann ich besser zur Urteilsgerechtigkeit beitragen.«

Kaum hatte Brenner das Büro verlassen, beschlich die Staatsanwältin das Gefühl, dass sich gerade etwas Besonderes zwischen ihr und Brenner ereignet hatte. Wie war es nur dazu gekommen? Irritiert versuchte sich Cora Ekberg wieder auf den vorliegenden Fall zu konzentrieren und überlegte, ob sie nicht doch noch einen Weg finden konnte, um Zachmanns PC anzufordern. Es war ihr ein Bedürfnis, Brenner zu unterstützen. Sie wusste um seinen kriminalistischen Spürsinn und eigentlich bewunderte sie auch seine Hartnäckigkeit, ihr standhaft zu widersprechen, wenn er anderer Meinung war. Unwillkürlich musste sie an den Fall Wagner denken. Das war inzwischen auch schon wieder fast ein Jahr her. Dennoch konnte sie sich nur zu gut daran erinnern, wie sie mit Brenner anfangs permanent auf Konfrontationskurs gewesen war. Zudem war ihr sein verdammtes Macho-Gehabe so was von auf den Geist gegangen. Wobei er sich seltsamerweise seinen Teammitgliedern gegenüber immer vorbildlich verhalten hatte. Inzwischen war ihr Verhältnis deutlich entspannter. Und ja, manchmal musste sie sich sogar eingestehen, dass seine Ausstrahlung durchaus Wirkung auf sie zeigte.

~

Schon auf der Heimfahrt freute sich Marie auf die Steaks, die sie nachher braten würde. Seit sie mehrere Dokus über Tierhaltung und den Transport zum Schlachthof gesehen hatte, stand Fleisch nur noch selten auf ihrem Speiseplan. Und wenn möglich kaufte sie es bei einem Bauernhof, der zwar einige Kilometer von ihrem Wohnort entfernt war, dessen Bauer jedoch seine Rinder direkt auf der Weide von einem Jäger töten ließ. Somit wurde diesen Tieren der Stress auf dem Weg zum Schlachthof erspart. Und zwei vom dortigen Landwirt gekaufte Steaks hatte sie heute Morgen aus dem Tiefkühlschrank genommen. Kaum hatte Marie die Wohnung betreten, wurde sie auch schon von Charly freudig begrüßt. Wohingegen von Julia, die gemütlich auf dem Sofa lag und über Ohrstöpsel Musik von ihrem Handy hörte, nur ein knappes »Hi« kam. Mit Julia würde sie nach dem Essen dringend noch ein ausführliches Gespräch führen müssen. Sie hatte das Thema Marcus zwar tagsüber erfolgreich verdrängen können; beim Anblick ihrer Tochter schossen ihr jetzt jedoch wieder tausend Dinge durch den Kopf. Noch in Gedanken, wie sie dieses Gespräch am besten angehen sollte, ohne dass Julia gleich bockig reagierte, schnitt sie die Tomaten und raspelte jeweils eine Paprika und Gurke. Kurz überlegte sie noch, ob sie ihren geliebten Knoblauch hinzugeben sollte. Da Julia jedoch seit Kurzem Knoblauch vehement ablehnte, verzichtete Marie darauf. Schließlich sollte das bevorstehende Gespräch nicht unnötig belastet sein. Marie stellte die Pfanne auf den Herd und schaltete die Herdplatte auf höchste Stufe. Erst wenn die Pfanne maximale Hitze erzielt hätte, würde sie Öl hinzugeben und die Steaks hineinlegen. Nachdem auch das Senf-Dressing fertig war, griff sie zu den Steaks. Das heißt, sie wollte greifen. Ungläubig schaute sie auf den Teller, auf den sie heute Morgen die gefrorenen Steaks gelegt hatte. Dieser befand sich zwar nach wie vor an derselben Stelle auf der Küchenzeile. Allerdings leer. Ob Julia wohl die Steaks inzwischen in den Kühlschrank getan hatte? Offensichtlich nicht, wie schon ein kurzer Blick ins Kühlschrankinnere zeigte. »Julia, weißt du, wo die Steaks abgeblieben sind?« Gerade, als sie sich bei Julia bemerkbar machen wollte, die ihre Frage wegen der Ohrstöpsel offensichtlich nicht gehört hatte, fiel ihr Blick auf Charly. Sofort schwante ihr Übles. »Hast du etwa meine Steaks geklaut?«, fragte sie in scharfem Ton. Charly reagierte sofort auf den ungewohnten Tonfall seines Frauchens und zog den Kopf ein. Diese Haltungsänderung interpretierte Marie als klares Schuldeingeständnis und sagte wütend: »Wenn das noch mal vorkommt, bring ich dich ins Tierheim zurück.«

Natürlich würde sie das niemals tun, aber sie war jetzt stocksauer. Nicht nur, weil sie sich so sehr auf die Steaks gefreut hatte, sondern auch, weil diese teuer gewesen waren. Als Alleinerziehende musste sie durchaus mit ihrem Geld haushalten. »Was für ein beschissener Tag.« Marie ging frustriert in die Küche zurück.

Ihr aktueller Mordfall wurde eher komplizierter, als dass sich eine Lösung anbahnte. Der Freund von Julia würde sicher auch noch etliche Probleme mit sich bringen. Einerseits war sie ja froh, dass sich Julia zu einem selbstbewussten Mädchen entwickelt hatte, das genau wusste, was es wollte. Das bedeutete jedoch auch, dass sie sich bezüglich ihres Freundes wohl nur wenig von der Mutter sagen lassen würde. Charlys Steakklau war jetzt nur noch der Tropfen gewesen, der das Fass zum Überlaufen brachte. Wie sollte sie in dieser miserablen Stimmung nachher ein vernünftiges Gespräch mit Julia führen? Beim Anblick der Salatschüssel verspürte sie auch darauf keinen Appetit mehr.

Marie nahm ihre Zigaretten und ging auf den Balkon. Eigentlich will ich ja mit dem Rauchen aufhören, dachte sie bereits beim ersten Zug und bekam sofort ein schlechtes Gewissen, weil sie dieses Vorhaben schon seit einem Jahr vergeblich zu realisieren versuchte. Aber momentan ist wirklich kein guter Zeitpunkt, tröstete sich Marie, bevor ihr einfiel, dass sie kürzlich in einem Anti-Stress-Ratgeber gelesen hatte, wie man die Negativspirale, die sich häufig nach Ärgersituationen entwickelte und oft noch stundenlang für negative Stimmung sorgte, bewältigen könne. Angeblich beinhaltete fast jede negative Situation auch einen positiven Aspekt. Habe man diesen erkannt, dann solle man seinen Fokus darauf richten. Das würde die negative Gedankenspirale erfolgreich stoppen und das Stimmungsbarometer wieder anheben.

Was soll bloß daran positiv sein, dass mir Charly meine Steaks geklaut hat, überlegte Marie zweifelnd, bevor ihr spontan einfiel, dass die eingesparten Kalorien durchaus hilfreich wären bei ihrem Ziel, bis zum Jahresende fünf Kilogramm abzunehmen. Dann könnte sie endlich wieder einige Kleidungsstücke tragen, die derzeit ungenutzt in ihrem Schrank hingen.

~

Brenner und Marie waren auf dem Weg zum Gymnasium und ahnten noch nicht, dass ihr Fall in Kürze eine drastische Wende nehmen würde. In der Soko-Sitzung zuvor hatten sie die Teammitglieder über Maries Entdeckung in den Fotoalben informiert. Da heute voraussichtlich die Befragung der SUV-Halter abgeschlossen sein würde, war die Stimmung etwas gedämpft. Es war zwar immer noch möglich, dass unter den letzten noch zu überprüfenden SUV-Fahrern der Täter entdeckt würde; allerdings wollte momentan keiner so recht daran glauben.

Leider waren auch die Einloggdaten von Zachmanns Handy nicht zielführend. Das Handy war Donnerstagabend bis kurz nach 19 Uhr in der für sein Wohnhaus zuständigen Funkzelle eingeloggt und dann erst wieder am Freitagmorgen aktiv gewesen. Das musste allerdings keine Bedeutung haben. Auch Brenner schaltete in seiner Freizeit, sofern er keine Bereitschaft hatte, häufig sein Handy aus, wenn er ungestört bleiben wollte. In einer psychologischen Fachzeitschrift hatte er mal gelesen, dass allein schon das Wissen, dass niemand einen stören kann, dazu beiträgt, tagsüber angesammelte Stresshormone abzubauen.

Auch die Info von Dr. Lund war ernüchternd. Die Untersuchung der Leichenflecken hatte keine eindeutigen Hinweise ergeben. Hofer konnte sowohl bereits tot gewesen sein, bevor der Zug ihn überfahren hatte, als auch tatsächlich Selbstmord verübt haben. Es blieb ihnen lediglich die Hoffnung, dass bei den weiteren Nachforschungen über Hofer etwas zu Tage käme, das auch beim Prostituiertenmord weiterhelfen würde.

»Was gibt's Neues von Julias Freund?«, wollte Brenner wissen, als er an einer Ampel anhalten musste.

»Da scheint es einen Lichtblick zu geben«, antwortete Marie. »Julia hat doch übermorgen eine Theateraufführung in der Schule. Nachdem ich ihr gestern Abend gesagt habe, wie stolz ich auf sie sei, dass sie die Hauptrolle spielen dürfe, und wie sehr ich mich auf die Aufführung freue, habe ich so nebenbei gefragt, ob Marcus auch käme.«

»Und?« Brenner war Maries Grinsen während des letzten Satzes nicht entgangen.

»Tja, der liebe Marcus hat anscheinend einen wichtigen Termin mit seinen Kumpels. Julia hat zwar so getan, als ob ihr das gar nichts ausmache, aber ich bin mir sicher, dass die Beziehung vermutlich doch nicht so ernst zu nehmen ist wie ursprünglich befürchtet.«

»Sie haben noch weitere Fragen zu Herrn Hofer?« Die Direktorin, die auch heute wieder einen Hosenanzug trug, diesmal allerdings in einem hellen Beige-Ton, begrüßte die beiden Ermittler und bat sie gleichzeitig mit einer Handbewegung, Platz zu nehmen.

»Zumindest indirekt«, antwortete Marie. Sie hatte sich und Brenner zwar vorab telefonisch angekündigt, jedoch bewusst den Grund ihres Besuches offengelassen. Schließlich wollte sie nicht unnötig die Pferde scheu machen und das sensible Thema vorsichtig ansteuern.

»Wir haben bei Herrn Hofer mehrere Fotoalben gefunden.« Marie schob eines der Fotos, die sie herausgenommen hatte, hin zur Direktorin.

»Uns ist aufgefallen, dass dieses Mädchen recht häufig abgebildet ist und ...« Marie unterbrach sich, als sie sah, wie sich das freundliche Gesicht der Direktorin beim Anblick des Fotos jäh verfinsterte.

»Das ist Leonie Rieger.« Die Direktorin holte tief Luft. »Ein tragischer Fall.« Nach einer erneuten kurzen Pause sprach sie weiter: »Leonie hat vor etwa zwei Monaten Selbstmord begangen.«

Die Ermittler schauten sich sprachlos an. Brenner reagierte als Erster. »Weiß man den Grund für ihren Suizid?«

Die Direktorin schüttelte den Kopf. »Wir haben im Lehrerkollegium lange darüber diskutiert. Außer dass es vermutlich mit der Pubertät zusammenhängt, in der viele Jugendliche sich völlig unverstanden fühlen, sind wir zu keinem Ergebnis gekommen. Sie müssen wissen, Julias Vater ist vor einigen Jahren bei einem Unfall ums Leben gekommen. Anscheinend hat sie sehr an ihm gehangen und sicher vermisste sie ihn in dieser schwierigen Entwicklungsphase ganz besonders.«

»Nicht jedes Mädchen begeht Selbstmord, wenn sie nur die Mutter hat«, entgegnete Marie sofort in schroffem Ton. »Eine Mutter kann durchaus auch allein dafür sorgen, dass ihr Kind schwierige Lebensphasen erfolgreich meistert.«

»Natürlich«, stimmte die Direktorin pikiert zu und lehnte sich, die Arme verschränkend, zurück. »Allerdings scheint die finanzielle Situation bei den Riegers nicht gerade sorgenfrei zu sein. Die Mutter hat, soweit ich weiß, mehrere Jobs angenommen, um sich und die Kinder über Wasser zu halten. Es gibt noch einen älteren Bruder. Der hat zwar schon ausgelernt, aber inwieweit er sein Geld für sich allein ausgibt, weiß ich nicht.«

Brenner war nicht entgangen, dass Maries Reaktion die Auskunftsfreudigkeit der Direktorin gedämpft hatte. »Wer kann uns denn mehr über Leonie sagen?«

»Natürlich die Klassenlehrerin.« Frau Gießen atmete erleichtert auf, ein unangenehmes Gespräch weitergeben zu können. Nach einem kurzen Blick auf die Wandtafel hinter ihrem Rücken sagte sie: »Oberstudienrätin Xander hat in zehn

Minuten eine Freistunde. Ich bringe Sie kurz in den Besprechungsraum.« Auf dem Weg zur Tür blieb sie plötzlich stehen und drehte sich zu ihren Besuchern um. »Was hat Leonies Selbstmord mit dem Selbstmord von Herrn Hofer zu tun?«

»Das hat uns alle sehr schockiert«, begann Frau Xander, die vermutlich kurz vor der Pension stand und deren streng nach hinten gekämmte Frisur ihr schmales Gesicht noch ausgezehrter wirken ließ. »Ich habe danach noch über einige Wochen hinweg in meinen Unterrichtsstunden mit den Schülern über dieses Thema sprechen müssen. Vielleicht wäre das Ganze nicht passiert, wenn Irina nicht vor einem halben Jahr mit ihren Eltern nach Shanghai gezogen wäre. Irina und Leonie waren beste Freundinnen. Vielleicht hätte Leonie in Irina eine Gesprächspartnerin für ihre Probleme gehabt.«

»Welche Probleme hatte Leonie denn?«, wollte Brenner sofort wissen.

»Von konkreten Problemen wusste niemand etwas«, kam es sofort sehr resolut von der Klassenlehrerin. »Aber etwas hat Leonie offensichtlich sehr belastet. Denn auch ihre schulischen Leistungen haben in den letzten Monaten dramatisch nachgelassen. Und zwar in allen Fächern außer in Mathematik. Aber da hatte sie ja auch Nachhilfe von Kollege Hofer.«

»Von wem?«, fragten Marie und Brenner zeitgleich.

»Ja, von Herrn Hofer. Bei dem hatte Leonie auch Matheunterricht. Und zumindest mit Schülern konnte Kollege Hofer es recht gut.«

Brenners Gehirn schaltet sofort in den Turbomodus. Bemüht, seiner Stimme einen ruhigen Tonfall zu geben, sagte er zur Oberstudienrätin: »Selbst wenn die langjährige Freundin weggezogen ist, Kinder schließen doch schnell neue Freundschaften. Gibt es nicht jemanden in der Klasse, der uns mehr über Leonie erzählen kann?«

»Eventuell Seline Arslan. Sie war im neuen Schuljahr die Nebensitzerin von Leonie.«

»Können wir sie sprechen? Möglichst jetzt gleich. Es wird auch nicht lange dauern.«

Frau Xander wies noch kurz darauf hin, dass es pädagogisch nicht sinnvoll sei, das Kind aus dem Unterricht herauszuholen.

Allerdings stimmte sie Brenners Wunsch dann doch recht schnell zu. Vermutlich war auch sie froh, dadurch aus dem Fokus der Befragung zu rücken. Während sie Seline holen ging, informierte Brenner Marie über seinen Verdacht. Als Frau Xander wenige Minuten später mit Seline zurückkam, wollte sie zunächst beim Gespräch mit dabei sein. Erst als ihr Marie versicherte, dass es nur um ein paar grundsätzliche Fragen über Leonies Verhalten in der Klassengemeinschaft ginge und Jugendliche erfahrungsgemäß freier redeten, wenn keine Autoritätspersonen anwesend seien, zog sich die Oberstudienrätin verschnupft zurück.

»Hallo Seline.« Marie streckte dem recht hübschen Mädchen mit dunklem Teint die Hand entgegen und stellte sich und Brenner vor. »Kannst du uns bitte etwas über Leonie erzählen? Wie war sie denn so? War sie beliebt in der Klasse?«

»Ja, schon.« Seline zögerte etwas, bevor sie weitersprach. »Ich war anfangs recht froh, dass ich neben ihr sitzen durfte, nachdem Irina nach Shanghai gezogen ist. Leonie war früher immer sehr nett und hilfsbereit.«

»Und später nicht mehr?«

Seline druckste etwas herum. »So kann man das nicht ganz sagen.« Ihr Blick wanderte zu den Büchern im Wandregal. Offensichtlich suchte sie nach den richtigen Worten. »Leonie hat sich zurückgezogen. Irgendwie ist sie anders geworden.«

»Kannst du uns ein Beispiel geben?«

»Na ja, wenn wir früher in der Clique shoppen gegangen sind, hat sie sich immer die verrücktesten Klamotten gekauft. Und irgendwann hat sie nur noch ausgeleierte T-Shirts von ihrem Bruder angezogen. Die war überhaupt nicht mehr cheedo.«

Marie bemerkte, wie Brenner irritiert die Augenbrauen anhob. »Pit, cheedo ist das neue Wort für cool.« Zu Seline sagte sie: »Meine Tochter ist in deinem Alter. Deshalb ist mein Wortschatz etwas aktueller als der von meinem Chef.«

»Ich lerne immer wieder gerne dazu«, sagte Brenner lächelnd. »Seline, ist dir sonst noch etwas Besonderes an Leonies Verhalten aufgefallen? Hatte sie denn keinen Freund?«

»Eine Zeit lang war sie mit Jonas befreundet. Der ist eine Klasse über uns. Die Jungs aus unserer Klasse sind alle so ätzend.«

»Könnte denn die Veränderung von Leonies Verhalten etwas mit Jonas zu tun haben? Hatte sie vielleicht Liebeskummer?«

»Nein, ganz sicher nicht.« Seline untermauerte ihre Aussage mit einem Kopfschütteln. »Alle Jungs in unserer Klasse waren in Leonie verknallt und außerdem war sie es, die mit Jonas Schluss gemacht hat.«

Die letzten Ausführungen von Seline ließen Marie unweigerlich an Julia und ihren Freund denken. Was da wohl noch alles auf sie zukommen würde ... Mit einem unbewussten Kopfschütteln verscheuchte sie ihre gedankliche Abschweifung und fragte: »Weißt du zufällig, weshalb sie mit Jonas Schluss gemacht hat?«

Seline hob unwissend die Schultern. »Keine Ahnung. Das war ja noch vor den Sommerferien. Vielleicht hat sie das Irina gesagt. Die beiden haben damals recht oft zusammen getuschelt.«

Brenner hatte sich die ganze Zeit überlegt, wie er das Gespräch auf seinen Verdacht lenken konnte. »Wir haben gehört, dass Leonies Leistungen rapide gesunken sind. Hast du eine Idee, woran das lag?«

Seline überlegte kurz und zuckte mit den Schultern. »Nein, aber das war ja zur gleichen Zeit, als sie so komisch geworden ist. Ich glaube, die hat einfach keinen Bock mehr auf Schule gehabt.«

»In Mathematik soll sie jedoch nach wie vor gute Noten geschrieben haben«, begann Marie das Gespräch auf Hofer zu lenken.

»Da hat sie ja auch von Hofer Nachhilfe bekommen.«

»Weißt du, ob Leonie Herrn Hofer gut leiden konnte?«

»Keine Ahnung.« In ruppigem Ton fuhr Seline fort: »Ich sag doch schon dauernd, dass Leonie total zugemacht hat. Die hat mir ja nicht mal gesagt, weshalb ...« Seline stoppte mitten im Satz. »Ach, ist nicht wichtig.«

Marie hakte sofort nach: »Was wolltest du gerade sagen, Seline? Dich interessiert doch auch, weshalb Leonie Selbstmord begangen hat. Oder nicht? Wenn du uns hilfst, finden wir vielleicht gemeinsam die Antwort.«

»Ich weiß doch auch nichts. Für keinen von uns war ihre Veränderung nachvollziehbar. Und als wir dann erfahren haben, dass sie ...« Seline versuchte die hervorquellenden Tränen mit der Hand wegzuwischen.

Brenner zog ein Tempo aus seiner Tasche und wollte es Seline reichen. Mitten in der Bewegung zog er es jedoch wieder zurück. »Oh. Ist zwar ungebraucht, sieht aber nicht mehr ganz so frisch aus.«

Seline streckte ihre Hand aus. »Ich nehm's trotzdem.«

Möglicherweise war es diese kleine Geste, wegen der Seline ohne weiteres Nachhaken der Ermittler sagte: »Eines Tages hat Leonie angefangen, so komische Schweißbänder an den Armen zu tragen. Mein Vater hat auch solche. Aber nur zum Joggen. Das sah bei Leonie voll blöd aus.« Seline schniefte nochmals kurz. »Irgendwann mal hat sie sich darunter gekratzt und da habe ich gesehen, dass sie sich ritzt.«

»Und du wolltest wissen, weshalb sie das macht?«

Leonie nickte. »Klar. Aber da ist sie nur aufgestanden und aufs Klo gerannt. Ich hab sie dann nicht mehr darauf angesprochen.«

»Für mich sind das klare Missbrauchssignale«, sagte Brenner, unmittelbar nachdem sie das Schulgebäude verlassen hatten. »Wenn ein recht hübsches Mädchen in diesem Alter plötzlich keinen Wert mehr auf sein Äußeres legt und nur noch weite Klamotten trägt, dann will sie ihre körperliche Erscheinung bewusst herabsetzen. Und die von Seline beobachteten Ritzwunden an den Unterarmen, inklusive der nachlassenden Leistungen, sprechen eine klare Sprache.«

»Ich stimme dir voll und ganz zu.« Marie blieb kurz stehen. »Kann es Hofer gewesen sein, der Leonie sexuell missbraucht hat?«

»Da wette ich darauf.« Brenner nickte mehrmals unbewusst. »Dazu passt auch die von dir bemerkte Häufigkeit der Fotos.«

»Was mich jedoch irritiert«, fuhr Marie fort, »weshalb sind denn in Mathe ihre Noten besser geworden?«

»Ich bezweifle, dass ihre Leistung tatsächlich besser geworden ist. Ich denke vielmehr, dass Hofer die Klassenarbeitsaufgaben im Vorfeld mit ihr geübt hat. Denn schließlich musste ihm ja daran gelegen sein, dass Frau Rieger die Tochter weiterhin zur Nachhilfe schickt. Das hätte sie wohl nicht getan, wenn die Mathe-Noten nicht besser geworden wären.«

»Okay.« Marie begann laut zu überlegen. »Somit könnte also Hofers Selbstmord-Motiv darin liegen, dass er seine Schülerin in den Selbstmord getrieben hat. Was meinst du?«

Brenner überdachte Maries Schlussfolgerung. »Da bin ich mir, ehrlich gesagt, nicht sicher. Wenn ein Mensch ein junges Mädchen missbraucht, dann weiß er, was er diesem damit antut. Insbesondere als Lehrer hat Hofer in der Fachliteratur vermutlich viel darüber gelesen, wie Missbrauch das Leben der Opfer radikal verändert. Die meisten von ihnen leiden ihr ganzes Leben darunter. Und dass jemand, der all das in Kauf nimmt, dann plötzlich sein Verhalten verurteilt und Suizid begeht, kann ich mir nur schwer vorstellen.«

»Ich schon«, widersprach Marie. »Vielleicht hat er eingesehen, dass er seine Veranlagung nicht in den Griff bekommen kann und somit Suizid der einzige Ausweg ist?«

»Okay, kann natürlich auch sein. Aber irgendwie tu ich mich schwer, dem Hofer derartige Überlegungen zuzusprechen.«

»Hier in Schöllbronn war ich letztes Jahr beim Faschingsumzug«, sagte Marie, als sie mit Brenner in die etwa dreitausend Einwohner zählende Gemeinde einfuhr, die nur zwei Kilometer von Spessart entfernt lag und ebenfalls ein Stadtteil von Ettlingen war.

»Wusste gar nicht, dass du ein Faschingsfreak bist.«

»Bin ich auch nicht wirklich. Dieses Dorf ist aber für seinen Fasnachtsumzug am ›Schmotzigen Donnerstag‹ bekannt. Da kommen meist so an die dreißigtausend Zuschauer aus der ganzen Region und bewundern die Mockele-Trachten der hiesigen Narrenzunft.«

»Hier muss es sein«, sagte Brenner, noch bevor das Navi ihn bestätigte.

Brenner und Marie gingen die Stufen zur Haustür hoch und klingelten.

»Wollen Sie zur Familie Rieger?«

Die Kommissare drehten sich um und bemerkten erst jetzt die etwa siebzigjährige Frau, die, mit einer bunten Kittelschürze bekleidet, sich im Nachbargarten auf eine Hacke gestützt hatte und fragend zu den Ermittlern hochschaute.

»Ja. Wissen Sie zufällig, ob Frau Rieger zu Hause ist?«

»Nein, die ist noch bei der Arbeit. Was möchten Sie denn von ihr?« Die Nachbarin war inzwischen ganz an den Zaun herangetreten.

Marie nutzte die offensichtliche Neugier aus und ging ebenfalls zum Zaun. »Wir sind von der Kriminalpolizei und würden uns gerne mit Frau Rieger unterhalten. Wann kommt denn Frau Rieger zurück?«

»Kriminalpolizei?« Erschrocken hielt die Nachbarin die Hand vor den Mund. »Der Oliver wird doch nicht in eine krumme Sache verwickelt sein?«

»Wäre das denn möglich?« Brenner war nun ebenfalls an den Zaun herangetreten.

»Niemals. Der Oliver ist so was von einer guten Seele. Der würde sich niemals etwas zuschulden kommen lassen. Und jetzt, wo seine Schwester tot ist …« Die Nachbarin stutzte. »Sind Sie etwa wegen Leonie hier? Aber das ist doch schon lange her. Und weshalb interessiert sich die Kriminalpolizei für einen Selbstmord?«

»Leonies Selbstmord ist in einem anderen Fall zufällig aufgetaucht«, antwortete Marie zurückhaltend. »Wann kommt denn nun Frau Rieger zurück? Oder können Sie uns sagen, wo sie arbeitet?«

»Die Gabriele hat mehrere Putzstellen und arbeitet außerdem noch einige Schichten an der Kasse im Netto in Spessart. Wo sie momentan gerade arbeitet, weiß ich nicht. Die Gute schafft sich noch zu Tode.«

»Sind denn die finanziellen Verhältnisse so eng?«

»Na ja. Die Riegers haben das Haus vor etwa zwanzig Jahren gekauft. Und nach dem Unfalltod des Mannes vor acht Jahren waren sicher noch einige Schulden vorhanden. Genaues weiß ich natürlich nicht. Wir haben zwar ein sehr gutes nachbarschaftliches Verhältnis; aber über Geld spricht man bei uns nicht.«

Brenner überlegte, welche Informationen er der Nachbarin entlocken könnte, die ihm eventuell im Gespräch mit Frau Rieger weiterhelfen würden. »Können Sie uns etwas über Leonie erzählen? Weiß man etwas über den Grund ihres Selbstmordes?«

»Natürlich wurde hier im Dorf viel getratscht. Angefangen davon, dass sie den Tod ihres Vaters nie überwunden hätte, bis hin zu einer unglücklichen Liebe. Aber Genaues wusste niemand. Und Gabriele hat bei diesem Thema verständlicherweise völlig abgeblockt. Ich weiß nicht, was die Gabriele ohne ihren Oliver gemacht hätte.«

»Wie alt ist denn der Sohn? Wohnt der ebenfalls noch hier?«

»Der Oliver ist letzten Monat zwanzig geworden. Und natürlich wohnt der noch hier. Seit dem Tod seines Vaters hat Oliver die Verantwortung für seine Mutter und seine Schwester übernommen.« Ein Schmunzeln trat auf das Gesicht der Nachbarin. »Wobei, für seine Schwester hat er sich schon immer verantwortlich gezeigt. Als Leonie noch in den Kindergarten gegangen ist, hat er jedem Kind Schläge angedroht, das seine Schwester auch nur krumm angeschaut hatte.«

»Was macht denn Oliver beruflich?«

»Der arbeitet als Stuckateur in …«

Die Nachbarin unterbrach sich, weil in dem Moment ein weißer Skoda Fabia in die Einfahrt eingefahren war, und sagte überrascht: »Da kommt ja der Oliver. Was tut denn der schon hier?«

Der junge Mann, der aus dem Auto gestiegen war und leicht humpelnd auf sie zukam, war fast einen Meter neunzig groß und man sah seiner Figur an, dass er entweder regelmäßig ins Fitnessstudio ging oder einen Beruf hatte, bei dem körperlicher Einsatz verlangt wurde.

»Hast du dich bei der Arbeit verletzt?«, wollte die Nachbarin fürsorglich wissen.

»Nein. Fußball. Ich komme gerade vom Arzt.«

Brenner registrierte die zahlreichen Tattoos, mit denen der junge Mann offensichtlich seinen Fußballidolen nacheiferte, und ging einen Schritt auf ihn zu. »Eigentlich wollten wir Ihre Mutter sprechen.«

»Und wer sind Sie?«

»Entschuldigung.« Brenner zeigte seinen Ausweis. »Mein Name ist Brenner und das ist meine Kollegin, Oberkommissarin Marie Franke. Wissen Sie, wo wir Ihre Mutter finden?«

»Was wollen Sie von ihr?«

»Das würden wir ihr gerne selbst sagen. Wo ist sie denn gerade?«

Oliver Rieger schaute auf die Uhr. »Die müsste in den nächsten Minuten kurz heimkommen, denn um 13 Uhr fängt ihre Schicht im Netto an.«

Brenner überlegte gerade, inwieweit er das Thema bereits bei dem Sohn ansprechen sollte, als eine etwa vierzig- bis fünfzigjährige Frau mit dem Fahrrad vor ihnen hielt.

»Haben wir Besuch?«

»Hallo Mom. Die sind von der Kripo.«

»Kripo?«, fragte Frau Rieger stirnrunzelnd. »Was wollen Sie denn von uns?«

»Können wir dazu ins Haus gehen?«, antwortete Marie, nachdem sie sich und Brenner vorgestellt hatte. Während Frau Rieger vorausging, dachte Brenner, dass bei Leonie offensichtlich die Gene vom Vater dominiert hatten. Im Gegensatz zu ihrer Tochter war die Mutter recht dürr und sah sehr verhärmt aus.

»Möchten Sie was trinken?«, fragte Frau Rieger, gleich nachdem sie ins Wohnzimmer eingetreten waren.

»Nein, danke«, antwortete Brenner. »Wir wollen Sie nicht lange aufhalten, Sie müssen ja gleich wieder zur Arbeit.«

Frau Rieger war schon auf dem Weg in die Küche und dreht sich bei Brenners Antwort wieder um. Etwas unschlüssig fragte sie: »Weshalb sind Sie eigentlich hier?«

»Können wir uns kurz setzen?« Brenner wollte die bevorstehende Befragung natürlich nicht im Stehen durchführen.

Etwas hilflos zuckte Frau Rieger mit den Schultern und zeigte auf die Wohnzimmersessel. Erst nachdem sich die Kommissare gesetzt hatten und sie wartend anschauten, nahm Frau Rieger ebenfalls Platz. Oliver hingegen lehnte sich seitlich hinter seiner Mutter an die Wand und verschränkte die Arme.

»Frau Rieger, wir untersuchen gerade den Suizid von Herrn Hofer, dem Mathematiklehrer Ihrer Tochter. Wir haben mitbekommen, dass auch Ihre Tochter Suizid begangen hat. Übrigens, mein herzliches Beileid.« Brenner räusperte sich kurz, weil ihm bewusst wurde, dass seine soeben vorgebrachte Beileidsbekundung nur floskelhaft rübergekommen war. »Könnte es einen Zusammenhang zwischen beiden Suiziden gegeben haben?«

»Wo soll es denn da einen Zusammenhang geben?«, antwortete Oliver sofort anstelle seiner Mutter in sehr schroffem Ton.

Brenner wartete kurz ab. Da sich Frau Rieger offensichtlich stillschweigend der Gegenfrage ihres Sohnes anschloss, sagte er: »Immerhin hatte Leonie bei Herrn Hofer Nachhilfeunterricht. Vielleicht ging die Beziehung zwischen den beiden über die Mathematik hinaus?«

»Totaler Schwachsinn.« Oliver setzte sich auf die Lehne des Sessels und versperrte Brenner den direkten Blick auf seine Mutter.

»Frau Rieger, sehen Sie das auch so?«, schaltete sich Marie ein.

»Wollen Sie nicht doch etwas zu trinken?«, umging diese eine Antwort und war auch schon aufgestanden.

»Nein, wirklich nicht.« Brenners Ton war schärfer als eigentlich beabsichtigt. »Bitte setzen Sie sich wieder.« In den vorangegangenen Minuten hatte er sehr intensiv überlegt, welche Gesprächsstrategie zielführend wäre. Wäre ihnen nur Frau Rieger gegenübergesessen, dann hätte er sich für eine einfühlsamere Variante entschieden. Der offensichtliche Beschützerinstinkt von Oliver ließ jedoch vermutlich nur den direkten Weg zu.

»Frau Rieger, uns liegen Informationen vor, die einen sexuellen Missbrauch von Leonie vermuten lassen.«

»Was reden Sie da für einen Scheiß!« Oliver war aufgesprungen und blitzte Brenner feindselig an. »Meine Schwester hat den Unfalltod unseres Vaters nicht überwunden und deshalb …«

Brenner hob die Hand: »Ja, diese Version haben wir jetzt schon von mehreren Seiten vernommen. Vermutlich ist das für alle Beteiligten die beste Möglichkeit, um mit dem schlechten Gewissen umzugehen.« Brenner machte eine kurze Pause, bevor er nachschob: »Wollen Sie beide uns wirklich weismachen, dass Ihnen die Veränderungen von Leonie entgangen sind? Die rapide sinkenden Noten in der Schule, die Auswahl ihrer Kleider und die Schnitte an ihren Unterarmen?«

»Woher wollen gerade Sie …«

»Bitte lass es«, stoppte Frau Rieger ihren Sohn. Ihr Gesicht war in den letzten Minuten noch eine Spur verhärmter geworden. Sie stand auf und schaute durchs Fenster auf den Garten. Mit brüchiger Stimme sagte sie: »Wir haben nach Leonies Tod ihr Tagebuch gefunden. Hofer hat ihr anfangs die große Liebe vorgegaukelt. Bis er dann im Lauf der Zeit immer schlimmere Dinge von ihr wollte.« Frau Rieger drehte sich zu den Kommissaren um und versuchte vergebens, mit der Hand die Tränen abzuwischen. »Ich mache mir solche Vorwürfe. Aber ich habe wirklich nichts bemerkt. Das müssen Sie mir …« Das fehlende Wort ging im Schniefen unter.

Oliver war inzwischen an seine Mutter herangetreten und nahm sie in die Arme. »Seit dem Tod unseres Vaters arbeitet meine Mutter rund um die Uhr. Wenn sie zu Hause war, dann war sie oft zu erschöpft, um sich mit Leonie noch groß zu streiten.«

»Gab es denn oft Streit?« Marie konnte sich von den beiden immer noch kein rechtes Bild machen.

»Leonie war schon immer das Nesthäkchen in unserer Familie und durfte mehr oder weniger machen, was sie wollte.« Oliver hatte sich inzwischen mit seiner Mutter auf das Sofa gesetzt und hielt ihre Hand. »Als Leonie in die Pubertät kam, hat sie sich weder von mir noch von Mutter etwas sagen lassen. Natürlich habe ich gemerkt, dass sie sich verändert hatte. Aber ich hatte in der Pubertät auch eine extreme Phase.« Verzweifelt schaute er Marie an. »Von Schnitten an den Unterarmen haben wir nichts bemerkt. Ehrlich.«

Brenners Gedanken waren kurz abgeschweift. Für ihn war es unverständlich, wie man zusammenleben konnte, ohne derart gravierenden Veränderungen auf den Grund zu gehen. Fast hätte er dabei den wesentlichen Aspekt übersehen, den es zu hinterfragen galt. »Weshalb sind Sie mit dem Tagebuch denn nicht zur Polizei gegangen? Hofer hätte doch sofort aus dem Schuldienst entfernt gehört.«

Frau Rieger und Oliver schauten sich kurz an. Brenner meinte, ein leichtes Nicken von Oliver wahrgenommen zu haben, bevor seine Mutter antwortete: »Wir leben hier auf dem Dorf. Was glauben Sie, was Leonies Selbstmord für ein Getratsche hervorgerufen hat. Ich habe sehr genau bemerkt, dass die Leute plötzlich verstummt sind, wenn ich in ihre Nähe gekommen bin.« Frau Rieger schüttelte ihren Kopf, ganz so als könne sie die neu aufgetauchten Erinnerungen damit verscheuchen. »Oliver wollte Hofer anzeigen. Ich habe ihn jedoch davon abgehalten.«

»Meine Mutter meinte, dass der Missbrauch an Leonie noch zu wesentlich mehr Getratsche führen würde. Und letztendlich wird Leonie nicht mehr lebendig.«

Brenner hatte Mutter und Sohn genau beobachtet. Das Gesamtbild war nicht schlüssig. Von Beginn an hatte er bei beiden eine große Nervosität wahrgenommen, wenngleich Oliver diese besser verbergen konnte. Brenner überlegte, was die Ursache sein konnte. Zum einen waren die meisten Menschen grundsätzlich nervös, wenn sie mit der Polizei sprachen. Interessanterweise gerade solche, die sich nichts zuschulden hatten kommen lassen. Zum anderen konnte es natürlich auch am Schicksalsschlag liegen, den Mutter und Bruder noch lange nicht verkraftet hatten. Am meisten störte ihn, wie die beiden auf den Tagebuchfund reagiert hatten. Unverständlich, dass sie Hofer nicht zur Rechenschaft hatten ziehen wollen.

Marie dachte offensichtlich in dieselbe Richtung. »Nur der Vollständigkeit halber: Wo waren Sie beide am Montagabend zwischen 18 und 19 Uhr?«

»Oliver und ich haben die Garage gestrichen. Farbeimer und Pinsel stehen noch dort in der Ecke.«

Brenner hielt kurz nach Schöllbronn auf einem Waldparkplatz an. »Lass uns ein paar Meter gehen. Ich brauche Bewegung, um meine Gedanken zu sortieren. Was ist dein Eindruck?«

Marie zündete sich eine Zigarette an und inhalierte den ersten Zug. »Es fällt mir schwer zu glauben, dass beide keine Missbrauchssignale gesehen haben wollen. Auch Julia ist momentan in der Pubertät und hat sich in den letzten Monaten deutlich verändert. Aber nie und nimmer würden mir Missbrauchssignale entgehen.«

»Könnte vielleicht am Hintergrundwissen liegen?«

»Trotzdem. Missbrauchssignale sind so offensichtlich. Das muss eine Mutter doch spüren.«

»Mich irritiert noch ein ganz anderer Punkt.« Brenner war stehen geblieben. »Dass beide den Hofer ungeschoren haben davonkommen lassen, kann ich mir nicht vorstellen. Insbesondere nicht bei Oliver. Der lebt doch seine Beschützerrolle voll aus.«

»Ja, du hast recht. Und dass sie das Tagebuch angeblich verbrannt haben, weil sie das ganze Thema dadurch leichter bewältigen könnten, glaub ich auch nicht.«

»Zum einen bin ich mir gar nicht sicher, ob das Tagebuch wirklich verbrannt worden ist. Und zum anderen hat das Tagebuch vielleicht Dinge enthalten, die Außenstehende wirklich niemals wissen sollen. Aber was kann das gewesen sein?«

Marie blieb abrupt stehen und hielt sich erschrocken die Hand vor den Mund. »Pit, ich wage es nicht zu befürchten.« Sie schaute Brenner bestürzt an und sagte: »Natürlich können wir momentan nur spekulieren, ob Hofer und Zachmann im damaligen Kinderheim missbraucht worden sind. Aber falls das der Fall war, könnte ich mir auch vorstellen, dass Leonie von beiden gemeinsam missbraucht worden ist.«

Brenner überdachte schockiert diese abscheuliche Vermutung. »Möglicherweise. Auf jeden Fall vermute ich sehr stark, dass beide Fälle zusammenhängen, weiß jedoch noch nicht, wie.«

»Was hältst du davon, wenn wir Hofers PC holen? Vielleicht finden wir dort E-Mails oder Fotos, die uns weiterbringen?«

Ohne es vorhersehen zu können, brachte Marie mit diesem Vorschlag die Ermittlungen einen deutlichen Sprung nach vorn.

Schon als die Ermittler auf die Eingangstreppe zugingen, fiel ihnen das sperrige Paket auf, das vor der Haustür abgelegt war.

Brenner drehte das Paket um und schaute auf das aufgeklebte Foto. »Das ist ein Gartengrillkamin.«

»Hat nicht Zachmann gestern gesagt, dass Hofer sich dafür sein Auto ausleihen wollte?«

»Stimmt. Aber was ist daran interessant?«

»So wie ich Zachmann verstanden habe, wollte Hofer den Grill erst noch kaufen. Und das hat Hofer am Sonntag gesagt.«

»Dann wäre ihm zum Kauf ja nur der Montag geblieben. Der Tag, an dem er abends von der S-Bahn überfahren wurde.« Brenner hatte jetzt Maries Gedanken nachvollzogen. »Marie, du bist spitze.«

Marie schaute auf den Adressaufkleber. »Ich ruf im Hagebaumarkt in Ettlingen an und frag, wann genau Hofer den Grill gekauft hat. Immerhin könnte es ja sein, dass er den Grill schon vor längerer Zeit bestellt hat, aber ihn erst am Montag hätte abholen können.« Nachdem sie mit mehreren Abteilungen verbunden worden war, sagte sie zu Brenner: »Montagnachmittag. Kurz vor 17 Uhr hat er den Grill gekauft und eine Anlieferung in Auftrag gegeben.«

»Yeah.« Brenner ballte triumphierend die Faust. »Dann können wir davon ausgehen, dass Hofer ermordet wurde. Kein Mensch kauft einen Bausatz für einen Grillkamin und legt sich dreißig Minuten später aufs Gleis.«

»Genau. Aber wer ist der Mörder?«

Noch während Brenner überlegte, ergänzte Marie: »Für mich haben Oliver und seine Mutter das größte Motiv. Abgesehen davon, dass sich beide gegenseitig ein Alibi geben, kann ich mir jedoch weder Oliver noch seine Mutter als Mörder vorstellen. Du etwa?«

Brenner überlegte. »Eigentlich auch nicht. Oliver ist zwar ein Brecher von einem Mann; aber innen drin ist er ein sehr weicher Typ. Wobei ...« Brenner rief sich nochmals die Befragung der beiden ins Gedächtnis. »Es würde schon irgendwie zu seiner Beschützerrolle passen.«

Bevor Brenner seine Gedanken weiter ausführen konnte, sagte Marie: »Als Manfred uns gestern Morgen über Hofers angeblichen Suizid informiert hatte, hat doch unsere Staatsanwältin die Theorie aufgestellt, dass Hofers Selbstmordmotiv in seinem falschen Alibi begründet sein könnte. Dass es kein Selbstmord war, wissen wir ja jetzt. Was ist, wenn Hofers falsches Alibi ihn jedoch tatsächlich in Gewissenskonflikte gebracht hat und er seinen Freund Zachmann im Nachhinein gedrängt hat, sich zu stellen?«

»Du meinst also, Zachmann hat seinen Freund umgebracht, um zu vermeiden, dass Hofer das Alibi widerruft?« Brenner ließ sich diese neue Möglichkeit durch den Kopf gehen. »Das würde zumindest zu meinem Profil passen, das ich für den Mörder von Cleo erstellt habe. Dieser ist brutal und zugleich äußerst berechnend vorgegangen. Der wollte kein Risiko eingehen.«

»Passt doch alles auf Zachmann. Er zündet die Leiche von Cleo an, um seine DNA-Spuren zu vernichten. Nachdem er mitbekommt, dass wir den Autotyp kennen, fackelt er seine Garage ab. Und nachdem jetzt sein Freund, aus welchen Gründen auch immer, kalte Füße bekommt, beseitigt er den einzigen Mitwisser seiner Tat.«

»Irgendwie drehen wir uns momentan im Kreis. Wir haben wesentlich mehr Vermutungen als klare Fakten. Und für deine Hypothese, dass Zachmann beide umgebracht hat, haben wir nicht den geringsten Beweis.« Brenner ließ die Schultern hängen und machte ein finsteres Gesicht.

Selten hatte Marie ihren Partner so frustriert erlebt. Natürlich waren ihre früheren Fälle nicht immer geradlinig verlaufen. Da hatte es oft Tage gegeben, an denen sie und Nadine morgens wenig motiviert zur Arbeit gekommen waren. Da war es immer Brenner gewesen, der sie wieder ermutigt hatte. Immer gelang es ihm, eine Kleinigkeit zu entdecken, die wieder neuen Schwung in die Fälle brachte. Aber dieses Mal? Wenn sie nur gewusst hätte, wie sie Pit helfen könnte. Außer seinem Job und seinem Sport hatte der Kerl ja nichts. Wenn er wenigstens eine Freundin hätte, dann könnte er bei der abschalten und neue Energien laden. Aber für Pit musste die Richtige ja erst noch gebacken werden.

Die letzten Meter waren beide schweigend zurückgegangen. Als Brenner den Türöffner betätigt hatte, sagte er zu Marie: »Ich rufe Dietmar an. Der soll morgen einen Aufruf in seiner Zeitung bringen. Als Hofer vom Zug überfahren wurde, war es noch fast mitten am Tag. Da muss doch irgendjemand etwas gesehen haben. Zachmann mag zwar extrem clever sein, aber unsichtbar machen kann auch der sich nicht.«

~

»Was gibt es Neues beim Prostituiertenmord?«, fragte Dietmar Ziegler, als sich Brenner zu ihm an den Tisch setzte.

Brenner wusste natürlich, weshalb Dietmar ihn gedrängt hatte, heute Abend gemeinsam essen zu gehen. Es gab immer wieder Situationen, wo eine gezielte Information in der Presse Bewegung in einen Fall brachte. Da diese Art Informationen manchmal auch einen sehr manipulativen Charakter hatten, brauchte man einen Journalisten, der einem wohlgesonnen war. Natürlich wollte dieser dann im Gegenzug auch Informationen, die andere Kollegen noch nicht hatten. Außer dieser Win-win-Kooperation verband Brenner mit Dietmar Ziegler inzwischen schon ein sehr freundschaftliches Verhältnis. Aber noch wollte er den Journalisten etwas zappeln lassen. »Wann erscheint der Aufruf?«

»Morgen. Direkt auf der ersten Seite. Wenn jemand etwas gesehen hat, dann werdet ihr das sicher erfahren.«

»Sofern diese Zeugen denn auch die Badischen Neuesten Nachrichten lesen«, dämpfte Brenner sofort Zieglers Optimismus und beantwortete erst jetzt die zuvor gestellte Frage: »Beim Prostituiertenmord sind wir nicht wirklich weiter. Alle SUV-Fahrzeughalter sind überprüft. Alle haben anscheinend ein Alibi.«

»Der Mord war bereits in der Nacht von letzten Donnerstag auf Freitag. Heute haben wir Mittwoch. Ihr müsst doch inzwischen zumindest einen Verdacht haben. Oder wird Hauptkommissar Brenner langsam alt?« Ziegler grinste provozierend.

»Keine Chance.« Brenner lächelte. Sein Freund kannte inzwischen schon genau seine Triggerpunkte. Kein Wunder, hatten sie bei ihren Treffen doch schon sehr viel Privates ausgetauscht und dabei viele Gemeinsamkeiten entdeckt. Zumindest was ihre gesellschaftspolitische Einstellung anbetraf. Beim Sport sah das anders aus. Zieglers Leidenschaft galt der Gourmet-Küche, was man seiner Figur durchaus ansah.

Brenner beugte sich zu Dietmar vor und sagte in leiserem Ton: »Das, was ich jetzt sage, ist ›off the record‹. Einverstanden?« Mit dieser im Gespräch mit Journalisten gebräuchlichen Floskel wollte Brenner klarstellen, dass er jetzt eine vertrauliche Information geben würde, die keinesfalls veröffentlicht werden durfte.

»Klar. Ich höre.«

»Wir haben mehrere Verdächtige. Einer davon könnte sogar ein Zweifachmörder sein. Aber wir haben keine gerichtsverwertbaren Fakten. Deshalb baue ich sehr auf deinen morgigen Leseraufruf.«

»Du weißt aber schon, dass ein Journalist von dem lebt, was er schreiben darf?«

»Logisch.« Brenner wusste, dass er sich gerade auf einem schmalen Grat bewegte. »Ich verspreche dir, dass du noch vor der Pressekonferenz von mir informiert wirst. Schließlich weiß ich unsere Kooperation zu schätzen.«

Um Dietmar von weiterem Nachhaken abzulenken, fragte er: »Wie läuft's denn gerade in der Redaktion?«

Ziegler hob sein Glas auf Augenhöhe und betrachtete sinnierend die samtrote Farbe des Weines. »Der Journalismus heutzutage ist nicht mehr das, was er einmal war. In vielen Redaktionen geht es nur noch darum, möglichst reißerisch irgendwelche News rauszuhauen. Auch auf die Gefahr hin, dass sich diese schon am Tag drauf im besten Fall als Halbwahrheit herausstellen.«

»Was hat sich da an der Einstellung deiner Zunft geändert?«

»Eigentlich gar nichts. Nach wie vor starten die jungen Kollegen mit großem Enthusiasmus und wollen eigentlich alles richtig machen. Aber nach ein paar Jahren hat sie der Alltag stark ernüchtert.«

»Verstehe. Die Konzernleitung will Auflage auf Teufel komm raus.«

»Da sind weniger unsere Bosse dran schuld. Im Grunde trifft den Leser zumindest eine große Mitschuld. Zu welcher Zeitung greift er denn am Kiosk? Natürlich zu der mit der reißerischsten Schlagzeile.«

»Das ist wohl so ähnlich wie der Ruf nach mehr Tierschutz beim Schlachtvieh. Alle wollen, dass die Tiere unter optimalen Bedingungen gehalten werden, und greifen dann im Regal dennoch zur billigen Packung.«

Ziegler nickte und lehnte sich dann entspannt zurück. »Auch wenn bei uns in den BNN alles noch mehr oder weniger im Lot ist, bin ich dennoch froh, dass ich nur noch wenige Jährchen vor mir habe.«

Brenner schmunzelte. »Das ist ein typisches Gespräch von zwei alten Männern, wie es wohl auch schon in früheren Generationen geführt wurde. Eigentlich …«

Ziegler unterbrach ihn und machte eine Kopfbewegung Richtung Theke »Schau mal. Am Tisch neben der Theke; ist das nicht die Ekberg?«

Noch während Brenner in die angedeutete Richtung schaute, fuhr Ziegler fort: »Die scheinen ja sehr vertraut miteinander zu sein.«

Als Brenner sah, wie der für sein Alter sehr gutaussehende Mann über den Tisch die Hände der Staatsanwältin ergriff und offensichtlich etwas sagte, das ein Strahlen bei ihr hervorrief, fühlte er einen heißen Stich in der Brust. Irritiert ob seiner körperlichen Reaktion, sagte er brüsk: »Die scheint wohl auf alte Herren zu stehen!«

Ziegler, der nicht zuletzt von Berufs wegen ein feines Gespür für sich verändernde Stimmungen hatte, provozierte grinsend: »Dann müsstest du ja auch noch Chancen bei ihr haben!«

»Die ist nicht mein Beuteschema«, sagte Brenner sofort und bemühte sich um einen coolen Tonfall. »Außerdem bin ich froh, dass sie ihre Emanzenallüren inzwischen etwas abgelegt hat und mir nicht dauernd in meinen Job reinredet.«

~

Nadine notierte die Adresse und legte dann den Hörer auf. »Ich glaube, diese Info könnte interessant sein.«

Brenner und Marie schauten auf. Schon mehrere Anrufer hatten auf Dietmar Zieglers Leseraufruf reagiert. Allerdings war bisher nichts wirklich Verwertbares dabei gewesen.

»Kommt doch kurz mal an meinen PC.« Nadine öffnete Google Maps und gab »Ettlingen« und »Waldstraße« ein. »Hier an dieser Stelle wurde Hofer von der S-Bahn überfahren.« Nadine zeigte mit dem Kugelschreiber auf die Landkarte und dann anschließend auf eine Parallelstraße. »Und hier, wo die Schöllbronner Straße eine 180-Grad-Kurve macht, geht ein Waldweg ab. An diesem Wegbeginn will die Anruferin, eine Frau Pfeiffer, am Montagabend ein parkendes Auto gesehen haben, das bislang noch nie da gestanden sei. Sie ist sich da absolut sicher. An dieser Stelle komme sie jeden Tag dreimal vorbei, wenn sie mit ihrem Hund Gassi geht.«

Marie fiel sofort die Distanz auf. »Von dort aus sind es Luftlinie nur circa einhundertfünfzig Meter quer durch den Wald bis zum Tatort.«

»Was war das für ein Auto?«, wollte Brenner wissen.

»Angeblich ein weißer Skoda Fabia.«

»Und da ist sich die Frau sicher?« Brenner war skeptisch, weil er die weibliche Fähigkeit, Autos nach Marken zu identifizieren, grundsätzlich anzweifelte.

»Ja, ihr Sohn fahre genau das gleiche Auto. Im ersten Moment habe sie gemeint, dass er es ist.«

»Und das Kfz-Kennzeichen?«

»Das hat sie sich nicht gemerkt. Allerdings habe es auf jeden Fall das ›KA‹ für Karlsruhe gehabt.«

»Shit.« Brenner reagierte frustriert. »Zachmanns Fahrzeug ist es leider nicht. Der fährt momentan einen schwarzen Audi-SUV als Mietwagen.«

Marie ballte triumphierend die Faust. »Aber ich weiß, wer einen weißen Skoda Fabia fährt.«

Brenner hatte natürlich sofort zum Aufbruch gedrängt. Endlich hatten sie einen Faden in der Hand, der es ihnen ermöglichen konnte, das Knäuel aufzulösen. Zwar waren immer noch viele Fragen offen und er wusste noch nicht, ob sie mit der vorliegenden Information wirklich die gesamte Komplexität des Falles durchschauen würden; aber ein vielversprechender Anfang war es auf jeden Fall. Noch auf dem Weg zum Auto hatten er und Marie darüber diskutiert, wie sie das Alibi, das natürlich nach wie vor stand, aushebeln könnten. Bei wem wäre wohl die größere Schwachstelle? Das Auto war natürlich nur ein Indiz und somit nur indirekt zu verwenden. Brenner war sich darüber im Klaren, dass sie mit der anstehenden Befragung sicher noch kein Geständnis erzielen würden. Er wollte lediglich aufzeigen, dass das Alibi stark in Frage gestellt war, und gleichzeitig einen Köder auslegen, der es dem Täter leichter machte, zu gestehen.

Als sie das Ortsschild von Schöllbronn passiert hatten, sagte Brenner: »Ich kann's immer noch nicht fassen, dass mir komplett entfallen war, wer den weißen Skoda fährt. Dabei war's ja erst gestern gewesen.« Brenner seufzte tief. »Ich glaube, ich werde alt.«

Marie überlegte kurz, ob sie ihren Partner aufmuntern musste; entschied sich dann jedoch dagegen. Wenn Pit hin und wieder Selbstzweifel hatte, war das gar nicht schlecht. Hatte dieser Mensch doch ohnehin Selbstbewusstsein für zwei.

»Fragst du die Nachbarin?« Nachdem sie sich entschieden hatten, Frau Rieger mit der Zeugenaussage zu konfrontieren, hatte Marie die Idee gehabt, bei der Nachbarin die möglichen Putzstellen zu erfragen.

Fünf Minuten später kam Marie zurück. »In welcher Wohnung Frau Rieger momentan arbeitet, wusste die Nachbarin nicht. Sie hat mir jedoch drei mögliche Adressen genannt. Zudem hat sie mir das Fahrrad nochmals genau beschrieben. Die Chance ist also gegeben, dass wir sie gleich finden.«

»Frau Rieger, heute Morgen ist in den Badischen Neuesten Nachrichten ein Leseraufruf erschienen. Wir haben bereits eine Zeugin, die das Auto Ihres Sohnes in der Nähe des Tatorts gesehen hat.«

Obwohl die Hausbesitzer bei der Arbeit waren, hatte Frau Rieger die beiden Kommissare natürlich nicht in die Wohnung bitten können, weshalb das Gespräch unter der Haustür stattfand. Frau Rieger wechselte nervös den Schrubber von einer Hand in die andere. Brenner nutzte ihre Verunsicherung und setzte nach: »Wir gehen davon aus, dass im Laufe des Tages noch weitere Zeugen auftauchen. Die Chance ist groß, dass jemand dabei ist, der mehr als nur das Auto gesehen hat.«

»Aber Oliver und ich haben doch …«

Marie spürte, dass jetzt ihr Part dran war. »Frau Rieger. Das bringt doch nichts. Es ist doch alles schon schlimm genug. Wenn Oliver sich jetzt stellt, bevor wir alle Beweise zusammenhaben, dann wird sich das bei Gericht für ihn auszahlen. Vielleicht hat Oliver den Hofer zunächst nur verprügeln wollen und dabei die Kontrolle verloren? Dann kann sein Anwalt eventuell auf Totschlag plädieren und Oliver ist nach ein paar Jahren wieder draußen.« Marie war sich bewusst, dass die soeben aufgezeigte Argumentationsweise vor Gericht nur dann funktionieren würde, wenn auch die Staatsanwaltschaft mitspielte. Denn dass Oliver dem Hofer in unmittelbarer Nähe der Gleise aufgelauert hatte, sprach stark für vorangegangene Planung.

»Ich will nichts mehr hören!« Frau Rieger war einen Schritt zurückgetreten. Dann stampfte sie mit dem Schrubber auf und sagte barsch: »Oliver war mit mir am Montagabend zusammen. Wir haben gemeinsam die Garage gestrichen. Basta.« Sie drehte sich auf dem Absatz um und schlug den Kommissaren die Tür vor der Nase zu.

»Das habe ich mir leichter vorgestellt.« Marie konnte ihren Frust kaum verbergen.

»Na ja, auf jeden Fall wird sie mit Oliver über die ganze Sache reden. Vielleicht greifen beide doch noch nach dem von dir in Aussicht gestellten Strohhalm. Immerhin müssen sie ja tatsächlich damit rechnen, dass um diese Uhrzeit jemand unterwegs gewesen ist, der mehr gesehen hat.«

»Und wenn der Skoda tatsächlich nichts damit zu tun hat? Weiße Skoda Fabias fahren in Karlsruhe zu Hunderten rum. Vielleicht hat jemand dort einen Spaziergang gemacht? Die Stelle liegt ja direkt neben der Straße.«

»Hör mir bloß auf mit diesen dauernden Zufällen. Der ganze Fall besteht nur aus Zufällen.« Bevor Brenner seinen Roadster startete, hielt er noch einen Moment inne. »Das Einzige, was gegen Oliver als Mörder spricht, ist seine Fürsorglichkeit seiner Mutter gegenüber. Und vermutlich ist er im Grunde genommen auch kein gewalttätiger Typ. Andererseits wissen wir ja beide zur Genüge, wozu Menschen in Ausnahmesituationen fähig sind.«

Marie hatte wieder ihr Cape aufgesetzt. »Ich stimme deiner Einschätzung von Oliver zu. Ein Mord würde viel besser zu Zachmann passen.«

»Das sind alles nur Indizien!«, entgegnete Cora Ekberg auf Brenners erneutes Anliegen, den PC von Zachmann überprüfen zu wollen. »Zugegeben, es ist naheliegend, dass Hofer keinen Suizid begeht, wenn er kurz zuvor noch einen Grillkamin gekauft hat. Aber jemand, der sich umbringen will, ist in einer Ausnahmesituation, und in einer solchen ist alles möglich. Hofer hat sich vielleicht bereits seit Längerem überlegt, aus dem Leben zu scheiden. Auf dem Heimweg vom Baumarkt werden diese Gedanken übermächtig und er entschließt sich endgültig zu diesem Schritt.«

»Das passt nicht zum Bild, das ich von Hofer habe.«

»Es könnte jedoch so sein. Denn Hofer hat ja Leonie Rieger tatsächlich missbraucht. Dass Leonie Suizid verübt hat, könnte sein Gewissen so stark belastet haben, dass er sich ebenfalls zum Freitod entschlossen hat.«

»Könnte, könnte.« Brenner war stocksauer. »Manchmal muss man eine Hypothese aufstellen und dann versuchen, diese zu beweisen oder zu widerlegen. Und dazu benötige ich nun mal den PC von Zachmann. Wenn ich ausschließen kann, dass seine Mail-Alibis getürkt sind, dann kann ich mich auf den Rieger konzentrieren.«

»Wobei Ihnen ja sicher klar ist, dass Rieger nicht der einzige Fahrer eines weißen Skoda Fabia ist.«

Dieser Hinweis ist wieder so unnötig wie ein Kropf, dachte Brenner und sagte: »Besten Dank für den tollen Tipp. Was täte ich nur ohne die professionelle Unterstützung meiner Staatsanwältin. Ich wünsche noch einen angenehmen Tag.«

Das war jetzt wieder der Brenner, wie ich ihn kannte. Offensichtlich ist er wieder in sein altes Verhaltensmuster zurückgefallen, dachte Cora, nachdem Brenner die Tür lautstark hinter sich geschlossen hatte. Da behaupten Männer immer, die Frauen seien launisch. Für sein Verhalten gab es keinen

Grund. Zumindest sie hatte ihm dafür keinen gegeben. Oder eventuell doch? Konnte sein grantiges Verhalten daran liegen, dass er sie gestern Abend in männlicher Begleitung gesehen hatte? Sie selbst hatte ihn und Ziegler erst beim Verlassen des Restaurants bemerkt und beiden noch kurz zugenickt. Unwillkürlich musste Cora schmunzeln.

~

Brenner bedankte sich beim Pförtner und legte den Hörer auf. »Marie, unsere Strategie ist aufgegangen. Unten warten Frau Rieger und ihr Sohn.«

»Sehr gut.« Marie seufzte erleichtert. »Endlich einen deutlichen Schritt weiter. Heute Morgen auf der Fahrt in die Direktion habe ich an die beiden gedacht und mich gefragt, ob sie wohl in irgendeiner Form reagieren.«

Brenner überlegte kurz, ob er die Staatsanwältin vorab informieren sollte. Vielleicht wollte sie bei der Befragung dabei sein. Er entschied sich jedoch dagegen. Nach ihrem unkooperativen Verhalten von gestern reichte es völlig aus, wenn er ihr nachher Olivers Geständnis auf den Schreibtisch legen würde. Zu Nadine sagte er: »Kannst du bitte die Riegers ins Vernehmungszimmer bringen.«

Die Kommissare hatten sich kaum gesetzt, als Frau Rieger das Gespräch eröffnete. »Ich möchte ein Geständnis ablegen. Ich habe Hofer ermordet.«

»Wie bitte?« Marie und Brenner waren fassungslos.

»Ja, ich habe es nicht ertragen, dass dieser Mensch weiterlebt und vielleicht noch andere Mädchen missbraucht.«

Während Brenner noch sprachlos dasaß und nur nebenbei registrierte, wie Oliver fast zärtlich die Hand auf die seiner Mutter legte, hatte Marie sich schneller gefangen. »Das hätten Sie aber auch verhindern können, wenn Sie mit dem Tagebuch zur Polizei gegangen wären.«

»Das wollte Oliver ja machen.« Frau Rieger schaute kurz ihren Sohn an und strich ihm über die Wange. »Ich habe ihn allerdings daran gehindert. Ich musste das einfach für Leonie tun.«

»Das sollten Sie mir näher erklären.« Marie war noch immer verblüfft über die plötzliche Wendung. Frau Rieger hatte sie zu keiner Zeit als Täterin auf dem Schirm gehabt. Auch die extrem innige Bindung zwischen Mutter und Sohn irritierte sie etwas.

»Seit mein Mann verstorben ist, habe ich versucht, Mutter und Vater gleichzeitig zu sein. Meinen Kindern sollte es an nichts fehlen. Zumindest nicht in finanzieller Hinsicht. Beide haben unter dem Verlust des Vaters genug zu leiden gehabt. Trotz der Lebensversicherung meines Mannes hatten wir noch Schulden auf dem Haus. Damit ich diese abbezahlen konnte, habe ich Tag und Nacht gearbeitet.« Frau Rieger schaute auf ihre Hände, die sie vor sich auf die Tischplatte gelegt hatte, und sagte leise: »Im Nachhinein wäre es wohl besser gewesen, ich hätte weniger gearbeitet und mir mehr Zeit für Leonie genommen.« Frau Rieger machte erneut eine Pause und schüttelte den Kopf, ganz so als wolle sie düstere Gedanken verscheuchen. »Als Hofer sich in der Elternsprechstunde angeboten hat, Leonie Nachhilfe zu geben, habe ich sofort dankbar zugegriffen. Leonie sollte ein gutes Abi machen. Sie wollte doch mal Tierärztin werden.« Frau Riegers Lippen begannen zu zittern. Sie versuchte, die herunterrollenden Tränen mit der Hand abzuwischen. »Nie und nimmer hätte ich geglaubt, dass dieses Scheusal sich an meiner Tochter vergreifen würde. Der hat sich so was von verständnisvoll gezeigt. Und Leonie hat eigentlich auch immer sehr gut von ihm gesprochen. Zumindest anfangs.« Frau Rieger stockte. Ihr Blick ging zwischen den beiden Kommissaren hindurch. »Irgendwann wurde Leonie bockig. Sie wollte keine Nachhilfe mehr haben. Und das, wo doch ihre Leistungen in allen Fächern gesunken waren.« Frau Rieger öffnete ihre Handtasche und holte eine Packung Tempo heraus. Mit zittrigen Fingern versuchte sie ein Taschentuch herauszuziehen. Zögerlich sprach sie weiter: »Ich habe Leonie angedroht, sie von der Schule zu nehmen, wenn sie sich nicht am Riemen reißen würde.« Frau Rieger drehte sich jetzt ganz zu Marie und schluchzte: »Ich habe ihre Hilfeschreie nicht gehört. Ich habe meine Tochter in den Tod getrieben.« Dann schaute sie zu Brenner. »Ich musste Hofer töten. Er hat das verdient.«

Brenner war tief betroffen von dieser emotionalen Schilderung. So vieles davon konnte er nachfühlen. Dennoch. Er tat sich schwer mit der Vorstellung, wie Frau Rieger den Lehrer überwältigt und anschließend auf die Bahngleise gezogen hatte. Gut, der Radweg lag oberhalb der Gleise, weshalb wohl keine allzu große Kraftanstrengung erforderlich gewesen war. Zudem war Frau Rieger durch ihre vielen Putzstellen auch nicht die Schwächste. Allerdings waren da noch weitere Aspekte, die ihm unrund erschienen.

»Frau Rieger, woher wussten Sie denn, dass Hofer immer diesen Radweg benutzt?«

Frau Rieger putzte sich kurz die Nase. »In der Nähe des Radwegs gibt es einige Stellen, wo viel Bärlauch wächst. Auch im Herbst, wenn ich dort Pilze sammeln war, habe ich Hofer des Öfteren gesehen. Ab und zu hat er sogar angehalten und wir haben über dieses und jenes geredet.«

Brenner versuchte noch, die Antwort auf Stimmigkeit zu prüfen, als Frau Rieger weitersprach: »Deshalb hat Hofer auch gleich angehalten, als ich ihm ein entsprechendes Handzeichen gab.«

»Und was haben Sie dann gemacht?«

»Als er den Fahrradständer ausgeklappt hat, habe ich den Moment genutzt und ihm mit einem abgesägten Spatenstiel auf den Kopf geschlagen. Hofer war sofort bewusstlos.«

»Und dann?«

»Dann habe ich sein Fahrrad in die Büsche geworfen und Hofer die Böschung hinuntergezogen. Auf die Gleise habe ich ihn gelegt, damit es nach Selbstmord aussieht.«

»Was haben Sie mit der Tatwaffe gemacht?«

»Die habe ich zu Hause mehrfach mit Kernseife gereinigt und dann im Schuppen in das Holzlager gelegt.«

»Wo war Oliver in dieser Zeit?«, schaltete sich jetzt wieder Marie ein.

»Der hat die Garage gestrichen; allerdings allein. Zu Oliver hatte ich gesagt, dass ich sein Auto für Einkäufe in Ettlingen benötige. Mein Sohn hat von alledem nichts gewusst.«

~

Nadine hatte die Mittagspause für ein kurzes Sandsacktraining im Fitnessstudio genutzt. Das Auspowern ihres Körpers hatte sie dringend gebraucht. Die Trennung von Timo belastete sie doch mehr, als sie sich eingestehen wollte. Besonders bedrückend war das Heimkommen in eine leere Wohnung. Heute Abend allerdings würde sie mit Micha auf ein Open-Air-Konzert der Pop-Rock-Gruppe Fools Garden nach Essen fahren. Nadine war mehr als überrascht gewesen, als ihr Soko-Kollege sie am Vorabend angerufen und mitgeteilt hatte, dass er zwei Karten für das Konzert der aus Baden-Württemberg stammenden Band habe und sie gerne mitnehmen würde. Als sie am Tag zuvor im Autoradio den Ohrwurm »Lemon Tree« gehört hatten, hatte Nadine nebenbei erwähnt, dass sie als Teenager für diese Band geschwärmt habe. Zunächst hatte sie mit ihrer Zusage noch kurz gezögert. Natürlich war ihr in den vergangenen Tagen nicht entgangen, dass Micha ein Auge auf sie geworfen hatte. Und dass er die Anmerkung über ihre damalige Lieblingsband gleich aufmerksam aufgegriffen hatte und im Internet nach aktuellen Terminen gesucht hatte, sprach eindeutig für seinen sympathischen Charakter. Andererseits entsprach Micha nicht unbedingt ihren Idealvorstellungen von einem Partner. War es somit okay, seine Einladung anzunehmen und ihm dadurch Hoffnungen zu machen? Schlechtes Gewissen hin oder her; sie hatte Timo zuliebe auf Aktivitäten wie Konzertbesuche in der Vergangenheit oft genug verzichtet.

Das würde zukünftig anders werden. Und Michas Einladung bot die Chance, jetzt damit anzufangen. Um noch etwas Bedenkzeit zu bekommen, hatte Nadine darauf hingewiesen, nicht zu wissen, ob sie rechtzeitig Feierabend machen könne.

Schließlich hätten sie ja nach wie vor einen ungelösten Mordfall zu bearbeiten und die Fahrt nach Essen im Feierabendverkehr würde vermutlich mindestens vier Stunden dauern. Unwillkürlich musste Nadine schmunzeln, als sie an Michas Antwort dachte: »Das habe ich bereits mit deinem Chef besprochen. Wir können um 16 Uhr losfahren.« Offensichtlich war auch Pit nicht entgangen, dass sein jüngstes Teammitglied derzeit dringend einen Tapetenwechsel brauchte, und sei es auch nur für einen Abend. Ihre Gedanken an Michas freudige Reaktion auf ihre Zusage wurden von Marie und Brenner unterbrochen, die ihre Mittagspause für einen Imbiss beim Griechen genutzt hatten.

»Freust du dich schon auf heute Abend?«, wollte Brenner gerade wissen, als sein Telefon läutete.

Nach mehreren Minuten des Zuhörens fragte er: »Und da ist sich der Arzt völlig sicher?« Nach einem »Besten Dank für die Info. Super mitgedacht!« legte Brenner den Hörer wieder auf.

»Frau Rieger hat unserem Polizeivertragsarzt bei der Überprüfung auf Haftfähigkeit mitgeteilt, dass sie Bauchspeicheldrüsenkrebs habe und bestimmte Medikamente brauche.«

»Bauchspeicheldrüsenkrebs?« Marie war sichtlich betroffen. »Diese Krebsart hat doch eine extrem hohe Mortalitätsrate.«

»Ja, der Arzt habe angedeutet, dass Frau Rieger vermutlich die Gerichtsverhandlung gar nicht mehr erleben würde. Bei diesem Krebs geht das anscheinend sehr schnell.«

»Deshalb hat sie vermutlich auch den Mord begangen. Sie wusste, dass sie nicht mehr lange leben würde und somit auch …«

»Nein.« Brenner stand auf. »Oliver hat Hofer getötet. Seine Mutter übernimmt für ihn die Tat, weil sie nicht mehr lange zu leben hat.«

Nadine schaute ungläubig. »Wieso bist du dir so sicher?«

»Weil ich die Mutter zu einem Mord nicht für fähig halte. Marie, erinnere dich, wie sie sich verhalten hat, als wir am Mittwoch zum ersten Mal bei den Riegers waren. Die war doch so was von konfus. Das passt nicht zu dem kaltblütigen Verhalten, wie sie angeblich den Mord durchgeführt hat.« Brenner schüttelte den Kopf, um seine Aussage zu untermauern. »Ich traue ihr noch zu, dass sie den Hofer aus Hass erschlägt. Aber ihn dann anschließend auf die Gleise zu legen, um einen Suizid vorzutäuschen, nein. Nicht die Rieger.«

Marie nickte. »Möglicherweise hast du recht. Das wäre auch eine Erklärung, weshalb ich die Mutter nie in Verdacht hatte.«

Brenner hatte sich wieder gesetzt. Er hatte inzwischen ein klares Bild. »Auch dass Oliver angeblich das Tagebuch zur Polizei hat bringen wollen und seine Mutter ihn davon abgehalten hat, stimmt wahrscheinlich nicht. Eher war's umgekehrt. Oliver hätte nie akzeptiert, dass Hofer ungestraft davonkommt. In dem Moment, in dem beide beschlossen haben, das Tagebuch nicht zur Polizei zu bringen, war zumindest für Oliver klar, dass Hofer sterben muss. Vielleicht haben sie das noch gemeinsam beschlossen. Die Realisierung jedoch hat Oliver allein durchgeführt. Der hätte niemals zugelassen, dass seine Mutter den Hofer tötet. Das wäre mit seiner Beschützerrolle überhaupt nicht vereinbar gewesen.«

»Woher wusste Oliver, dass Hofer um diese Uhrzeit da entlangfährt?«

Brenner dachte kurz nach, bevor er antwortete: »Da gibt es verschiedene Möglichkeiten. Vermutlich hat er Hofer in den vergangenen Wochen ausgespäht und wusste somit, wann der an den jeweiligen Wochentagen Schulschluss hatte. Außerdem kann es ja sein, dass er Hofer zuvor schon mehrmals vergeblich abgepasst hat.«

»Was machen wir jetzt?« Nadine schaute erwartungsvoll ihre Kollegen an.

»Wir werden Oliver nochmals vernehmen. Nadine, lass ihn bitte von den Kollegen der Schupo abholen. Die Adresse seines Arbeitgebers steht in den Akten. Ich geh derweil eine Runde um den Block. Ich muss mir noch eine Strategie überlegen, wie ich Olivers Geständnis bekomme.«

~

»Mir tut der Rieger leid. Als Jugendlicher verliert er den Vater. Vor Kurzem hat er seine Schwester verloren und demnächst wird er auch noch seine Mutter verlieren.« Brenner hatte sich in seinen Stuhl zurückgelehnt und die Füße auf eine herausgezogene Schublade seines Schreibtischcontainers gelegt. »Vermutlich wäre Oliver nie mit dem Gesetz in Konflikt geraten, wenn Hofer nicht seine Schwester missbraucht hätte.« Brenner schaute sinnierend zur Decke. »Ich muss dir ehrlich sagen, ich weiß nicht, was ich mit dem Täter gemacht hätte, wenn meine Schwester missbraucht worden wäre.« Er machte eine Pause und seufzte tief. »Manchmal überlege ich mir, ob es nicht gerechter wäre, wenn wir nicht alles aufdecken würden.«

»Nein, Pit, so darfst du nicht denken.« Marie schüttelte vehement den Kopf. »Natürlich kann ich das Verhalten von Oliver ein Stück weit nachvollziehen. Was würde jedoch passieren, wenn er sich dafür nicht verantworten müsste? Wer weiß, in welche Situationen Oliver in seinem Leben noch kommen wird. Wenn er jetzt die Erfahrung macht, dass man durchaus mit einem Mord davonkommen kann, dann würde das seine Hemmschwelle zukünftig deutlich senken.« An Brenners immer noch abwesendem Blick erkannte Marie, dass sie ihn noch nicht genügend überzeugt hatte. »Und dann gibt es noch ein weiteres und zwar wesentlich stärkeres Argument.«

Marie wartete ab, bis sie Brenners volle Aufmerksamkeit hatte: »Schau doch, wie oft wir als Polizisten in Grenzsituationen kommen. Wenn du einmal die klare Trennung zwischen Exekutive und Judikative verlässt, dann fällt es dir bei der nächsten Situation schon deutlich leichter, und irgendwann bist du Jäger und Richter in einer Person. Nein, wir dürfen die korrekte Linie nicht verlassen.«

Auf dem Weg zum Vernehmungsraum sagte Brenner: »Ich würde gerne den Anfang allein machen. Kannst du bitte draußen warten?«

Marie nickte nur und ging in den Beobachtungsraum nebenan. Vermutlich würde Brenners Verhörweise nicht hundertprozentig konform mit den Dienstvorschriften ablaufen und ihr Kollege wollte vermeiden, dass sie in Gewissenskonflikte kam, wenn dieser Aspekt bei einer späteren Gerichtsverhandlung von Riegers Anwalt vorgebracht würde. Mit der jetzigen Vorgehensweise wusste außer ihr niemand, dass sie die Vernehmung dennoch mitverfolgt hatte.

Brenner hatte vor, die in einem Seminar vorgestellte REID-Methode des FBI anzuwenden. Bei dieser Methode ging es im Grundprinzip darum, dass der verhörende Beamte dem Verdächtigen vermittelte, dass die Tat bereits eindeutig bewiesen sei, er lediglich ein persönliches Interesse daran habe, zu verstehen, aus welchen Gründen die Tat begangen worden sei. Natürlich wusste Brenner, dass diese geschickte Kombination verschiedener psychologischer Techniken nicht den in Deutschland erlaubten Verhörmethoden entsprach.

Oliver saß bereits im Vernehmungszimmer. Seine Beine weit von sich gestreckt und die Arme verschränkt, signalisierte er sehr deutlich, dass von ihm keinerlei Kooperation zu erwarten war. Brenner schickte den an der Wand wartenden Beamten hinaus und setzte sich Oliver gegenüber. Dann nahm er die bereitstehende Wasserflasche und füllte zwei Gläser. Erst jetzt schaute er Rieger an und sagte in sehr ruhigem Ton: »Herr Rieger, es ist ein neuer Zeuge aufgetaucht, der Sie genau beschrieben hat. Sobald Sie einen Anwalt haben, werden wir eine Gegenüberstellung machen.«

Brenner nahm sofort wahr, dass Olivers Augenbrauen kurz zuckten und sich sein Körper anspannte.

»Hinzu kommt, dass Sie ein starkes Motiv haben. Sie sind körperlich problemlos in der Lage, Hofer zu überwältigen und auf die Gleise zu legen. Und Ihr Alibi ist auch hinfällig. Das wurde durch Ihre Mutter zwangsläufig aufgelöst, indem sie sich selbst als Täterin bezichtigt hat. Somit haben wir Motiv, Mittel und Gelegenheit. Mehr braucht die Staatsanwältin nicht.«

Wenngleich sich Brenner sicher war, dass Oliver seinen Ausführungen aufmerksam gefolgt war, zeigte dieser keine Regung. Lediglich das intensive Zusammenpressen der Lippen signalisierte Brenner, dass es Oliver schwerfiel, ruhig zu bleiben.

»Herr Rieger, ich kann Ihren Hass auf den Hofer absolut nachvollziehen und ich werde mein Möglichstes tun, damit der Richter am unteren Straflimit bleibt.« Brenner wartete einen kurzen Moment, um seine Botschaft wirken zu lassen. Dann sprach er eindringlich weiter: »Aber dazu muss ich verstehen, weshalb Sie selbst das Ruder in die Hand genommen haben. Weshalb sind Sie denn nicht zu uns gekommen?« Obwohl Rieger immer noch keinen Kommentar von sich gab, glaubte Brenner an dessen Mimik wahrzunehmen, dass Oliver kurz davor war, den ausgelegten Köder aufzunehmen.

»Vielleicht fällt es Ihnen schwer, sich mir anzuvertrauen. Aber schauen Sie, ich habe das Bandgerät nicht eingeschaltet. Wenn Sie wollen, bleibt alles, was Sie sagen, unter uns.« Nach einer kurzen Pause schob Brenner nach: »Also nochmals: Weshalb sind Sie mit Ihrem Wissen nicht zu uns gekommen? Wir hätten Hofer doch sofort aus dem Verkehr gezogen.«

Oliver fuhr jetzt ruckartig auf, beugte seinen Oberkörper über den Tisch und sagte mit lauter, aggressiver Stimme:

»Was wäre dem Hofer denn groß passiert? Ein guter Anwalt hätte die Aufzeichnungen meiner Schwester doch sicher als pubertäre Fantasien hingestellt. Und selbst aussagen konnte Leonie nicht mehr.« Oliver hob die Hände vor sein Gesicht und setzte mit deutlich leiserer Stimme hinzu: »Nein, dieses Schwein musste bestraft werden.«

Brenner wusste, dass er Rieger jetzt fast so weit hatte. Mit seinen nächsten Fragen würde er das Geständnis erhalten. Sollte er es wirklich tun? Sollte er mit seinem psychologischen Know-how über die Zukunft dieses bedauernswerten Menschen entscheiden? Selten hatte er sich so mies gefühlt wie in diesem Moment. »Oliver, was haben Sie gefühlt, als Sie Hofer auf dem Radweg angehalten haben? Hat er denn nicht versucht zu fliehen?«

»Konnte er nicht. Ich hatte mich ihm ja in den Weg gestellt. Wenn er versucht hätte, an mir vorbeizufahren, dann hätte ich ihn vom Rad gestoßen.« Olivers Blick ging jetzt an Brenner vorbei. Vermutlich war gerade vor seinem inneren Auge wieder die Szene vom Montagabend aufgetaucht. Mit immer noch abwesendem Blick fuhr er fort: »Allerdings hat Hofer sofort gewusst, was Sache ist. Der ist weiß wie die Wand geworden, als er mich erkannte, und hat auch gleich angefangen …«

»Moment«, unterbrach Brenner und legte seine Hand auf den Unterarm von Rieger. »Ist es okay, wenn wir jetzt das Aufnahmegerät einschalten?«

Oliver zögerte. Dann nickte er.

~

Kim schaute auf die Uhr. Er war schon seit zehn Minuten überfällig. Wollte der etwa seine Spielchen mit ihr treiben? Der verkannte wohl seine Position. Hier war sie am längeren Hebel. Oder war es ein Fehler gewesen, dass sie sich bereit erklärt hatte, den Übergabetermin auf Freitag zu verschieben? Aber sein Hinweis, er sei die ganze Woche auf Seminar, hatte glaubwürdig geklungen. Hatte er etwa nur Zeit schinden wollen? Aber wozu? Um die Zahlung kam er so oder so nicht rum. Sie überlegte, was sie sich als Erstes von dem Geld leisten würde. Mindestens die Hälfte würde sie sofort auf die Seite legen. Niemals werde ich so enden wie meine Mutter. Diesen Leitsatz hatte sie sich vor zwei Jahren geschworen. Sie würde aus diesem Sumpf herauskommen. Noch ein paar Jahre Straße, dann hätte sie genügend Kohle, um den Ausstieg zu schaffen. Nun ja, mit der neuen Geldquelle ging's vielleicht sogar noch schneller.

Habe ich auch an alles gedacht? Sie hatte sich lange überlegt, wie hoch sie den Geldbetrag ansetzen sollte. Zu hoch wäre zu gefährlich gewesen. Aber 8000 Euro waren sicher kein Betrag, für den er einen zweiten Mord begehen würde. Oder vielleicht doch? Nein, das glaubte sie nicht. Der ist froh, dass er bei Cleo ungeschoren davongekommen ist. Ein zweiter Prostituiertenmord, so kurz nacheinander, würde selbst die gelassenen Karlsruher aufschrecken und die Polizei unter deutlich größeren Fahndungsdruck setzen. Nein, dieses Risiko würde er sicher nicht eingehen. Allerdings würde sich das im Lauf der Zeit vermutlich ändern. Denn natürlich ließe sie es nicht bei einer Einmalzahlung bleiben. Im Lauf der Zeit käme schon ein ordentlicher Betrag zusammen. Mit jeder Forderung würde die Gefahr steigen. Sie war sich darüber im Klaren, dass sie sehr umsichtig vorgehen musste. Auch für die weiteren Geldübergabestellen würde sie sich vermutlich noch etwas Sichereres ausdenken müssen.

Für heute hatte sich Kim ein stillgelegtes Stanzwerk ausgesucht. Das riesige Freigelände wurde aktuell offensichtlich als Deponie für abgetragenen Straßenasphalt benutzt, wie zahlreiche Asphalthügel zeigten. Mehrere teilweise schon verrostete Container standen verstreut dazwischen. Insgesamt bot das Gelände viele gute Möglichkeiten, um sich zu verstecken. An der Stirnseite des Fabrikgebäudes hatte sie am Dienstag ein altes Blechfass deponiert und dieses mit einem rot-weiß gestreiften Absperrband umwickelt. Somit war die Tonne schon beim Heranfahren erkennbar. Cleos Mörder sollte um Punkt 16 Uhr auf das Gelände fahren und das Kuvert mit dem Geld hineinwerfen.

Sie selbst war bereits eine halbe Stunde früher gekommen und hatte ihr Versteck bezogen. Zwischen zwei dicht beieinanderstehenden Containern war sie nahezu unsichtbar und dennoch konnte sie von ihrer Position aus die Zufahrt über eine Strecke von fast zweihundert Metern gut einsehen und somit sein Auto im Blick behalten. Sobald er wieder weggefahren wäre, würde sie das Geld holen und über die Geländerückseite verschwinden. Nur gut, dass auch der Zaun schon an zahlreichen Stellen herabgerissen war. Ja, sie hatte an alles gedacht. Eigentlich konnte ihr nichts passieren. Die einzige Gefahr bestand in einer zweiten Person, die bereits vor Ort wartete. Aber eine zweite Person würde er jetzt sicher noch nicht einbeziehen. Nicht bei diesem geringen Betrag.

Sie schaute wiederum auf die Uhr. Das konnte doch nicht sein. Der war jetzt schon dreißig Minuten über der Zeit. Wollte der sie verarschen und etwa nicht zahlen? Oder hatte er eventuell einen Unfall? Sie musste ihn anrufen.

Bin mal gespannt, wie lange es die Nutte noch aushält. Er war sich sicher, dass sein Plan aufgehen würde. Die Hure hatte doch keine Ahnung, mit wem sie sich da angelegt hatte. Wer ihn erpressen wollte, dessen Todesurteil war schon gesprochen. Natürlich war ihm klar gewesen, dass die geplante Geldübergabe nur der Beginn einer andauernden Erpressung werden sollte. Nun, man musste bereits den Anfängen wehren. Da die Nutte ihm auch noch über eine Woche Zeit gelassen hatte, war es nicht allzu schwer gewesen, ihr Ende detailliert zu planen.

Er war erst seit knapp einer Stunde hier. Schließlich musste sein Alibi glaubwürdig sein. Auch dazu hatte er sich etwas Cleveres einfallen lassen. Fast belustigt musste er an den kleinen Aufruhr denken, den er an der Kasse des Technik-Museums in Speyer verursacht hatte. Er war absichtlich beim Reinschauen in seine Geldbörse einen Schritt zurückgegangen und dabei der fetten Tussi, die direkt hinter ihm stand, auf die Füße getreten. Was hatte die für einen Aufstand gemacht! Aber genau das hatte er damit bezwecken wollen. Der Kassierer würde sich noch sehr genau an ihn erinnern. Der Rest war dann easy gewesen. Auf schnellstem Weg hatte er das Museum wieder verlassen und war hierhergefahren.

Die Zeit seit ihrem Anruf am Sonntagabend hatte er nicht nur zur Ausarbeitung seines Plans genutzt, sondern auch zum Besorgen einer Waffe. Schließlich wusste er ja nicht, ob sie allein kommen würde. In diesem Fall hätte er die Begleitperson auf der Stelle ausschalten müssen. Für seine Erpresserin hatte er sich nämlich etwas Besonderes ausgedacht. Endlich würde er mal all seine Fantasien bedenkenlos ausleben können. Und da gab es sehr viel, was er bislang aus verständlichen Gründen noch nicht probiert hatte. Er freute sich schon riesig auf das bevorstehende Finale. Es war fast wie Weihnachten und Ostern zusammen. Wenngleich er sie vorhin, als sie ihr Versteck bezogen hatte, nur von Weitem hatte sehen können, schien sie recht hübsch zu sein. Das würde das Vergnügen steigern.

Er hoffte nur, dass sie nicht vorzeitig schlappmachte. Auch wenn's nicht ganz leicht war; aber er musste sich unter Kontrolle halten. Etwa eine Stunde hatte er für sie eingeplant. Das musste eigentlich reichen. Danach würde er seine bereits erfolgreich angewandte Methode mit dem Benzin wiederholen. Da sein Kanister beim Garagenbrand draufgegangen war, hatte er sich erst noch einen neuen besorgen müssen. Dafür war er extra nach Freiburg in einen Baumarkt gefahren. Beim Auftanken seines Autos an einer dortigen Tankstelle hatte er unbemerkt, so hoffte er jedenfalls, auch den Kanister befüllt.

Nach dem Anzünden würde er sofort nach Speyer zurückfahren und sich dort in der Nähe des Museums in ein Café setzen. Er hatte sich auch schon ein passendes ausgesucht. Mal sehen, wie er dort dafür sorgen konnte, dass er dem Servicepersonal in Erinnerung bliebe. Bei seiner Cleverness würde ihm dazu spontan etwas einfallen.

So viel Liebe zum Detail war absolut notwendig. Denn natürlich würde die Polizei beim gleichen Opfertyp und Abschlussszenario sofort auf denselben Täter schließen. Und total bescheuert waren die Bullen ja doch nicht. Insbesondere dieser Brenner würde ihn sofort ins Visier nehmen. Aber dieser arrogante Arsch mit seiner gespielten Coolness würde sich die Zähne an ihm ausbeißen. Eigentlich hätte der auch eine Sonderbehandlung verdient. Na ja, mal sehen. Falls ihm dieser allzu sehr auf die Nerven gehen würde, dann könnte man ja darüber nachdenken. Irgendwie hatte dieses Katz-und-Maus-Spiel schon seinen Reiz. Möglicherweise würde er sich diesen Brenner so oder so zur Brust nehmen. Verdient hätte er es allemal.

Zachmann schaute auf die Uhr. Bereits dreißig Minuten über der vereinbarten Zeit. Dass die Nutte so viel Geduld aufbringen konnte, hatte er ihr gar nicht zugetraut. Schließlich wusste sie ja nicht, dass sie damit ihr Leben um einige Minuten verlängern würde. Tja, aber ihre Lebensuhr lief bereits im Countdown-Modus.

~

»Das Knäuel ist zumindest zur Hälfte aufgedröselt.« Brenner hatte zusammen mit seinen beiden Kolleginnen den Fall Hofer nochmals Revue passieren lassen.

»Aber du musst schon zugeben, dass du zukünftig mit deiner Aussage ›Zufälle gibt es nicht‹ etwas vorsichtiger umgehen solltest.« Marie wusste, dass sie soeben an einem von Brenners Grundsätzen gerüttelt hatte. »Denn dass Hofer gerade mal drei Tage nach seiner Alibiaussage ermordet wurde, war ja wirklich reiner Zufall. Seine Ermordung hat mit unserem Prostituiertenmord absolut nichts zu tun.«

»Na ja«, begann Brenner und versuchte auf die Schnelle eine passende Gegenargumentation aufzubauen. »Immerhin haben ja beide Fälle einen gemeinsamen Ausgangspunkt. Denn vermutlich sind Hofer und Zachmann seinerzeit im Kinderheim selbst Opfer gewesen und ...«

»Stopp.« Marie begann zu lachen. »Wer von uns beiden ist denn jetzt der Esoteriker?«

»Okay, okay.« Brenner grinste. »Kannst mich ja nächstes Mal daran erinnern, wenn ich wieder Zufälle anzweifle. Aber das hilft uns im Fall Cleo Keppler auch nicht weiter. Da haben wir zwar mit Zachmann einen Tatverdächtigen. Jedoch keinerlei konkrete Beweise.«

»Aber alles weist doch eindeutig auf Zachmann.« Nadine war aufgestanden und schaute auf die Whiteboard-Tafel. »Von allen anderen Volvo-Fahrern, die wir befragt haben, ist kein einziger verdächtig.« Fast erschrocken drehte sich Nadine um. »Was, wenn das Kennzeichen gar nicht KA war und wir die Falschen befragt haben?«

Brenner nickte. »Das ging mir auch schon durch den Kopf.«

»Nicht ganz so schnell.« Marie hatte sich ebenfalls zur Tafel umgedreht und die Aufschriebe nochmals überflogen. »Genau genommen waren wir uns ja nur sicher, dass Zachmanns SUV das Fahrzeug war, das der Mörder von Cleo benutzt hat.«

»Was meinst du damit?«

»Was ist, wenn Hofer den SUV gefahren hat? Immerhin hat er sich ja nachweislich hin und wieder das Fahrzeug von seinem Freund ausgeliehen. Weshalb nicht auch am Donnerstagabend?«

Nadine wusste sofort, was Marie damit sagen wollte. »Du meinst also, dass Hofer Cleo in der Nacht zum Freitag im Affekt getötet hat.«

Brenner stand auf und hob die Hand. »Sehr unwahrscheinlich. Ein solches Szenario gibt es nur bei Krimiautoren mit einer überbordenden Fantasie, und zudem haben wir zwei völlig unterschiedliche Frauentypen. Schaut euch Cleo an.« Brenner zeigte auf die Fotos von Cleo, die sie vor genau einer Woche aus deren Wohnung mitgebracht hatten. »Cleo hatte absolut nichts Mädchenhaftes an sich. Als wir letzten Freitag in der Fautenbruchstraße waren, habe ich einige Frauen gesehen, die einen auf Teenager gemacht haben. Hofer hätte meiner Meinung nach unter diesen ausgewählt. Sexualstraftäter legen sich häufig auf einen bestimmten Frauentyp fest.« Brenner setzte sich wieder. »Nein. Für mich ist eindeutig Zachmann der Täter.«

»Vermutlich hast du recht, obwohl sein Verhalten ja widersprüchlich ist.« Marie wiegte nachdenklich den Kopf. »Er zündet sein Opfer an, um DNA-Spuren zu vernichten. Nachdem er mitbekommt, dass wir den Fahrzeugtyp des Täters kennen, legt er auf raffinierte Weise einen Garagenbrand. Wie kann es sein, dass er einerseits so planvoll vorgeht und andererseits sich nicht unter Kontrolle hat und im Affekt tötet?«

»Ein Kontrollverlust ist bei Narzissten nichts Ungewöhnliches. Narzissten lassen sich keine Grenzen aufzeigen und sehen die Welt nur in schwarz und weiß. Fühlen sie sich angegriffen, dann verlieren sie schnell die Kontrolle und reagieren mitunter völlig überzogen.«

Marie nickte. »Was bei Cleo dann tödlich endete. Aber ich habe keine Ahnung, wie wir das beweisen können.«

»Ich habe eine Idee«, kam es spontan von Nadine. »Zumindest besteht eine kleine Chance.« Sie war ganz kribbelig. Immerhin hatte sie noch eine Spur entdeckt, der sie bislang noch nicht nachgegangen waren. »Als wir am Freitagabend die Frauen befragt haben, war doch auch eine Eurasierin dabei, die sich angeblich mit ihrer Freundin gestritten hatte, als Cleo zu ihrem Freier ins Auto gestiegen war.«

»Richtig.« Brenner erinnerte sich sofort. »Die war bildhübsch.«

»Ja, aber darum geht's jetzt nicht. Ihre Mitbewohnerin hatte doch irgendwelche Magenprobleme und ist deshalb am Freitagabend zu Hause geblieben.«

»Sehr gute Idee. Die müssen wir unbedingt noch befragen. Vielleicht hat sie ja trotz des Streites irgendeine Kleinigkeit gesehen, die uns weiterbringt.«

Nadine blätterte in ihrem Notizbüchlein. »Die Eurasierin heißt Kim Sommer. Der Name ihrer Kollegin ist Diana Dornfeld. Unverständlich, dass wir an die Befragung dieser Diana nicht mehr gedacht haben.«

Brenner zuckte mit den Schultern. »Nobody is perfect. Vielleicht wären wir früher darauf gekommen, wenn nicht zuerst Zachmanns Garagenbrand und zwei Tage später der angebliche Selbstmord seines Alibizeugen die Komplexität des Falles dramatisch erhöht hätte. Außerdem ist ja noch gar nicht gesagt, dass diese Diana überhaupt irgendetwas gesehen hat.«

Noch konnte Brenner nicht wissen, wie sehr er sich mit dieser Aussage täuschen sollte und welch dramatischer Showdown unmittelbar bevorstand.

~

»Zachmann.« Bereits nach dem zweiten Klingelton hatte er abgehoben.

»Wo bist du, du Arsch? Wenn du meinst, du kannst mich …«

»Stopp, stopp! Das waren genau 8000 Euro. Kein Cent weniger.«

»Was redest du für einen Scheiß!« Kim hatte das Gefühl, dass irgendetwas so gar nicht zusammenpasste. »Ich warte hier seit über einer halben Stunde und das eine kann ich dir sagen …«

»Noch mal stopp! Wieso erst seit einer halben Stunde? Wir hatten doch 15 Uhr ausgemacht.«

»Was haben wir?« Kim schrie jetzt in das Telefon. Sie war außer sich.

»Natürlich, ich habe um genau 15 Uhr das Kuvert in diese beschissene Tonne reingeworfen.«

Kim holte tief Luft. So viel Dummheit ging doch auf keine Kuhhaut. Der Typ war zu blöde, um sich die vereinbarte Uhrzeit zu merken. »Ich sag dir eines. Wenn da kein Kuvert drin ist, dann zahlst du morgen das Doppelte oder ich geh zu den Bullen.« Kim hatte ihr Versteck verlassen und war mit zügigen Schritten Richtung Tonne gelaufen. »Ich bin jetzt an der Tonne und wehe da ist kein …« Kim unterbrach sich, weil sie hinter sich eine Bewegung wahrgenommen hatte.

~

»O Gott, ist Kim etwas passiert? Ich habe ihr gleich gesagt, dass sie diesen Scheiß lassen soll!«

Mit dieser Reaktion von Diana Dornfeld hatten Brenner und Marie nicht gerechnet; hatten sie sich doch gerade erst als »Kripo Karlsruhe« vorgestellt. Brenner wurde sofort hellhörig. »Was ist mit Kim? Wo ist ihre Kollegin momentan?«

Diana war einfach zu aufgeregt, um sich groß zu überlegen, wie viel sie preisgeben sollte. Zudem überwog die Angst um Kim. Sie hatte schon von Anfang an ein ungutes Gefühl gehabt. Das war eindeutig eine Nummer zu groß für Kim. »Kim hat den Mörder von Cleo erpresst und holt gerade das Geld ab.«

»Wen erpresst Kim und woher kennt sie den Täter?« Brenner war wie elektrisiert. Er wusste sofort, dass die Zeit knapp war. Er benötigte blitzschnell alle Infos.

»Der Typ heißt Zachmann. Als Cleo zu ihm ins Auto eingestiegen ist, hat Kim wie üblich ein Handyfoto des Nummernschildes gemacht. Und wir haben Kunden, die Zugang zur Kfz-Meldestelle haben.«

»Wo soll die Geldübergabe stattfinden?«

»Bei der alten Stanzfabrik am Rheinhafen. Dort sollte Zachmann um 16 Uhr das Geld deponieren.«

Brenner schaute auf die Uhr. Bereits fünfzig Minuten nach 16 Uhr. Vermutlich war Kim schon tot. Noch im Umdrehen zückte er sein Handy. Er musste umgehend mehrere Streifen zu dieser Stanzfabrik schicken. Vielleicht gelänge es ihnen zumindest, Zachmann noch am Tatort zu fassen. Marie hatte ebenfalls den Ernst der Lage umgehend erkannt und rannte Brenner hinterher. Die frustriert von Diana Dornfeld nachgerufenen Worte »Der Typ hätte doch sowieso nur ein paar Jahre bekommen« hörte sie schon gar nicht mehr.

»Hast du Fotze tatsächlich geglaubt, du könntest mich erpressen?« Zachmann lachte hässlich und drückte Kim die Pistole in den Rücken. »Da musst du früher aufstehen.«

Kim erstarrte. Schlagartig wurde ihr bewusst, dass Zachmann sie in die Falle gelockt hatte. Das angebliche Zeitmissverständnis war nur ein Vorwand gewesen, um sie aus ihrem Versteck zu locken. Bevor sie weiterdenken konnte, wurde sie an den Haaren zurückgerissen.

»Vorwärts. Eine falsche Bewegung und du folgst deiner Nuttenfreundin in die Hölle.« Zachmann dirigierte die nach hinten gekrümmte Kim um das Fabrikgebäude herum, bis sie an einer windschief hängenden Tür angekommen waren. Diese war nur noch unten an der Zarge befestigt. »Bück dich. Und dann ganz langsam rein.«

In Kim keimte etwas Hoffnung auf. Da Zachmann sie nicht gleich erschossen hatte, ergab sich vielleicht eine Möglichkeit zu fliehen. Sie würde um ihr Leben kämpfen. Aber solange er sie an den Haaren festhielt und sie die Pistole im Rücken spürte, war es aussichtslos. Aber ihre Chance würde kommen. Der Zug an den Haaren ließ plötzlich nach. Sekundenbruchteile später durchfuhr Kim ein fürchterlicher Schmerz. Das Aufschlagen ihres Körpers auf dem Boden spürte sie schon nicht mehr.

Zachmann zog die bewusstlose Kim über den Boden zu seiner sorgfältig vorbereiteten Spielecke, wie er die bereits gestern vorbereitete Stelle im Stillen getauft hatte. Über einen Deckenträger hatte er zwei Seile angebracht, an deren Ende er jeweils ein Handgelenk festband. Jetzt musste er nur noch jedes Bein abgespreizt fixieren. Voilà. Das Spiel konnte beginnen.

Fast hätte er es vergessen. Natürlich musste er vorab noch ihren Mund abkleben. Zachmann riss von einem Klebeband einen Streifen ab. Eigentlich schade. Kims Schmerzensschreie hätten den Genuss sicher deutlich gesteigert. Aber für den unwahrscheinlichen Fall, dass sich doch jemand auf dieses Industriegelände verirren sollte, wäre das geradezu fahrlässig gewesen. Nein, Sicherheit ging vor. Der Genuss würde dennoch groß genug sein. Immerhin hatte er sich einiges mit Kim vorgenommen.

Gestern hatte Zachmann nicht nur einen Benzinkanister bereitgestellt, sondern auch zwei Wasserkanister. Er brauchte schließlich etwas, um Kim wieder zurückzuholen, falls sie zwischendurch schlappmachte. Nein, Spielverderber konnte er nicht brauchen.

Zachmann schüttete Kim Wasser ins Gesicht und gab ihr fast liebevoll einige Klapse auf die Wangen. Blinzelnd kam Kim zu sich. »Jetzt wollen wir mal sehen, was für einen Body du hast.«

Kim riss entsetzt die Augen auf, als Zachmanns Messer mit einem lauten Klick aufsprang.

»Keine Angst. Ich werde ganz vorsichtig sein.«

Kim sah Zachmanns irren Blick und sein verkniffenes Lächeln. Jeden Moment den höllischen Schmerz erwartend, schloss Kim verzweifelt die Augen.

»Siehst du; das tut doch gar nicht weh.« Zachmann führte die Klinge behutsam oben in das T-Shirt ein. Mit einem raschen Schnitt nach unten zertrennte er den Stoff. Mit Kennerblick begutachtete er die freigelegten Brüste. »Nicht schlecht. Das ist wirklich sehenswert.«

Kim traute sich nicht, die Augen zu öffnen. Sie spürte, wie Zachmann die kalte Klinge oberhalb ihres Gesäßes in ihre Hose schob. Auch hier ging er sehr vorsichtig vor. Sie hörte, wie die rasiermesserscharfe Klinge mühelos den Stoff aufschlitzte. Dass Zachmann dabei so betont behutsam vorging, verstörte sie mehr, als dass es sie beruhigte. Was hat dieser Irre nur mit mir vor? Wird er mich doch nicht mit dem Messer quälen? Will er mich nur sexuell missbrauchen?

Zachmann wollte Kim nicht schon jetzt unnötig Schmerzen verursachen. Er hatte sich eine genaue Komposition überlegt. Da hatte jeder Akkord seinen festen Platz. Und zwischendrin würde es dann natürlich einige Crescendos geben. Und diese Höhepunkte hatte er sorgfältig zusammengestellt. Die durften nicht zu kurz hintereinander kommen. Diese brauchten, wie in jedem großartigen Musikwerk, ihre vorbereitenden Sequenzen.

»Ja, du bist wirklich nicht von schlechten Eltern.« Zachmann ging begutachtend um die nunmehr völlig entblößte Kim herum. »Bei unserem Spiel werde ich dir zwischendurch immer wieder eine Frage stellen. Du musst nur den Kopf schütteln oder nicken. Ich mache dir das ganz leicht und stelle deshalb auch nur geschlossene Fragen.« Zachmann schaute Kim fast liebevoll an. »Hast du mich verstanden?«

Kim nickte verzweifelt mehrmals mit dem Kopf.

»Schön. Dann lass uns beginnen. Siehst du diese Klinge?« Zachmann ließ mehrmals das Messer auf- und zuklappen. »Weißt du, wie sich ein Messerschnitt damit anfühlt?«

Kim schüttelt entsetzt den Kopf. Die Augen quollen fast aus den Höhlen.

»Du weißt es nicht?« Zachmann lächelte sanft. »Da helfe ich dir doch gleich mal, deine Wissenslücke zu beseitigen.«

Brenner und Marie waren fast zeitgleich hinter dem zweiten Streifenwagen auf das Fabrikgelände eingefahren. Die Besatzung des ersten Streifenwagens stand bereits neben ihrem Fahrzeug.

Brenner scannte das Gelände. Auf den ersten Blick war kein Privatfahrzeug zu erkennen. Dem etwa einhundertfünfzig auf achtzig Meter großen Fabrikgebäude war anzusehen, dass es schon längere Zeit außer Betrieb war. Brenner bat die Kollegen der Schutzpolizei, das Außengelände abzusuchen. »Meine Kollegin und ich schauen, ob es einen Zugang ins Gebäude gibt. Die Geldübergabe sollte bereits …«, Brenner schaute auf seine Uhr, »vor über einer Stunde sein. Vermutlich werden wir nur noch die Leiche der Erpresserin finden.« Auf weitere Anweisungen verzichtete Brenner. Die Kollegen von der Schutzpolizei waren für derartige Situationen bestens geschult. Zu Marie sagte er: »Ich nehme die linke Seite. Wir treffen uns an der Stirnseite des Gebäudes. Wenn es einen offenen Zugang gibt, durchsuchen wir gemeinsam mit den Kollegen.«

Zachmann ließ geschockt von Kim ab. Konnte das sein? Die Polizei hier? Die Einsatzfahrzeuge waren zwar ohne eingeschaltetes Martinshorn in das Industriegebiet gefahren; allerdings hatte Zachmann die zuckenden Blitze des Blaulichtes auch durch die verschmutzten Scheiben wahrgenommen. Woher wusste die Polizei, dass er hier war? Blitzartig schoss ihm die Antwort durch den Kopf. Vermutlich hatte Kim mit einer Komplizin ein Zeitfenster vereinbart. Falls sie sich innerhalb dieser Zeit nicht melden würde, sollte diese die Polizei benachrichtigen. Verdammt. Wie konnte er eine solche Absicherung übersehen. Er hätte Kim an einen völlig anderen Ort mitnehmen müssen. Aber dafür war es jetzt zu spät. Welche Möglichkeiten hatte er? War die Polizei gleich mit einem Großaufgebot gekommen? Stand das SEK etwa kurz vor dem Zugriff? Oder wollte die Polizei erst die Lage auskundschaften? Denn Genaues konnten die ja nicht wissen. Vermutlich würde man nur nach der Leiche von Kim suchen. Die Polizei ging doch sicher davon aus, dass er sich längst vom Tatort abgesetzt hatte. Wenn seine Überlegungen zutrafen, dann hatte er noch eine winzige Chance. Er musste Kim sofort töten und dann versuchen, sich im Gebäude zu verstecken. Bei seiner gestrigen Besichtigung hatte er einige Maschinen gesehen, unter die er sich verkriechen konnte, bis die Spurensicherung abgeschlossen war. Natürlich würde das einige Stunden dauern. Aber das wäre zu schaffen. Würden die Bullen Hunde einsetzen? Wahrscheinlich nicht. Denn die gingen ja davon aus, dass er längst das Feld geräumt hatte. Ja, so könnte es funktionieren. Zunächst also Kim zum Schweigen bringen. Pistole schied logischerweise aus. Kehle durchschneiden? Negativ. Das auslaufende Blut wäre zwangsläufig ein Hinweis, dass er noch in der unmittelbaren Umgebung sein müsste. Blieb nur noch Genickbruch übrig.

Zachmann trat von hinten an Kim heran. Mit beiden Händen ergriff er ihren Kopf. Die Bewegung musste ruckartig erfolgen. Nur dann wäre der Bruch auch wirklich letal. Zachmann konzentrierte sich und atmete tief ein. In diesem Moment schoss ihm ein neuer Gedanke durch den Kopf. Möglicherweise brauchte er die Nutte noch als Geisel. Er musste sich erst ein genaues Bild davon machen, was draußen vorging.

Marie ging nach rechts. Die Pistole schussbereit in beiden Händen. Am Ende der Gebäudewand angekommen, registrierte sie eine Blechtonne, die mit mehreren Streifen rot-weißem Absperrband umwickelt war. Marie verharrte einen kurzen Moment, bevor sie vorsichtig einen Blick auf die Längsseite des Gebäudes warf. Etwa am Ende des ersten Gebäudedrittels sah sie eine windschief hängende Tür. Dort konnte man vermutlich hineingehen. Natürlich würde sie das Gebäude nicht allein betreten. Brenner und sie gingen zwar nicht davon aus, dass sich Zachmann noch auf dem Gelände befand. Dennoch musste sie sich an die taktische Vorgehensweise bei Gebäudedurchsuchungen halten. Ob sie eventuell vorab einen Blick riskieren sollte? Marie war sich unschlüssig. Sollte sie weitergehen, bis sie auf Brenner traf? Oder hier an der Tür warten? Marie bewegte sich einige Schritte seitlich vom Gebäude weg und schaute die Fassade entlang. Auf ihrer Seite war ansonsten keine weitere Tür zu sehen. Also würde sie warten, bis Brenner seine Seite umrundet hatte. Marie versuchte, durch den offenen Spalt der schräg hängenden Tür etwas zu erkennen. Viel sehen konnte sie nicht. Mitten im Raum schienen einige Maschinen zu stehen, die teilweise bis fast unter die Decke ragten. Marie lauschte. Zu hören war auch nichts. Ob sie wohl einen Blick riskieren sollte? Noch zögerte sie. Dann bückte sie sich und schob ganz vorsichtig den Kopf etwas nach vorn, um seitlich am Türrahmen vorbeischauen zu können. Plötzlich knallte der Lauf einer Pistole an ihre Schläfe. »Waffe fallen lassen.«

Brenner hatte auf der linken Gebäudelängsseite zwei Stahltüren vorgefunden. Sachte hatte er jede Türklinke versucht zu öffnen. Beide Türen waren jedoch verschlossen. Ansonsten waren im Erdgeschoss nur Oberlichtfenster. Diese waren allerdings zu weit oben, um ohne Leiter einen Blick hineinwerfen zu können. Vorsichtig schaute er um die Ecke. Auf der Gebäudestirnseite war eine Laderampe für Lkws. Brenner schlich sich die fünf Treppenstufen hoch und nahm dabei den Moosbewuchs wahr. Vermutlich war die Fabrik schon vor Jahren stillgelegt worden.

Die beiden Flügeltüren auf der Rampe waren ebenfalls verschlossen. Daneben befand sich ein großes Fenster. Abgeschirmt vom Mauerwerk, versuchte Brenner hineinzuschauen. Viel sehen konnte er nicht. Das Fenster war stark verschmutzt. Allerdings schien das Gebäude in mehrere Hallenteile untergliedert zu sein. In dem von ihm einsehbaren Hallenteil war an der Decke ein Schwerlastkran angebracht. Mitten im Raum verteilt standen mehrere Altmetall-Container. An den Wandseiten konnte er schemenhaft einige Palettenstapel erkennen. Von Kim und Zachmann keine Spur. Zumindest waren keine sich bewegenden Personen zu erkennen.

Brenner stieg wieder von der Laderampe herunter. Gleich würde er auf Marie treffen. Dann müssten sie die weitere Vorgehensweise abstimmen. Kaum war Brenner um die Stirnseite gebogen, glaubte er seinen Augen nicht zu trauen. Hatte er richtig gesehen? Marie war gerade in das Gebäude hineingegangen. Das widersprach jeglichem taktischen Verhalten. So etwas lernten doch die Polizeischüler schon im ersten Jahr ihrer Ausbildung. Brenner konnte seinen Zorn über so viel Unvorsichtigkeit kaum zähmen und ging schnellen Schrittes in Richtung dieser herabhängenden Tür. Zu rennen traute er sich nicht. Falls Zachmann wider Erwarten doch noch im Gebäude war, könnte dieser ihn eventuell hören. An der Tür angekommen, warf er vorsichtig einen Blick ins Innere. Entsetzt machte er instinktiv einen Schritt zur Seite.

Sie wusste nicht mehr, wie oft sie das Bewusstsein verloren hatte. Immer wieder hatte er sie zurückgeholt. Seine grinsende Fratze war jedes Mal das Erste gewesen, was Kim beim Aufwachen durch ihre geschwollenen Augen gesehen hatte. Seine Worte hatte sie kaum wahrgenommen. Teilweise, weil Zachmann nur sehr leise sprach; aber auch, weil sie ein fürchterliches Rauschen in den Ohren hatte. Sie hatte es schon lange aufgegeben, auf seine Fragen zu reagieren. Anfangs hatte sie noch geglaubt, wenn sie mit ihm kommunizierte, würde er sie weniger quälen. Aber das hatte zu seinem teuflischen Spiel gehört. Je sanfter er mit ihr sprach, desto größere Schmerzen fügte er ihr gleich danach zu. Und dieses kranke Psychopathenhirn schien immer neue Steigerungen zu finden. Innerlich hatte sie um ein schnelles Ende gefleht. Die Schmerzen waren unerträglich. Wieso konnte ihr Herz nicht einfach aufhören zu schlagen? Sie hatte schon jegliche Hoffnung aufgegeben, als plötzlich die Frau auftauchte. Offensichtlich eine Polizistin. War das ihre Rettung? Die war doch sicher nicht allein. Die Bullen kamen doch immer zu zweit. Oder war die nur zufällig in der Nähe gewesen? Dann würden sie beide sterben. Es würde lediglich länger dauern. Kim schluchzte. Sie war total erschöpft. Plötzlich erstarrte sie, als die Worte von Zachmann ihr Gehirn erreichten. Demnach musste noch ein Polizist draußen sein. Oder vielleicht sogar mehrere. Die würden doch sicher alles tun, um ihre Kollegin zu befreien. Dann würde auch sie noch eine Chance haben. Ja, sie würde weiterleben.

Brenner lehnte sich kreidebleich mit dem Rücken an die Wand. Sein Puls war auf zweihundert. Ähnlich einem Standbild im Fernsehen sah er noch, was er eben gesehen hatte: Marie auf dem Boden kniend. Hinter ihr stand Zachmann. Dieser hatte mit einer Hand Marie an den Haaren gepackt. Mit der anderen hielt er eine Pistole an Maries Schläfe.

»Sobald jemand von euch den Raum betritt, sterben die Geiseln. Ihre Kollegin als Erstes. Danach erschieße ich mich selbst!«

Brenner versuchte, seiner Stimme einen ruhigen Ton zu geben. »Herr Zachmann, wir können das regeln. Übereilen Sie nichts. Lassen Sie uns die …«

»Schnauze. Rufen Sie mich auf meinem Handy an und lassen Sie es einmal klingeln. Ich rufe dann zurück und gebe meine Forderungen durch.«

»Wie lautet Ihre Handynummer?«

Brenner gab die Nummer ein und ließ es einmal läuten.

Zachmann hasste Situationen, die er nicht bis ins kleinste Detail planen konnte. Er musste jetzt in einzelnen Schritten denken. Der jeweils anstehende Schritt musste perfekt durchdacht sein. Da war wenig Spielraum für einen Plan B. Was war das naheliegendste Problem? Er musste seine Gefangennahme vereiteln. Das ging wohl nur durch Geiselnahme und Forderung eines Fluchtfahrzeugs. Wohin sollte er fliehen? Am besten in die Schweiz. Er würde sich in einem Randbezirk von Basel absetzen lassen. Bis die deutsche Polizeibehörde sich mit den Schweizer Kollegen abgestimmt hätte, würde er mit den in Basel bestens florierenden öffentlichen Verkehrsmitteln zum Bahnhof gelangen. Bereits vor mehreren Jahren hatte er auf den Namen seines Freundes in Engelberg ein Chalet gekauft. Dort hatte er im Keller einen Tresor eingebaut und etwas über hunderttausend Euro gebunkert. Das musste ausreichen, um zunächst aus der Öffentlichkeit zu verschwinden. In den Folgetagen könnte er dann noch seine Konten bei den beiden Schweizer Banken auflösen und sich dann mit einem falschen Pass nach Südamerika absetzen. Noch hatte er eine Chance. Sollte er beide Geiseln mitnehmen? Oder wäre es besser, eine vor den Augen der Bullen zu erschießen, damit ihn diese auch wirklich ernst nahmen? Denn so viel Verhandlungstaktik kannte er auch als Laie. Die Bullen setzten auf Zermürbungstaktik. Die würden tausend Ausreden bringen, weshalb sich alles verzögerte. Aber nicht mit ihm. Nein, er musste denen sofort von Beginn an zeigen, dass man mit ihm keine Spielchen machte. Er bestimmte, wo es langging. Eventuell würde eine Verstümmelung sogar noch mehr schockieren und den Bullen Beine machen. Dann hätte er für alle Fälle noch zwei lebende Geiseln. Möglicherweise käme es zu weiteren kritischen Situationen. Dann könnte er immer noch eine opfern. Ja, so würde er es machen. War doch ganz gut, wenn man ein paar Schritte vorausdenken konnte.

Brenner informierte sofort den Polizeiführer vom Dienst über die Geiselnahme. Der PvD würde jetzt die entsprechenden Schritte in die Wege leiten. Für derartige Situationen gab es detaillierte Alarmpläne. Als Erstes würden weitere Streifenwagen eintreffen, die das ganze Gelände großräumig absperrten. Damit wurde verhindert, dass Schaulustige und Presse den anstehenden Einsatz störten. Da eine Geiselnahme in einem festen Gebäude eine spezielle Gefährdungslage für das SEK war, würde spätestens in einer Stunde dessen Vorausgruppe per Hubschrauber von Göppingen eingeflogen. Bis allerdings die SEK-Eingreiftruppe vor Ort war und stürmen konnte, würden mindestens eineinhalb Stunden vergehen. Eher sogar zwei. Eventuell könnte sich die Verhandlungsgruppe vom LKA Stuttgart bereits vorher einschalten und versuchen, auf Zachmann einzuwirken. Brenner hoffte, dass eine der MEK-Gruppen, über die das Polizeipräsidium Karlsruhe verfügte, heute in der näheren Region eingesetzt war. Die könnte dann kurzfristig vor Ort kommen und so lange übernehmen, bis die Kollegen vom SEK zugriffsfähig wären. Er selbst fühlte sich in dieser Situation völlig überfordert.

Brenners Handy klingelte. »Herr Zachmann?«

»Hören Sie gut zu. Ich wiederhole mich nicht. Haben Sie verstanden?«

»Ja, ich höre.«

»Auf dem Flugplatz Baden-Baden gibt es eine private Flugschule. Von dort besorgen Sie einen Hubschrauber. Ich werde beide Geiseln mitnehmen. Sollte uns ein Polizeihubschrauber verfolgen, dann fliegt eine der Geiseln raus. Ach ja, eine Decke brauche ich auch noch. Gleich nachher, wenn ich aufgelegt habe, werfen Sie die Decke von außen durch die Tür. Keine Sperenzchen. Eine Decke ist in jedem Polizeifahrzeug.«

Fuck, dachte Brenner sofort. Mit der Forderung nach einer Decke musste gleich eine der in Frage kommenden Ausschaltungsmöglichkeiten abgehakt werden. Auf dem Weg vom Gebäude zum Hubschrauber hätte sicher mindestens einer der SEK-Scharfschützen die Möglichkeit für einen finalen Rettungsschuss gehabt. Vermutlich hatte Zachmann in irgendeinem Film gesehen, wie man diesen verhindern konnte. Der Geiselnehmer schneidet in die Decke mehrere Augenschlitze und wirft diese über sich und seine Geiseln. Somit ist für den Scharfschützen die Stelle am Kopf des Geiselnehmers, an der ein Schuss diesen sofort tötet, nicht auszumachen. Dennoch gab sich Brenner unwissend und fragte: »Wozu eine Decke, Herr Zachmann?«

»Das werden Sie dann schon sehen.« Zachmann ließ ein hässliches Lachen folgen. »Ach ja, der Hubschrauber hat von jetzt an in genau sechzig Minuten auf dem Hof zu landen. Für jede zehn Minuten Verspätung verliert Ihre Kollegin einen Finger.«

Brenner erschrak. »Herr Zachmann, wir werden Ihre Forderung ganz sicher erfüllen. Aber wir müssen erst mit der Flugschule Kontakt aufnehmen. Das kostet Zeit. Vielleicht sind momentan alle Hubschrauber unterwegs. Dann müssen wir zudem noch einen Piloten finden, der sich bereit erklärt, Sie wegzufliegen.« Natürlich wusste Brenner, dass kein Privatpilot, sondern einer von der Polizeiflugstaffel den Hubschrauber fliegen würde. Er wollte lediglich vorsorglich einige glaubhafte Möglichkeiten aufzeigen, weshalb es zu einer Verspätung kommen könnte. Denn das SEK war nie und nimmer in sechzig Minuten zugriffsfähig. Brenner dachte fieberhaft nach, welche weiteren potenziellen Verzögerungspunkte er ansprechen konnte, als er wieder Zachmanns Stimme im Handy hörte.

»Sie haben jetzt nur noch 58 Minuten. Und glauben Sie bloß nicht, dass Sie eine Sekunde länger Zeit bekommen.« Während Zachmann den letzten Satz noch extrem drohend ausgesprochen hatte, wechselte er jetzt in einen süffisanten Tonfall. »Da ich ja kein Unmensch bin, werde ich mit der linken Hand beginnen. Mal sehen, vielleicht lasse ich Ihre Kollegin sogar die Reihenfolge der Finger selbst auswählen!«

Brenner fuhr es eiskalt den Rücken hinunter, als er Zachmanns irres Lachen hörte, bevor dieser auflegte. Wenn dieses Schwein seine Drohung wahrmacht, dann werde ich gegen mehrere Dienstvorschriften verstoßen. Auch wenn man mich anschließend aus dem Dienst entfernt. Noch nie war Brenner so hasserfüllt gewesen. Er musste schnellstmöglich runterkommen. Dieser Mix aus hochexplosiven Emotionen war nicht gut. Gar nicht gut.

Nachdem Zachmann seine Forderung durchgegeben hatte, fiel sein Blick auf Marie. Ihr hatte er befohlen, sich in Bauchlage auf den Boden zu legen und die Arme und Beine zu spreizen. Aus dieser Position heraus konnte sie keinen überraschenden Angriff starten. Wenn er ihr aber einzelne Finger abschneiden musste, dann war es wichtig, dass sie sich nicht bewegen konnte. Er ging nicht davon aus, dass er alle zehn Finger brauchte. Spätestens nach dem dritten oder vierten wäre der Hubschrauber draußen. Da war er sich sicher. Er kannte die Flugschule. Vor Jahren hatte er sich überlegt, ob er nicht den Pilotenschein machen sollte. Aber nach einer Teststunde hatte er eingesehen, dass das nichts für ihn war.

Zachmann zückte sein Messer und trat von hinten an Kim heran. »Ich schneide dich jetzt ab. Danach fesselst du die Bullenschlampe mit dem Klebeband. Wenn eine von euch beiden versucht, abzuhauen oder sonstige Sperenzchen macht, schieße ich sofort. Ich brauche nur eine Geisel.«

Mit zwei raschen Schnitten befreite er Kims Handgelenke. Kim sackte sofort zusammen und konnte nur reflexhaft mit den Händen den Aufprall ihres Körpers auf dem Boden verhindern. Zachmann schnitt auch die Beinfesseln durch und gab Kim einen Tritt in die Seite. »Stell dich nicht so an. Los. Nimm das Klebeband.«

Zachmann stellte seinen Fuß auf Maries Schulterblätter. »Hände auf den Rücken. Eine falsche Bewegung und du bist tot.«

Kim war nicht in der Lage, sich aufzurichten. Auf allen Vieren krabbelte sie langsam auf Marie zu. »Beeil dich. Oder brauchst du noch einen weiteren Tritt?«

Mit zitternden Händen versuchte Kim einen Streifen vom Klebeband abzuziehen. »Nicht abreißen. Mindestens fünf Mal umwickeln.« Während Kim Zachmanns Aufforderung nachkam, überlegte dieser, ob er Kim nicht doch rein prophylaktisch töten sollte. Damit würden die Bullen sofort kapieren, dass seine Drohungen ernst zu nehmen waren. Zudem war die Hure so kaputt, dass sie wohl nicht allein in den Hubschrauber einsteigen konnte.

Marie hatte Kim noch nie zuvor gesehen. Die junge Frau, die jetzt auf sie zugekrochen kam, hatte mit der Schönheit, wie sie von Pit und Nadine beschrieben worden war, nichts mehr gemeinsam. Was musste das arme Mädchen wohl in den letzten Minuten durchgemacht haben? Ein Täter, der zu solchen Handlungen fähig war, hatte nichts Menschliches mehr an sich. Zachmann würde nicht zögern, seine Drohungen wahr zu machen. Diese Bestie hatte jegliche Kontrolle verloren.

Würde es ihren Kollegen überhaupt möglich sein, den Privathubschrauber innerhalb einer Stunde zu besorgen? Zachmann würde ihr gnadenlos einen Finger nach dem anderen abschneiden. Unwillkürlich sah sie ihre verstümmelten Hände vor sich. Marie wurde schlecht vor Angst. Ihr Körper begann plötzlich unkontrolliert zu zittern. Sie hoffte nur, dass Brenner die Lage richtig einschätzte und die Kollegen vom SEK oder vom MEK vorher stürmten. Natürlich würden diese den Zugriff mit Blendgranaten einleiten, um den Gegner kurzzeitig reaktionsunfähig zu machen. Wenn Zachmann jedoch darauf vorbereitet war und ihr die Pistole an den Kopf hielt, konnte die Explosion auch zu einem reflexartigen Betätigen des Abzugs führen. In diesem Fall würde sie Sekunden vor ihm sterben. Was würde aus Julia werden? Marie spürte den salzigen Geschmack der Tränen, die aus ihren Augen rollten.

Plötzlich fiel ihr ein, dass heute Abend die Theateraufführung war. Dort würde sie ganz sicher nicht dabei sein. Selbst wenn das Einsatzkommando sie lebend retten würde. Wie würde Julia sich fühlen, wenn die Vorstellung begann und sie vergeblich die Sitzreihen nach ihrer Mutter absuchte? Erst vorgestern hatte sie ihrer Tochter noch versichert, rechtzeitig da zu sein. Sie hatte gespürt, wie wichtig es Julia war, dass ihre Mutter ihren ersten großen Auftritt miterlebte. Auch wenn sie beide ab und zu Zoff hatten, vermehrt in den letzten Wochen, so bestand zwischen ihnen beiden eine besonders intensive Bindung. Dazu hatte sicher auch beigetragen, dass Julia ohne Vater aufwachsen musste. Mehr als nur einmal hatte sich Marie gefragt, ob ihre Entscheidung, dem Vater von Julia nichts von seinem Kind zu sagen, richtig gewesen war. Für sie selbst natürlich schon. Aber für ihre Tochter? Julia hatte schon so oft Verständnis für den Beruf ihrer Mutter aufbringen müssen. Was konnte sie ihrer Tochter überhaupt noch alles zumuten? War ihr Beruf wirklich mit der Rolle einer verantwortungsvollen Mutter vereinbar? Würde ihre Tochter sie überhaupt nochmals lebend sehen?

Kim ließ sich mit dem Umwickeln der Handgelenke Zeit. Sie musste nachdenken. Die Polizei würde Zachmann sicher nicht fliehen lassen. Sie hatte schon genügend Krimis gesehen. Die würden auf Zeit spekulieren. Nur: Zachmann würde nicht mitspielen. Dieses Ungeheuer würde den Bullen schnell klar machen, dass seine Forderungen ernst zu nehmen waren. Er hatte zwar angedroht, die Finger der Polizistin abzuschneiden. Was aber, wenn er seine Meinung änderte und bei ihr begänne? Die Polizistin war doch die wertvollere Geisel; sie selbst war eh schon halbtot. Sie wäre auf der Flucht ja nur eine Belastung. Spätestens danach würde er sie töten. Denn aus seiner Sicht wäre sie diejenige, die ihm all das eingebrockt hatte. Nein. Ihre einzige Chance bestand darin, hier zu fliehen. Würde sie die paar Meter bis zur Tür schaffen? Niemals. Sie konnte doch nicht mal gerade stehen, geschweige denn wegrennen.

»Zieh fester an. Noch zwei Lagen.«

Während Kim das Klebeband stärker anzog und die nächste Lage um die Handgelenke der Polizistin wickelte, fiel ihr Blick auf deren Pistole. Die hatte Zachmann vorhin mit dem Fuß zur Seite gekickt. Die lag nur etwa drei Meter von ihr entfernt. Die könnte sie eventuell erreichen. Aber dazu musste sie Zachmann ablenken.

Kim umwickelte eine weitere Lage und riss dann das Klebeband ab.

»Verschränke deine Arme.« Zachmann steckte seine Pistole in den Hosenbund und beugte sich nach vorne, um das Klebeband aus Kims Händen zu nehmen. Diese ließ die Rolle so zu Boden fallen, dass sie wegrollte.

»Du blöde Fotze.« Zachmann machte zwei schnelle Schritte in Richtung wegrollendes Klebeband. Das war ihre Chance. Unter Aufbieten aller noch vorhandenen Kräfte krabbelte sie zur Pistole. Noch einen Meter. Ein Schuss fiel. Sie krabbelte weiter. Ihre Fingerspitzen berührten die Pistole. Zeitgleich mit dem zweiten Schuss spürte sie einen irrsinnigen Schmerz. Dann wurde alles dunkel.

Brenner zuckte zusammen. Hatte Zachmann auf Marie geschossen? Wenn ja, war sie schon tot? Falls nicht, dann wäre jetzt jede Sekunde wichtig. SEK hin oder her. Er durfte nicht warten. In Überschalltempo rasten mehrere Gedanken durch seinen Kopf. Er musste ins Gebäude. Brenner hatte vorhin wahrgenommen, dass hinter Zachmann und Marie mehrere große Maschinen standen. Wie groß war die Chance, dahinter Deckung zu finden, ohne von Zachmann getroffen zu werden? Der Abstand von der Tür zu den Maschinen konnte circa fünf bis sieben Meter sein. War Zachmann ein guter Schütze? Von einer Mitgliedschaft in einem Schützenverein war ihnen nichts bekannt. Auch eine Waffenbesitzkarte hätte Nadine bei ihren Recherchen sicher entdeckt. Also war das Risiko, dass ihn Zachmann traf, relativ gering. Brenner konzentrierte sich und atmete tief ein. Er tauchte unter der herabhängenden Tür durch und rannte sofort Richtung Maschinen. Augenblicklich fielen Schüsse. Brenner zählte automatisch mit. Die letzten zwei Meter überwand er mit einem Hechtsprung. Die Aufprallenergie leitete er mit einer Rollbewegung ab, aus der er sich blitzschnell in eine kniende Position aufrichtete. Ein schneller Rundumblick zeigte ihm, dass Marie gefesselt zwischen der linken Wandseite und einer Maschine lag. Beim Erstürmen des Raumes war er an Kim vorbeigekommen. Diese lag leblos auf dem Boden. Vermutlich tot.

»Ich habe euch gewarnt. Ich werde noch einige von euch mitnehmen. Deine Bullenschlampe ist die Nächste.« Zachmann ließ seinen Worten zwei Schüsse folgen.

Brenner schaute auf Marie. Diese war während der Schüsse noch dichter an die Maschine gerobbt. Zachmanns Stimme war von der rechten Seite gekommen. Somit war Marie wohl nicht im direkten Schussfeld. Vorsichtig richtete er sich auf und spähte in die Richtung, in der er Zachmann vermutete.

Sofort fielen zwei weitere Schüsse. Brenner hatte sofort den Kopf zurückgezogen. Seine Vermutung war richtig gewesen. Zachmann war hinter einem etwa achtzig Zentimeter breiten Stahlträger in Deckung gegangen. Das war sehr gut. In dieser Position hatte er wenig Bewegungsspielraum und Marie war nicht gefährdet. Jetzt musste Brenner nur verhindern, dass Zachmann seine Position wechseln konnte. Das war nicht schwer. Er war ein ausgezeichneter Schütze. Er gehörte zu den Polizisten, die weit mehr als das vorgeschriebene Trainingspensum an der Waffe absolvierten. Er würde Zachmann an seiner Position festnageln, bis eines der Sonderkommandos eintraf. Die konnten sich jetzt sogar Zeit lassen.

Plötzlich bemerkte Brenner, dass der Raum mit einem Mal eine Nuance dunkler geworden war. Offensichtlich hatte sich eine Wolke vor die Sonne geschoben. Shit. Für den Abend hatte der Wetterdienst ein Gewitter angekündigt. Das war zwar momentan noch kein Problem. Die Sicht war noch halbwegs gut. Aber Brenner wurde schlagartig klar, dass die Kollegen vom SEK doch nicht alle Zeit der Welt hatten.

Dieser Hallenteil hatte auf der Westseite keine Fenster. Auf der Süd- und Nordseite waren nur Oberlichtfenster, die zudem extrem verschmutzt waren und somit einen Großteil des Tageslichtes absorbierten. Sobald die Sonne weiterwanderte oder zusätzliche Gewitterwolken aufzogen, würde es in dem Raum deutlich dunkler werden. Damit wäre sein Vorteil jäh vernichtet. Möglicherweise würde Zachmann die Situation dann nutzen und tatsächlich versuchen, Marie zu töten, bevor er selbst tödlich getroffen wäre. Brenner musste sich schnell etwas einfallen lassen.

Wie viele Schüsse hatte Zachmann bereits abgegeben? Zwei Schüsse zu Beginn. Beim Hereinstürmen hatte er drei gezählt, dann zwei weitere Serien mit jeweils zwei Schüssen. Wie viele Patronen hatte Zachmanns Pistole? Dass dieser Ersatzpatronen dabeihatte oder gar ein gefülltes Ersatzmagazin, davon war nicht auszugehen. Aber sicher konnte er sich natürlich nicht sein. Er selbst hatte seine Heckler & Koch P 2000 mit einem Sechzehn-Schuss-Magazin. Zudem noch ein Reservemagazin an seinem Holster mit weiteren dreizehn Patronen.

Er musste Zachmann dazu verleiten, seine Pistole leer zu schießen. Zachmann war zwar einer der cleversten Gegner, mit denen er es je zu tun gehabt hatte, aber die vorliegende Situation war auch für diesen Psychopathen sicher völliges Neuland und somit Stress pur. Diesen Stress musste er zwingend erhöhen. Er musste ihm Druck machen. Zachmann durfte keine Zeit bleiben, die Folgen seiner Handlungen im Vorfeld zu analysieren.

»Zachmann, geben Sie auf. Sie haben keine Chance. Ich zähle bis drei, dann hole ich Sie mir!« Brenner schlug mit der flachen Hand auf die Metallverkleidung. »Eins, zwei ...«

Sofort fielen zwei weitere Schüsse. Insgesamt elf, zählte Brenner in Gedanken mit und feuerte selbst zwei Schüsse in Richtung Stahlpfeiler ab. Natürlich ging er sofort wieder in Deckung. Kaum war sein letzter Schuss verhallt, rief er: »Jetzt bist du dran.« Darauf feuerte er in kurzem Abstand drei weitere Schüsse ab. Zachmann sollte denken, dass er seine Deckung verlassen hatte und sich auf ihn zubewegte. Seine Rechnung ging auf. Zachmann feuerte erneut zwei Mal. Dann hörte Brenner eine Tür zuschlagen. Brenner spähte aus seiner Deckung hervor. Erst jetzt registrierte er die Tür, die sich nur wenige Meter hinter dem Stahlträger befand und offensichtlich in den nächsten Hallenteil führte. War Zachmann wirklich geflohen? Oder hatte er den Spieß umgedreht und Brenner das nur glaubhaft machen wollen, damit dieser seine Deckung verließ? In »Modern Isosceles«-Schießstellung, einer speziell für das praxisorientierte Feuergefecht entwickelten Körperhaltung, bewegte sich Brenner auf den Stahlträger zu.

Er war bereit zu feuern, sobald sich ein Körperteil seitlich des Stahlträgers zeigte.

Doch Zachmann war tatsächlich geflohen. Brenner war mit drei Schritten an der Tür und ging seitlich daneben in Deckung. Zachmann konnte hinter der Tür lauern und abwarten, bis er sich um Marie kümmerte, und dann beide unter Beschuss nehmen. Vermutlich war das eine überflüssige Vorsichtsmaßnahme. Dennoch, er musste auf Nummer sicher gehen. Mit einer schnellen Bewegung drückte Brenner die Klinke nach unten und gab der Tür einen Stoß. Keine Reaktion von Zachmann. Brenner provozierte einen Schuss, indem er seinen Arm in den offenen Türrahmen hineinstreckte und blitzschnell wieder zurückzog. Kein Schuss. Jetzt glaubte Brenner Geräusche vom hinteren Ende des Hallenteils zu hören. Vorsichtig schaute er an der Türzarge vorbei. Zachmann war bereits am Ende angelangt und öffnete die dortige Tür.

»Zachmann. Stehen bleiben!«

Noch bevor Brenner in Schussposition war, verschwand Zachmann hinter der Tür und feuerte seinerseits auf Brenner. Natürlich wurden die Schüsse nicht gezielt abgefeuert. Dennoch war Brenner sofort in die Hocke gegangen, um möglichst nur ein kleines Ziel abzugeben. Hatte er richtig gesehen? Brenner glaubte wahrgenommen zu haben, dass der Verschluss von Zachmanns Pistole beim letzten Schuss in geöffneter Stellung eingerastet war. Zachmanns Pistole war also leergeschossen. Bis dieser nachgeladen hatte, sofern Zachmann überhaupt Ersatzmunition bei sich trug, konnte er ihn sich greifen. Außer Zachmann hatte ein Ersatzmagazin. Dieses Risiko würde er eingehen.

Bereit, sich jederzeit seitlich hinter einer der Maschinen in Deckung zu bringen, durchschritt Brenner schnell die Halle. Kein Schuss. Somit hatte Zachmann zumindest kein Ersatzmagazin. An der Tür angekommen wiederholte Brenner seine

Vorgehensweise. Klinke runter und ein Stoß. Immer noch keine Reaktion. Somit schied wohl auch Ersatzmunition aus. Denn mindestens zwei Patronen hätte Zachmann inzwischen nachladen können. Oder war Zachmann tatsächlich so abgebrüht und nahm sich Zeit, das Magazin ganz zu befüllen? Brenner spähte in den Raum. Das war offensichtlich der Hallenteil, den er vorhin schon von außen eingesehen hatte. Er meinte eine leichte Bewegung der Kette, die vom Lastkran herabhing, wahrgenommen zu haben. Das bedeutete, dass sich Zachmann mindestens zehn Meter von ihm entfernt befand. Vermutlich wollte Zachmann durch die Tür an der Verladerampe fliehen. Die war jedoch verschlossen. Zachmann war in der Falle. Außer von innen steckte ein Schlüssel. Brenner machte zwei schnelle Schritte in die Halle hinein und ging hinter dem ersten Container in Deckung. Ein kurzer Blick an der Stahlwand vorbei. Zachmann war nicht zu sehen. Schnell vor zum nächsten Container. Kurzes Lauschen. Kein Geräusch. Noch ein Container, dann wäre er auf Höhe des Lastkrans. Ab da musste er sich vorsichtiger vorantasten.

Brenner hatte gerade seine Deckung verlassen und wollte zum nächsten Container huschen, als er aus den Augenwinkeln heraus einen Schatten auf sich zurasen sah. Instinktiv duckte er sich mit einer seitlichen Drehbewegung. Schnell genug, um das Zertrümmern seines Schädels zu vermeiden. Jedoch nicht schnell genug, um dem Schlag komplett auszuweichen. Ein tierischer Schmerz durchfuhr Brenner, als sein rechtes Schlüsselbein brach. Mit einem lauten Schmerzensschrei ließ er seine Pistole fallen.

Zachmann war nicht, wie von Brenner vermutet, weiter Richtung Außentür gegangen, sondern hatte sich eine herumliegende Eisenstange gegriffen und war umgekehrt.

»Das ist dein Ende.« Zachmann holte erneut zum Schlag aus.

Brenner hatte das Gefühl, sein Herz wäre stehen geblieben. Er blickte direkt in Zachmanns hasserfüllte Fratze. In wenigen Sekundenbruchteilen würde sein Leben vorbei sein. Brenner sah die heranrasende Stange. Sie kam direkt auf seinen Kopf zu. Fast ungläubig registrierte er, wie die Stange an ihm vorbeisauste. Sein Körper musste reflexartig in den letzten Millisekunden vor dem Auftreffen eine leichte Seitwärtsbewegung gemacht haben.

Zachmann hatte sein ganzes Körpergewicht in den Schlag gelegt. Weil dieser sein Ziel verfehlte, kam er für wenige Sekunden aus dem Gleichgewicht und wankte nach vorne.

Brenner erkannte seine Chance. Er mobilisierte alle Energie, die er aufbringen konnte. Die Todesangst hatte einen gigantischen Hormoncocktail in seinem Körper ausgeschüttet. Mit einem in über vierzig Trainingsjahren tausendfach ausgestoßenen Kampfschrei sprang er hoch. Zachmann hatte gerade erneut ausgeholt. Sekundenbruchteile, bevor die Stange wieder nach vorne schwingen konnte, traf Brenner mit einem Side-Kick seines rechten Fußes Zachmanns Brust. Zachmann fiel zwei Meter nach hinten. Die Stange entglitt seinen Händen.

Brenner war nach seinem gesprungenen Taekwondo-Kick nur unsicher wieder auf dem Boden gelandet. Jetzt waren auch die höllischen Schmerzen in seiner rechten Schulter wieder voll da. Brenner wurde schummrig vor den Augen. Sein Gegner war noch nicht kampfunfähig. Im Normalzustand hätte seine Technik ausgereicht, um Zachmann außer Gefecht zu setzen. Im Training hatte er mit diesem gesprungenen Side-Kick schon sechs Zentimeter starke Bretter zerschlagen. Mit zerschmetterter Schulter hatte er jedoch nicht genügend Energie aktivieren können. Noch war es ein Kampf auf Leben und Tod.

Zachmann hatte sich inzwischen wieder gefangen. Noch während er mühsam versuchte aufzustehen, griff er in seine

Gesäßtasche. Mit einem Klick sprang die Klinge seines Messers heraus. Brenner erkannte augenblicklich, dass er nur eine Chance hatte, solange Zachmann sich noch nicht ganz aufgerichtet hatte. Mit zwei schnellen Schritten ging er auf Zachmann zu. Kaltblütig visierte er dessen Kopf. Er konzentrierte alle noch verfügbare Energie in seinen Halbkreistritt. Das Geräusch der brechenden Kieferknochen nahm Brenner noch wahr. Dann wurde es Nacht um ihn.

~

»Zachmann liegt noch im Koma. Ausgang ungewiss. Kim jedoch hat überlebt. Man hat sie gerade auf die Intensivstation gebracht.« Marie hatte sich soeben in der Chirurgie erkundigt und saß jetzt wieder bei Brenner im Behandlungszimmer. Dieser bekam gerade von der Schwester einen Rucksackverband angelegt. Sein Schlüsselbein hatte glücklicherweise nur einen einfachen, unverschobenen Bruch. So lautete zumindest die Aussage des Chirurgen, der ihn bis vor wenigen Minuten versorgt hatte.

»Dann ist sie also noch mal mit einem blauen Auge davongekommen. Ich hatte die ganze Zeit geglaubt, sie wäre tot.«

»Da hat ja auch nicht viel gefehlt.« Marie ließ offen, ob sie damit Zachmanns Schüsse meinte oder die Auswirkungen, wenn sie und Brenner erst später eingetroffen wären. »Allen wäre viel erspart geblieben, wenn Kim das Handyfoto der Polizei übergeben hätte.«

Brenner nickte nachdenklich. »Stimmt einerseits. Andererseits wäre dann jedoch der Mord an Hofer wohl nie aufgedeckt worden.«

Marie schaute überrascht. »Wie meinst du das?«

»Erinnere dich. Der KDD hatte den Fall Hofer ja schon als Suizid verbucht. Wenn wir Zachmann bereits vergangenen Samstag verhaftet hätten, dann hätten wir den Hofer nie ins Visier genommen.«

»Wow.« Marie schüttelte ungläubig den Kopf. »Vor kaum einer Stunde noch knapp dem Tod entgangen und schon bist du wieder in der Lage, analytisch zu denken?«

Brenner grinste. »Na ja, ist ja alles halb so wild. Selbst der Arzt hat gesagt, dass ich Innendienst schon in sieben Tagen wieder machen kann.«

»Das ist wieder typisch Pit.« Marie rollte gespielt die Augen. »Musst du immer den harten Kämpfer spielen? Denk mal an dein Alter.«

Brenner schmunzelte. »Mach ich doch. Der Arzt hat abschließend noch gemeint, um Verbrecher mit vollem Einsatz zu jagen, soll ich aber noch acht bis zehn Wochen abwarten.«

»Darüber wird sich Nadine freuen. Somit sind ihr zumindest einige Wochen Außeneinsatz sicher.«

Gerade als Marie mit Brenner zu ihrem Auto ging, kam ihnen die Staatsanwältin entgegen.

»Oh, Sie sind schon entlassen? Ich wollte Sie gerade am Krankenbett besuchen. Wie geht es Ihnen, Herr Brenner?«

Brenner war sprachlos. Mit der Staatsanwältin hatte er zuletzt gerechnet.

»Unser Herr Hauptkommissar ist schon fast wieder der Alte. Zumindest seinen Sprüchen nach«, antwortete Marie an Brenners Stelle.

»Tja, dann ...« Cora Ekberg unterbrach sich und suchte nach passenden Worten. Die Information, dass Brenner schwer verwundet war und nur knapp überlebt habe, hatte sie zutiefst geschockt. Ohne groß nachzudenken, hatte sie sich spontan ins Auto gesetzt und war zum Krankenhaus gefahren. Auf der Fahrt hatte sie sich mehrmals gefragt, was die tatsächlichen Gründe für ihre Unruhe waren. Denn dass Brenner nicht in Lebensgefahr schwebe, hatte man ihr definitiv versichert. Weshalb war sie dennoch so in Sorge um diesen Mann? War ihr Verhalten noch professionell? Sie war mehr als nur verwundert über ihre Gefühlsachterbahn.

Marie erfasste die Lage instinktiv und verkniff sich ein Schmunzeln. »Frau Ekberg, würde es Ihnen etwas ausmachen, Pit nach Hause zu fahren? Meine Tochter hat gerade eine Theateraufführung. Dann könnte ich auf direktem Wege dorthin fahren.« Marie schaute kurz auf ihre ramponierte Kleidung und sagte: »Ich bin zwar nicht in Abendgarderobe, aber Julia wird es wichtiger sein, mich überhaupt zu sehen. Vielleicht schaffe ich es noch, vor dem Schlussapplaus dort zu sein.«

Brenner versuchte den Eindruck zu erwecken, nach vorne zu schauen. In Wirklichkeit lag seine Aufmerksamkeit jedoch ganz bei der Staatsanwältin. Erstaunlich, wie umsichtig die ihr Auto lenkte. Normalerweise fühlte er sich als Beifahrer sehr unwohl. Trotz ihrer Fragen zum vorangegangenen Einsatz hatte sie den Verkehr voll im Blick. Offensichtlich war die Ekberg multitaskingfähig. Aber darin waren die Frauen den Männern gegenüber ja bekannterweise sowieso im Vorteil. Dennoch. Die Ekberg war etwas Besonderes. Und dass sie ihn im Krankenhaus hatte besuchen wollen, verwunderte ihn schon irgendwie. Vermutlich brauchte sie für die anstehende Pressekonferenz umfassende Informationen. Obwohl, die hätte sie ja auch morgen noch von Marie einholen können.

Cora Ekberg war nicht entgangen, dass sie von Brenner gerade intensiv gemustert wurde. Was er wohl dachte? Körperlich so nahe wie hier im Auto waren sie beide sich bislang noch nie gewesen. Sollte sie das Thema ansprechen, das ihr in den letzten Tagen schon mehrfach durch den Kopf gegangen war? Wie würde er reagieren? Oder sollte sie damit noch abwarten? Vielleicht würde sich in den nächsten Wochen eine bessere Möglichkeit ergeben. Cora gab sich einen Ruck.

»Als wir letztes Jahr den Fall Wagner abgeschlossen hatten, habe ich Sie doch zu einem Arbeitsessen eingeladen. Können Sie sich noch erinnern?«

Brenner war überrascht über diesen abrupten Themenwechsel. »Ja. Kann ich. Da waren dann jedoch so viele Termine …« Brenner entschied sich, den angefangenen Satz unvollendet in der Luft hängen zu lassen, war er sich doch nicht sicher, worauf die Ekberg nun plötzlich hinauswollte.

Die Staatsanwältin musste gerade an einer Ampel anhalten, weshalb sie den Kopf zu Brenner drehen konnte. »Da Sie ab Montag übernächster Woche wieder arbeiten wollen, könnten wir ja nächsten Freitagabend einen neuen Versuch machen.« Mit Blick zu seinem Rucksackverband fügte sie schmunzelnd hinzu: »Bei ihrem momentanen Handicap dürften Sie diesmal ja keine Terminprobleme haben.«

Brenner war sprachlos. Wie sollte er reagieren? Spontan fiel ihm nur ein: »Hat ihre Begleitung von Mittwochabend nichts dagegen?«

Ich wusste es, dachte Cora und sagte lachend: »Das, lieber Herr Brenner, war mein werter Herr Vater.«

Epilog

Brenner lauschte auf das gleichmäßige Atmen und strich die Haarsträhne, die ihn an seiner Nase kitzelte, etwas zur Seite. Coras Kopf lag auf seiner Brust. Die Position war zwar wegen seiner lädierten Schulter etwas unangenehm, dennoch genoss er das Gefühl, ihren warmen anschmiegsamen Körper zu spüren.

Cora und er waren gestern nach dem Abendessen im Restaurant noch in eine Kneipe gegangen. Aus einem Bier wurden mehrere und zum Schluss tranken sie noch einen Absacker. Oder waren es zwei? Auf jeden Fall waren sie sich an diesem Abend auch privat sehr nahegekommen. Cora erzählte, wie sie sich für ihren Bruder verantwortlich gefühlt hatte, nachdem die Mutter früh an Krebs gestorben war. Der Vater hatte nicht mehr geheiratet, sondern sich ganz dem Aufbau seines Unternehmens gewidmet. Dass ihr letzter Partner mit ihrer schnellen Karriere Probleme hatte. Es wohl nur wenige Männer gebe, die eine beruflich erfolgreichere Frau an ihrer Seite akzeptieren könnten.

Brenner hörte sehr aufmerksam zu, und der steigende Alkoholspiegel öffnete auch bei ihm die Tür zu seinem Seelenleben.

Allerdings nur einen Spalt breit. Denn außer dass er mit Anfang dreißig geheiratet hatte und sich dann bereits fünf Jahre später wieder hatte scheiden lassen, gab er wenig Einblick. Auch auf die Scheidungsgründe war er nicht näher eingegangen. Seine Frau sei mit den Dienstzeiten eines Polizeibeamten nicht klargekommen und habe dann irgendwann eine bessere Alternative gefunden. Als das Taxi dann vor Coras Wohnung angehalten hatte und Brenner ihr zum Abschied die Hand reichte, zog Cora ihn an sich. Wobei – viel ziehen musste sie nicht. Schon während der vergangenen Stunden hatte Brenner gespürt, dass sich etwas anbahnte. Allerdings hatte er sich auch mehr als nur einmal gefragt, ob es eine gute Idee sein würde, sich mit der Staatsanwältin einzulassen.

Jetzt tauchten diese Zweifel wieder auf. Zugegeben, der Sex war außergewöhnlich schön und erfüllend gewesen. Sie waren so vertrauensvoll miteinander umgegangen, als ob sie sich schon ewig lange kennen würden. Natürlich konnte das auch am Alkohol gelegen haben. Sei's drum. Eine Beziehung zwischen Staatsanwältin und Leiter der Mordkommission würde die berufliche Zusammenarbeit unnötig verkomplizieren. Und dann noch der Altersunterschied von zwanzig Jahren. Nein, das konnte nicht gut gehen. Nachher, beim gemeinsamen Frühstück, würde er das behutsam ansprechen. Oder sollte er einfach mal abwarten, wie sie reagierte?

Anhang

So vertreiben Sie erfolgreich negative Stimmungen!

PAS-Technik (**P**ositive **A**spekte **s**uchen)
Die Situation kennt jeder: Etwas ist schiefgelaufen. Man ärgert sich über die Sache und oft auch über sich selbst. Dieser Ärger entwickelt in den Folgestunden ein Eigenleben und zieht einen emotional runter.

Die Gegenstrategie:

1. Akzeptieren Sie, dass die Situation gelaufen ist. In die Vergangenheit kann man nicht mehr einwirken!
2. Wenden Sie die PAS-Technik an: Analysieren Sie die Situation. Überlegen Sie, ob diese nicht auch einen Aspekt enthält, der sich zumindest langfristig positiv auswirken kann. Die Erfahrung zeigt, dass es in nahezu allen Situationen einen solchen Aspekt gibt! Auch wenn er momentan im Vergleich nur winzig erscheint! Fokussieren Sie alle Ihre Gedanken auf diesen Aspekt. Je mehr Energie Sie diesem positiven Aspekt geben, desto mehr neutralisieren Sie die negativen Emotionen!

Anmerkung: Natürlich kann man sich diese Technik nicht von heute auf morgen aneignen. Wenn Sie jedoch ab sofort diese Denkweise bereits in kleinen Ärgersituationen üben, dann werden Sie damit im Laufe der Zeit auch bei gravierenden Situationen erfolgreich sein!

Magic-Moments-Büchlein
Diese zweite Technik kann Sie sogar beim Erlernen der ersten Technik unterstützen. Kaufen Sie sich zunächst ein kleines, schön eingebundenes Büchlein. Notieren Sie darin über einen

Zeitraum von mindestens drei Wochen jeden Abend, am besten vor dem Zubettgehen, mindestens drei schöne Dinge, die Sie im Laufe des Tages erlebt haben. Wichtig: Das sollen bewusst »Kleinigkeiten« sein. Also beispielsweise: »Die Kinder haben, ohne zu murren, ihr Geschirr in die Spülmaschine eingeräumt«, »Ich habe in unmittelbarer Nähe zum Eingang einen Parkplatz gefunden«, »Die Verkäuferin war sehr freundlich zu mir« und so weiter.

Mit dieser Technik lernt Ihr Gehirn verstärkt die vielen positiven Kleinigkeiten, die uns täglich umgeben, gezielt wahrzunehmen. In der Hektik unseres Alltags nehmen wir diese normalerweise gar nicht oder nur selten wahr.

Tipp: Absolvieren Sie diese Technik alle paar Monate für jeweils drei Wochen! Sie werden erstaunt sein, welch außergewöhnliche Wirkung Sie damit erzielen!

Dank

Damit Kriminalhauptkommissar Brenner seine Ermittlungen möglichst realitätskonform durchführen konnte, hat sich der Autor im Vorfeld von mehreren Experten Insiderwissen eingeholt. Ein herzliches Dankeschön geht an …

… den Pressesprecher der Karlsruher Berufsfeuerwehr, Dr. Markus Pulm, dessen fachkundige Erläuterungen verhindert haben, dass der Oberwald bei Karlsruhe einem Feuerinferno zum Opfer fiel und ein Großaufgebot der Feuerwehr anrücken musste.

… Kriminalhauptkommissar Marcus Muck von der Kriminalinspektion 1 in Karlsruhe für seine wertvollen Hinweise über die Zusammensetzung und Arbeitsweise einer Soko.

… Steffen für spannende Informationen über die polizeilichen Spezialeinheiten.

… meinem Freund Dr. Volker Stolzenbach, der mich als Orthopäde bei den verschiedenen Schlüsselbeinbruch-Varianten und deren Rekonvaleszenz-Zeit beraten hat. Somit konnte das Date von Staatsanwältin Ekberg und Brenner noch im vorliegenden Band stattfinden. Wer weiß, vielleicht hätte Brenner ansonsten bis zum nächsten Band nochmals irgendwelche Ausflüchte gefunden!

Besonders wichtig für jeden Autor sind die sogenannten Erstleser, die ihm nicht nur Anregungen geben, sondern ihn auch auf die eine oder andere Ungereimtheit aufmerksam machen. Hier danke ich ganz besonders …

… meiner Schwester Ulrike Landgraf, die wie immer die Zeitschiene gut im Blick hatte.

… meiner Autorenkollegin Cora Wetzstein, die das Vorlektorat übernommen hat und aus deren Kochbüchern ich das eine oder andere Rezept ausprobiert habe, wenn ich mich nach einem besonders anstrengenden Kapitel mit einem ihrer leckeren Gerichte verwöhnen wollte.

... der Schauspielerin und Stuntfrau Tanja de Wendt, deren Tipps mir halfen, in das Gefühlsleben der Staatsanwältin besser einzutauchen.

Analog zu HK Brenner tut sich auch der Autor mit den Neuen Medien nicht immer leicht. Dank der Instagram-Kenntnisse meiner Schwiegertochter Carina Scheiber konnte mir ein großer Interessentenkreis beim Schreiben über die Schulter schauen.

Besonderen Dank auch an meinen Lektor Matthias Kunstmann für seine wertvollen und konstruktiven Anregungen und an Bettina Kimpel vom Silberburg-Verlag, die Brenner und seinem Team ein neues (Verlags-)Zuhause gegeben hat.

Last but not least natürlich auch wieder ein Dankeschön an meinen Schäferhund Wolf, der während der Intensivschreibphase akzeptierte, dass sein Herrchen bei den Spaziergängen gedanklich bei seinen Protagonisten war und dadurch die Ballwürfe und Suchspiele etwas zu kurz gekommen sind.